Denn welchen der Herr liebhat

Über die Autorin:

Hannah Borngardt lebte in den 1960er Jahren in einem kleinen Dorf. Eindrücke aus dieser Zeit sind in den Roman eingeflossen.

Hannah Borngardt

Denn welchen der Herr liebhat

Roman

Bibliografische Information der Deutschen Nationalbibliothek.
Die Deutsche Nationalbibliothek verzeichnet diese Publikation
in der Deutschen Nationalbibliografie; detaillierte bibliografische
Daten sind im Internet über http://dnb.dnb.de abrufbar.

Die automatisierte Analyse des Werkes, um daraus Informationen
insbesondere über Muster, Trends und Korrelationen gemäß § 44b
UrhG („Text und Data Mining") zu gewinnen, ist untersagt.

Lektorat, Satz, Umschlaggestaltung und Verlag:
BoD · Books on Demand GmbH,
In de Tarpen 42, 22848 Norderstedt
Druck: Libri Plureos GmbH, Friedensallee 273, 22763 Hamburg

ISBN 978-3-7583-9268-9

Für meine Großmutter Maria

»Denn welchen der Herr liebhat, den züchtigt er, und er straft einen jeglichen Sohn, den er aufnimmt. Gott erzieht euch, wenn ihr dulden müsst! Als seinen Kindern begegnet euch Gott; denn wo ist ein Sohn, den der Vater nicht züchtigt? Seid ihr aber ohne Züchtigung, welche sie alle erfahren haben, so seid ihr Ausgestoßene und nicht Kinder.« (Hebräer 12, 6-8)

1 Die Züchtigung

»Jan Fünf, Christian Drei«, entschied der Lehrer Karl Richter.

Jan Bartels schnellte empor. Sein Stuhl kippte. »Warum? Ich habe das Gleiche gesagt wie Christian!« Er schaute seine Mitschüler an. »Ihr habt es doch gehört!«

Ein zaghaftes Raunen erhob sich.

»Was richtig oder falsch ist, entscheide ich!«, brüllte Herr Richter. »Komm her!«

Jan strich sich seine weißblonden Haare aus der Stirn und ging langsam nach vorn. Er holte aus der Ecke neben der aufgerollten Landkarte die Holzbank und stellte sie vor den Lehrertisch.

»Leg dich rüber«, befahl der Lehrer.

Zögernd legte sich Jan über die Bank.

Herr Richter lockerte seine Krawatte, ergriff den Stock, der neben der Tafel stand, und wandte sich an alle Schüler: »Ich sage, was richtig oder falsch ist.«

Jegliches Flüstern verstummte sofort. Jan hörte nur noch seinen eigenen Atem. Neununddreißig Augenpaare schauten ihn entsetzt, ängstlich oder schadenfroh an.

Die Kante der Holzbank drückte auf Jans Brustkorb. Er konzentrierte sich auf den Schmerz, den die Bank verursachte, wollte sich mit ihm vor dem Kommenden wappnen wie mit einem Verbündeten vor dem bevorstehenden Kampf.

Jan traf der erste Schlag. Für einen Moment hielt er den Atem an, kniff die Augen zusammen und biss sich auf die

Lippen. Nur nicht schreien, sonst machen sich die Jungs über mich lustig, schoss es ihm durch den Kopf.

»Ich werde dir deine Frechheit noch austreiben«, rief Herr Richter und schlug zu. »Dir Gehorsam beibringen!« Er prügelte weiter.

Jan presste sich Schutz suchend an die Bank, als könnte er dadurch den Schlägen ausweichen.

»Dich zu einem Christen erziehen!«, rief Herr Richter und schlug wieder zu. Dann hörte er auf. Er schnaufte zwei-, dreimal, schließlich atmete er gleichmäßig und sagte: »Steh auf.«

Jan stellte sich aufrecht hin, entschlossen, keine Miene zu verziehen. Sein Blick fiel auf Petra Schaper. Sie lebte erst ein paar Wochen in Hagenfelde und ging seit Beginn des Schuljahres in seine Klasse. In ihren Augen standen Tränen.

Jan straffte Nacken und Schultern. Herr Richter befahl ihm, die Bank zurückzustellen und sich auf seinen Platz zu setzen. Die geballte Faust in der Hosentasche versteckt, ging er am Lehrer vorbei. Er war gerade zwölf Jahre alt geworden und ebenso groß wie Herr Richter.

Christian Kolbe feixte schadenfroh, als Jan zu seinem Platz ging.

»Willst du auch eine Tracht Prügel?«, drohte Herr Richter. Christian verstummte sofort.

Petra putzte sich die Nase und strich verstohlen unter ihren Lidern entlang.

»Ich hoffe, das war eine Lehre für dich, Jan. Für jeden von euch«, sagte der Lehrer. Er holte ein Stofftaschentuch aus der Jackentasche, nahm seine Brille ab, wischte sich den Schweiß aus dem Gesicht und rückte lächelnd seine Krawatte zurecht. Dann ging der Unterricht weiter.

Jan setzte sich auf seinen Stuhl. Er war kurz davor aufzuspringen, so sehr stachen ihn die Schmerzen. Wieder biss er sich auf die Lippen. Er konnte kaum sitzen, doch er wollte sich nicht kleinkriegen lassen. Die Schläge vom Lehrer war er gewohnt. Sie schmerzten. Schlimmer war, dass er sich nicht wehren konnte.

Er betrachtete von der letzten Reihe aus seine gedrängt vor ihm sitzenden Mitschüler. Die Schüler der ersten Klasse saßen vorn, es folgten die der zweiten, dann die der dritten. In den letzten Reihen saßen die Schüler der vierten Klasse. Es war Anfang September 1968. Das Schuljahr hatte gerade begonnen, doch die Zukunft stand für jeden Schüler bereits fest. Die Söhne der reichen Bauern würden auf die Realschule oder direkt auf das Gymnasium wechseln. Mädchen bekamen höchstens eine Realschulempfehlung. Das war schon immer so gewesen. Er wollte auf die Realschule. Aber er war kein Sohn eines reichen Bauern.

Herr Richter stellte den Stock so neben die Tafel, dass alle Schüler ihn gut sehen konnten. Mit der Furcht eingeschüchterter Herzen spielend, drohend gegen jeglichen Stolz und Übermut ließ er das Ungeheuer auf seine erneuten Befehle warten. Mädchen schlug er nicht, das war verboten. Doch die Jungen bekamen den Stock bei jedem Hauch von Ungehorsam oder den kleinsten Streichen zu spüren, und immer, wie es ihm gerade passte. Lachen kam für Herrn Richter einer Sünde gleich. Am liebsten sah er es, wenn die Schüler mit gefalteten Händen seinen Worten lauschten. Er durchschaute, ob die Unterordnung echt oder nur gespielt war. Spürte er Heuchelei, setzte es Schläge oder Kopfnüsse, je nach Laune.

Der Unterricht war beendet. Jan schnappte sich seine Tasche und eilte aus dem Klassenzimmer. Nachdem die Schüler das Schulgelände verlassen hatten, klopfte ihm Bernd Kramer, sein bester Freund, anerkennend auf die Schulter: »Wie du das wieder weggesteckt hast, ohne einen Schrei!«

»Ein Indianer kennt keinen Schmerz«, bemerkte Jan. Er log ganz gut.

Bernd, mager, etwas größer als Jan, musste die abgetragene Kleidung von seinen älteren Brüdern anziehen. Die dunkle Cordhose, die er meistens trug, reichte ihm nicht bis zu den Knöcheln.

Christian lauerte in der Nähe, umringt von ein paar Jungen. Er grinste Jan an. »Du kannst noch so viel quatschen, von dem Richter kriegst du nie gute Noten.«

»Pass bloß auf«, rief Jan, schleuderte seine Schultasche auf die Straße und stürmte auf Christian zu. Sie standen sich mit geballten Fäusten gegenüber.

»Ich poliere dir die Fresse!«, rief Christian.

»Versuch's doch, wenn du mutig bist!« Jan ging dichter auf seinen Gegner zu.

Doch bevor Jan zuschlagen konnte, sprangen die anderen Jungen zwischen die beiden.

»Das nächste Mal pack ich dich«, drohte Jan. Er holte seine Schultasche, ging zu Bernd und fragte: »Nachher auf dem Bolzplatz?«

»Klar, wie immer«, antwortete er. »Ich habe auch Zigaretten.«

2   *Trost*

Jan klingelte bei Lilly Marzin, seiner Patentante, die mit seiner Mutter schon vor seiner Geburt befreundet gewesen war.

Tante Lilly öffnete die Tür. Sie schloss Jan sofort in die Arme. Diese Geborgenheit bändigte den Orkan, der in ihm tobte. Er beruhigte sich wie die misshandelte See, wenn der Sturm sich legt.

»Jetzt essen wir erst mal«, ordnete die rundliche vierzigjährige Lilly an und streichelte Jans Wange. Er war für sie wie ein Sohn.

Ein paar graue Strähnen durchzogen ihre rotblonden Haare. Ihre grünen Augen betrachteten Menschen und Umgebung mit freundlicher Aufmerksamkeit. Sie kleidete sich stets schick, verließ nie ohne Mantel, Hut und Lippenstift das Haus. Immer umhüllte sie der zarte Duft eines Parfüms, passend zur Jahreszeit und vor allem Ausdruck ihrer Stimmung.

Sie arbeitete bei Adamski, im größten Geschäft des Dorfes. Der Laden war nicht nur Umschlagplatz von Lebensmitteln, Hausrat und Zeitschriften, sondern auch von Klatsch und Tratsch. Dort hielten die Frauen aus Hagenfelde gern ein Schwätzchen. Sie erzählten sich die neusten Ereignisse, streuten Gerüchte, verrieten Geheimnisse, die ausgeschmückt den Laden durchwehten und sich wie Lauffeuer verbreiteten. So wusste Lilly über alles, was im Dorf und in seiner Umgebung geschah, genauestens Bescheid – auch darüber, dass Jan heute vom Lehrer verprügelt worden war.

Jan schob die Schultasche unter den Küchentisch. Rechts

neben der Tür kochten in einem Topf auf dem gusseisernen Herd die Kartoffeln. Lilly nahm ein Brikett aus der Schublade unter dem Herd und schob es zusammen mit einem Stück Holz in die Brennkammer des Ofens.

»Hol mal die Teller«, bat sie.

Jan ging zu dem riesigen Küchenschrank aus Kirschholz. Mit den Glasfensterchen, vielen Schubladen und Türchen wirkte er sehr geheimnisvoll. Hinter einem Fensterchen steckte ein Foto von Lilly mit ihrem Sohn Robert, der seine Schultüte auf dem Arm hielt. Hinter einem weiteren Glasfensterchen zeigte ein Foto Jan als Baby auf dem Arm seiner Mutter.

Jan holte zwei Teller aus dem Schrank und stellte sie auf den Tisch.

»In ein paar Minuten können wir essen, mein Junge.« Sie schenkte ihm ihr liebevollstes Lächeln. »Erzähl«, sagte sie.

»Herr Richter hat das Einmaleins abgefragt. Du weißt, dass ich gut Kopfrechnen kann. Ich habe die richtige Lösung vor Christian herausgerufen. Aber der Richter hat ihn drangenommen. Christian hat das Gleiche gesagt wie ich. Er hat eine Drei bekommen, ich eine Fünf. Da bin ich wütend aufgesprungen.«

Lilly strich ihm sanft über die Haare. Sie spürte immer den geeigneten Zeitpunkt für Trost und Zuspruch. Jan riss sich zusammen, damit ihm keine Tränen in die Augen schossen.

»Was soll ich tun, Tante Lilly? Ich kriege die meisten Schläge. Und ständig ungerechte Zensuren.«

Lilly räumte den Tisch ab. »Du bist in der zweiten und dritten Klasse sitzengeblieben ...«

»Weil der Richter mich hasst«, fiel Jan ihr ins Wort.

»Du musst mehr lernen. Und du darfst nicht so schnell aufbrausen.«

»Ich bin genauso schlau wie die anderen.«

»Das reicht nicht, mein Junge! Das reicht nicht.«

3 Die Neue

Die Häuser von Lilly und Jans Mutter Hilde Bartels grenzten direkt aneinander. In beiden Vorgärten säumten Blumenbeete die Rasenflächen. Stolze Gladiolen reckten ihre farbenfrohen Blüten in die Sonne, Büsche mit roten Rosen verströmten ihren Duft.

Jan ging kurz nach Hause, um seine Schultasche in sein Zimmer zu werfen.

Bernd wartete bereits auf dem Bolzplatz auf Jan. »Ey, der Richter war ja heute in Form.« Er holte eine Zigarettenpackung aus der Tasche und hielt sie Jan hin. Der nahm sich eine Zigarette, zündete sie an, sog den Rauch tief ein und hustete.

»Was ist denn das für ein Kraut?«

»Irgendein Zeug aus der Jacke von meinem Alten.«

»Wenn der das rauskriegt, schlägt er dich tot.«

»Na und?«

Doch in Bernds Augen sah Jan Angst. Wenn er diese Angst sah, war er froh, ohne Vater aufzuwachsen. Vielleicht würde der ihn auch ständig schlagen. Zu Hause und in der Schule – das wäre zu viel.

Jan redete nicht gern über Väter, denn er kannte seinen nicht. Wer ist mein leiblicher Vater?, fragte er sich oft. Stellte er die Frage seiner Mutter, wich sie der Antwort aus, vertröstete ihn auf später, wenn er älter sei. Später, später. Er sei ein Kind der Liebe, das ließ sie sich entlocken. Mehr erzählte sie nicht.

»Da kommen Mädchen!«, unterbrach Bernd Jans Gedanken.

»Susanne und die Neue«, stellte Jan fest und zog an der Zigarette. Er schritt langsam auf die beiden zu.

Es war noch warm. Die Mädchen hatten kurze Röcke und Kniestrümpfe an. Petras Kleidung war neu. Susanne Reichel, die in der Schule neben Petra saß, hatte den Rock mit den fast unsichtbaren Flicken an, den Rock, den sie immer trug.

Petra war eineinhalb Jahre jünger und etwas kleiner als Jan. Ihre Haare hatte sie zu einem Pferdeschwanz gebunden. An ihren Ohrläppchen glitzerten rote Steinchen in einer goldenen Fassung, die bei jeder Bewegung hin und her schwangen. Nur wenige Frauen im Dorf trugen Ohrringe. Jans Mutter wagte es nicht, denn der Pastor verurteilte das als unchristlichen Tand.

»Seid ihr gekommen, um zu rauchen?«, fragte Jan.

Petra schüttelte den Kopf. »Ich wollte dir nur sagen, dass Herr Richter ungerecht war. Außerdem darf er dich nicht schlagen.«

Jan betrachtete sie lange, zog an seiner Zigarette und erinnerte sich an ihre Tränen. »Das interessiert hier keinen«, sagte er.

»Ihr verschwindet besser. Geht Gummitwist spielen«, drängelte sich Bernd dazwischen.

»Habe ich dir doch gesagt. Hier ist es anders als da, wo du herkommst«, meinte Susanne zu Petra. »Lass uns gehen.«

Petra nickte.

Nachdem die Mädchen den Bolzplatz verlassen hatten, äffte Bernd Petra nach: »Ach nee, ›der Lehrer war ungerecht‹! Ist doch sowieso scheißegal.«

»Es ist nicht scheißegal«, entgegnete Jan. »Ich will gerecht behandelt werden. Und ich will kein Melker werden wie dein Vater.«

»Immerhin habe ich einen.«

Jan schaute ihn prüfend an. »Dann lieber keinen«, antwortete er und zog an der Zigarette.

Bernd grinste. »Die Neue interessiert sich für dich.«

»Blödsinn.«

»Warum kommt sie sonst extra her?«

»Du willst wohl, dass sie wegen dir herkommt.«

»Die hat fast geheult, als der Richter dich verprügelt hat.«

»Dann leg du dich doch über die Bank. Vielleicht heult sie auch für dich.«

»Bestimmt nicht«, sagte Bernd. Er hatte Petra in der Schule genau beobachtet. Sie hatte Jan angesehen, wie sie ihn nie ansehen würde, da war er sich sicher.

Jans Mutter kam um die Ecke. »Ich muss los«, sagte er, versteckte die Zigarette hastig hinter dem Handgelenk und flüsterte: »Zu schade zum Wegwerfen«, reichte sie dem Freund, steckte sich schnell einen Kaugummi in den Mund und lief seiner Mutter entgegen.

4 Sorgen

Hilde Bartels stellte ihre Einkaufstasche ab und schloss die Haustür auf. »Was hast du wieder ausgefressen?«, fragte sie.

Jan zuckte mit den Schultern. »Nichts!« Er trug die Einkaufstasche in die Küche, stellte die Milch in den Kühlschrank und legte das Brot in das Brotfach im Schrank.

»Wenn das mit dir so weitergeht, kommt die Fürsorge.«

»Ich habe wirklich nichts getan«, beteuerte Jan. »Der Richter hasst mich.«

»Er verprügelt dich nicht ohne Grund. Du hast nur Blödsinn im Kopf, treibst dich ständig rum, anstatt zu lernen«, prasselte das Schimpfgewitter auf ihn nieder. »Jan, das ist kein Spaß. Der Lehrer wird bei der Fürsorge anrufen und erzählen, dass ich nicht mit dir fertigwerde. Dann kommst du ins Heim.«

Schweigend deckte Hilde den Abendbrottisch. Wie sollte es nur weitergehen? Jan war inzwischen in einem Alter, in dem ihr die Kontrolle über ihn immer mehr entglitt.

Kurz nachdem Hilde und Jan das Abendbrot beendet hatten, klingelte es. Hilde ließ Lilly herein. Sie gingen ins Wohnzimmer. Unter dem Fenster flossen Blumen in Hülle und Fülle wie ein grüner Wasserfall die drei Stufen der Blumenbank hinab. Rechts neben dem Sofa stand auf einem Beistelltisch ein neuer Plattenspieler.

»Geht es dir besser, mein Junge?«, wollte Lilly wissen.

»Ich muss nicht zum Arzt«, antwortete Jan lachend.

Hilde schüttelte den Kopf und schaute Hilfe suchend zu Lilly: »Was soll ich nur mit ihm machen?«

»Wieso mit mir?«, stieß Jan hervor. »Du meinst wohl mit dem Richter!«

»Jan, wir haben schon so oft darüber gesprochen. Du bist zu unbeherrscht. Und wenn du wirklich auf die Realschule willst, musst du mehr lernen«, sagte seine Mutter.

»Hilde, das Lernen allein ist nicht genug. Das weißt du«, warf Lilly ein. Sie betrachtete Hilde, die ihr wie eine Schwester war.

Weißblonde schulterlange Haare umrahmten Hildes ebenmäßiges Gesicht. Mit ihren sechsunddreißig Jahren stand sie in der Blüte ihrer Schönheit. Sie war groß, schlank und so strahlend schön, dass jeder sie ansah.

Hilde empfand ihr Aussehen als Segen und Fluch zugleich. Frauen verfolgten sie oft mit galligem Neid und hässlichen Unterstellungen. Die Männer begehrten sie, aber fürchteten sich vor Zurückweisung. Da sie Verehrer abwies, hieß es hinter ihrem Rücken, sie sei stolz. So fühlte sie sich an manchen Tagen einsam, flüchtete sich in den Traum von der einzigen großen Liebe und schloss ihr Innerstes in diese Welt ein.

Hilde war auch ehrgeizig und zielstrebig. Nach dem Krieg waren sie und ihre Mutter aus Ostpreußen vertrieben und Hagenfelde zugewiesen worden. Sie hatten ihr gesamtes Hab und Gut verloren. Aber ihre Mutter gab ihr den eisernen Willen zum Erfolg und zur Bildung mit. »Bildung kann dir keiner nehmen«, hatte sie immer gesagt. Hilde erzog Jan nach diesem Grundsatz. Er sollte in der Schule lernen, um einen Beruf ergreifen zu können, der ihm gesellschaftlichen Aufstieg ermöglichte. Sie glaubte, ihn mit Strenge gegen die Grausamkeiten abzuhärten, die ihm das Leben zufügen würde.

»Was soll ich tun, Lilly?«, fragte Hilde noch einmal. »Mit dem Richter reden, damit er ihm eine Chance gibt, ihn gerecht benotet?«

Jan sprang auf. »Mit ihm reden? Das bringt nichts! Bei ihm

haben nur die Söhne der Großbauern eine Chance. Oder hat etwa Bernd eine? Oder hatte Robert die?«

»Nein, die hatte Robert nicht«, räumte Lilly ein. Oft war ihr Sohn vom Lehrer benachteiligt worden. »Ich denke«, sagte sie zu Hilde, »der Richter handelt aus religiöser Überzeugung.«

»Was redest du? Hältst du das für eine Erklärung? Wer die Seinen liebt, der züchtig sie, gibt ihnen grundsätzlich schlechte Noten?« Hilde schaute auf ihre Hände. »Was hat der eigentlich im Krieg gemacht?«

Lilly zuckte mit den Schultern. »Ein Nazi war er wohl nicht.«

»Ich habe Angst, sie nehmen mir Jan weg.«

»Es wird sich eine Lösung finden«, sagte Lilly, wandte sich dann zu Jan und sah ihn durchdringend an. »Du musst mehr lernen, da führt trotz allem kein Weg dran vorbei. Aber vor allem musst du deine Wut beherrschen.«

Jan nickte. »Ich werde so viel lernen, dass der Richter mir gute Noten geben muss. Ich verspreche es euch.«

Lilly erkundigte sich nach Petras Vater, der seit ein paar Wochen als Geschäftsführer in der Ziegelei arbeitete.

Hilde, die dort im Büro beschäftigt war, sagte: »Herr Schaper besitzt den modernen Geist, der in den Großstädten herrscht. Vielleicht werden die Hagenfelder offener, moderner.«

»Flower-Power hier? Wer's glaubt«, meinte Lilly.

Die Frauen lachten.

5   *Das Abendmahl*

Die Standuhr schlug. Es war achtzehn Uhr. Im Sommer wie im Winter aßen Karl Richter und seine Frau Martha täglich um diese Zeit zu Abend. Das Wohnzimmer lag über dem Klassenraum. An der Wandseite, links neben der Tür, standen Regale mit Büchern. An der rechten Wand befand sich ein riesiger Eichenschrank mit kleinen Vitrinen, in denen Fotos aufgestellt waren. Vor dem Fenster glänzte das schwarze Klavier.

Karl Richter faltete die Hände, senkte den Blick und sprach das Tischgebet: »Segne, Herr, was deine Hand uns in Gnaden zugewandt. Amen.«

»Amen«, wiederholte Martha. Aus den Augenwinkeln betrachtete sie ihren Mann.

Beim Musikunterricht hatten sie sich durch Gottes Fügung kennengelernt. Die Liebe zu Gott und zur Musik hatte sie von Anfang an verbunden. Sie heirateten kurz vor Beginn des Krieges, in den Karl als Soldat ziehen musste. Sein Musikstudium konnte er nicht beenden. Ihr gemeinsamer Sohn Rudolph wurde während des Krieges geboren. Nach dem Krieg verschlug es die kleine Familie nach Hagenfelde. Doch Karl beschloss, sein Studium wieder aufzunehmen. Sie zogen in die Universitätsstadt und wohnten in einem Kellerraum. Martha erteilte Klavierunterricht, von dem sie mehr schlecht als recht lebten. Die Kälte des Winters und der Hunger trieben sie in immer größere Not. Martha wollte zurück nach Hagenfelde, aufs Land, wo es mehr zu essen und zum Heizen gab. Aber Karl wollte sein Studium abschließen. Der Hungerwinter suchte sich seine Opfer und packte sich Rudolph. Er starb im März 1947 im Alter von drei Jahren. Vom Schmerz überwältigt, gab Martha Karl die Schuld am Tod des Sohnes. Sein Ehrgeiz und seine fehlende Gottgefälligkeit seien die Ursache für Rudolphs Hinscheiden. Dann sprach sie nie wieder über den Tod des Kindes. Und sie sprach nie darüber, dass sie sich auch schuldig fühlte, weil sie vielleicht hätte gehen können, gehen müssen, während sie verzweifelt zugesehen hatte, wie ihr Söhnchen dahinschwand und sie dennoch geblieben war, als fügsame Ehefrau, die zu sein die Eltern sie früh erzogen hatten, angehalten zum Gehorsam gegenüber Gottvater, Vater und Ehemann, so, wie es in dem Buch der Bücher geschrieben stand. Später verbarg sie ihre Schuldgefühle im hintersten Winkel ihrer Seele. Aber sie wurde nie wieder schwanger. Der Schmerz darüber war ihr wie ein Stachel tief ins Herz eingedrungen und sie konnte ihn nicht entfernen. Sie versuchte schließlich, sich Gottes Willen zu fügen, der es ja wohl letztendlich war. Doch oft, wenn sie wie jetzt Karl betrachtete, erschreckten sie quälende Zweifel an Gott und Ehemann.

Karls hageres Gesicht hatte im Laufe der Jahre mehr und mehr herrische Züge angenommen. Der Mund war es gewohnt zu befehlen. In seinen Gesichtszügen vergruben sich auch Verbitterung und Strenge, Strenge gegen andere und gegen sich selbst. Die Brille mit dem schwarzen Gestell betonte seine düstere Ausstrahlung. Seine tief liegenden Augen brannten vor Streitlust und Selbstgerechtigkeit wie glühende Kohlen, angefacht von einem verborgenen Feuer aus Leid und Schmerz.

Das Pendel der Uhr schwang hin und her. Tack, tack. Gelegentlich unterbrach Marthas Suppenlöffel den gleichmäßigen Klang, wenn er unvermittelt auf dem Teller aufschlug. Ihr Erschrecken darüber versuchte sie noch in der

Kehle zu unterdrücken. Denn ihr Essen hatte schweigend zu verlaufen, so, wie Karl das in seiner Familie gelernt hatte.

Karl schaute zu Martha, konnte nicht deuten, was in ihrem Blick lag. Schnell konzentrierte er sich auf das Essen. Zwar hatte er nach dem Unterricht wie immer reichlich gegessen, verspürte jedoch erneut großen Hunger. Martha bekochte und versorgte ihn gut, trotzdem nagte ständiger Hunger an ihm. Obwohl er viel aß, war er mager.

Schon als Kind hatte er unter andauerndem Hunger gelitten. Der Tisch für ihn und die fünf Geschwister war karg gedeckt, die Schüsseln selten voll gefüllt. Aber keines der sechs Kinder war so hungrig wie Karl. Eilig schlang er die knappen Portionen hinunter und wollte mehr. Die Eltern bestraften ihn. Sie meinten, sein Hunger habe die Ursache in seinem unzureichenden Glauben, trotz der Gnade des HERRN, trotz der Fürsorge, die er täglich erfahre. Weil es ihm an christlicher Überzeugung mangele, zwangen sie ihn, ständig dieselben Worte aus Kapitel sechs des Matthäusevangeliums aufzusagen: »Was werden wir essen? Was werden wir trinken? Womit werden wir uns kleiden? Nach solchem allen trachten die Heiden. Denn euer himmlischer Vater weiß, dass ihr des alles bedürftet.« Die Worte halfen nicht. Weil Gier und Völlerei zu den Sünden gehörten, versuchten die Eltern, sie ihm mit Gewalt auszutreiben. Wenn er den Geschwistern Essen weggenommen hatte, schor ihm der Vater den Kopf kahl. Nachbarn, Lehrer, Mitschüler, jeder konnte sehen, dass er gesündigt hatte und seine gottlose Gier bestraft worden war. Die Eltern erzählten ihm von den Flammen der Hölle, von den unsäglichen Qualen, die auf ihn warteten, wenn er nicht wahrhaft gläubig würde. Sie versetzten seine junge Seele in Angst, riefen ihn zu wahrer Buße auf. Doch je mehr sie ihn schlugen und bestraften, desto stärker packte ihn das Verlangen nach Essen. Karl schämte sich für seinen

Hunger. Fasten sollte ihn näher zu Gott bringen. So fastete und fastete er, als ginge es ihm um Selbstvernichtung. Trotz allem ließ sich sein Hunger nicht bezwingen. Warum erlöste Gott ihn nicht? War sein Glaube wirklich zu schwach? Karl meinte, Gottes zornigen Blick zu spüren, fühlte sich verachtet, verinnerlichte diesen Blick und betrachtete sich selbst voller Zorn und Geringschätzung. So war es bis heute. Einzig beim Klavier- und Orgelspiel litt er nicht an Hunger. Einzig die Musik ließ ihn zur Ruhe kommen.

»Gott, hab Dank für Speis und Trank.

Und alle Güte.

In Ewigkeit. Amen.«

»Amen«, ergänzte Martha.

Karl lehnte sich zurück und griff nach einem Buch, Martha nach der Näharbeit.

»Du hast Jan bestraft, wird im Dorf erzählt. Meinst du nicht, dass du manchmal zu streng bist?«, fragte sie vorsichtig. »Es sind doch Kinder.«

»Ich bin streng, aber gerecht. Es ist meine Pflicht, die Kinder zu gottgefälligen Menschen zu erziehen. Das gilt besonders für Jan.« Er fuhr fort: »Denn welchen der Herr liebhat, den züchtigt er. Seid ihr aber ohne Züchtigung, so seid ihr Ausgestoßene.«

Oft diskutierte er mit Martha über Erziehungsfragen. Aber ihre Einstellung war ihm zu weich. Er sah zu ihr, wie sie ihren Kopf mit den früh ergrauten Haaren über ein Stück Stoff beugte. Dass Martha nie wieder schwanger geworden war, sahen sie als Strafe Gottes an. Nur manchmal fand Karl den Mut, Gott zu fragen, ob er nicht genug gebüßt hätte. Er musste sich noch mehr anstrengen, ein guter Christ zu sein, das spürte er in seinem tiefsten Inneren. Und zu seiner Christenpflicht gehörte es, andere Menschen auf den richtigen Pfad zu führen und sie vor dem Zugriff des Teufels zu retten.

Vor allem den formbaren Kindern galt seine Aufmerksamkeit, vaterlosen Jungen wie Jan. Diese brauchten eine harte Hand, denn sie waren aufgrund ihrer unchristlichen, unehelichen Geburt gefährdet. Das Fehlverhalten der Mutter, die Verkörperung von Evas Sünde, übertrug sich auf das Kind. Durch die Sünde der Mutter war der Junge bereits von Gott getrennt. Züchtigung war der einzige Weg, ihn von einem Ausgestoßenen zu einem Kind Gottes zu machen. Doch Jan zeigte sich undankbar ob der schweren Aufgabe, die er an ihm erfüllte, war rebellisch und verstockt. Ein Junge aus der untersten Schicht der Dorfgesellschaft maßte sich an, auf die Realschule zu wechseln und noch mehr zu wollen. Wie Ikarus, der entgegen dem Rat des Vaters übermütig zur Sonne flog und glaubte, sich ungestraft dem Göttlichen nähern zu können. Er hatte bislang alle Schüler zurechtgestutzt, so wie man wild wuchernde Bäume und Sträucher beschnitt, wie man Unkraut aus blühenden Blumenbeeten herausriss und vernichtete. Nur bei Jan hatte er die Todsünde des Hochmuts noch nicht ausgemerzt. Hatte nicht die göttliche Sonne das Wachs von Ikarus' Flügeln aufgeweicht, sodass er in den Tod stürzte? Er würde sich Jan noch gründlicher vornehmen. Das war seine Christenpflicht.

6 Ärger

Es war der erste Samstag im Oktober. Jan vertrieb sich die Zeit auf dem Bolzplatz. Er saß auf dem Geländer und schaukelte mit den Beinen. Neben ihm genossen Bernd und Hanna Landau, Roberts Freundin, das schöne Wetter.

Hannas platinblond gefärbte Haare bildeten einen krassen Gegensatz zu ihren dunklen Augen. Begeistert von den Hippies, spürte sie schmerzhaft, wie weit Hagenfelde von dieser Kultur entfernt war. Der Minirock konnte ihr nicht kurz genug sein, um im Dorf zu provozieren. Ihre Worte konnten ihr nicht frech genug sein, um ihre Unzufriedenheit auszudrücken. Immer häufiger wurde ihr bewusst, dass sie in diesem Dorf keine Zukunft hatte.

Genüsslich zogen die drei an ihren Zigaretten. Hannas rot lackierte Nägel leuchteten.

In diesem Moment kamen Herr und Frau Richter am Bolzplatz entlang. Der Lehrer erblickte Jan und stoppte abrupt.

»Vorsicht«, warnte Jan die anderen leise.

Der Lehrer stürzte auf sie zu. »Ihr dürft nicht rauchen, hört sofort auf damit!«, rief er.

»Sie können gern mal ziehen«, meinte Hanna, näherte sich Herrn Richter und zog dabei langsam ihren Pullover so weit hinunter, dass die Ränder ihres BHs hervorblitzten. Sie grinste.

»Hast du kein Schamgefühl?«, fuhr Herr Richter sie an.

Hanna lachte und warf den Kopf nach hinten. Ihre Locken wirbelten durcheinander.

»Du bist durch und durch verdorben, eine Schande für das Dorf«, legte der Lehrer nach.

Jan sprang vom Geländer. »Lassen Sie Hanna in Ruhe!«

»Mach deine Zigarette aus, du bist zu jung zum Rauchen«, befahl der Lehrer.

Bernd stellte sich neben Jan. »Wir sind nicht in der Schule. Hier haben Sie nichts zu sagen.«

»Ich habe überall etwas zu sagen!«, schrie Herr Richter. Sein Gesicht lief rot an. Er kam Jan immer näher.

»Nichts haben Sie hier zu sagen«, entgegnete Jan. Er blies dem Lehrer langsam Rauch ins Gesicht.

Herr Richter wollte Jan die Zigarette aus der Hand schlagen. Bernd stieß den Lehrer mit der Schulter an. Der wankte leicht.

»Gehen Sie!«, rief Bernd.

»Ja, lassen Sie uns in Ruhe«, bekräftigte Jan. Er blies Herrn Richter erneut Rauch ins Gesicht.

Der Lehrer hob den Arm und holte zum Schlag aus.

»Karl!«, rief seine Frau. »Karl!«, schrie sie lauter und verzweifelter und griff ihm in den Arm, mit dem er zuschlagen wollte. Er hielt inne und es schien, als wache er auf.

»Wir sprechen uns ... Wir sprechen uns«, presste der Lehrer hervor. Mit bebenden Lippen holte er tief Luft, und über die erlittene Demütigung drang ein inneres Aufschluchzen nach außen, das seinen Körper unwillkürlich erzittern ließ.

Am frühen Abend klingelte es bei Jan und seiner Mutter. Es war Lilly. Sie sah Jan einen Moment durchdringend an, sagte: »Es gibt Ärger«, und kam ins Haus.

Jan lief die Treppe hinauf, wollte in sein Zimmer.

»Du bleibst hier«, befahl Lilly und sagte zu Hilde, die aus dem Wohnzimmer kam: »Herr Richter hat sich bei von Bernegold über Jan beschwert. Jan würde rauchen und sei schlecht erzogen.«

»Bei von Bernegold?«, fragte Hilde erschrocken.

»Danach soll der den Pastor angerufen haben, mehr weiß ich nicht.«

Hilde schaute zu Jan. »Du rauchst? Woher hast du das Geld für Zigaretten?«

»Holzenbeck gibt mir manchmal was.«

Das Gesicht seiner Mutter verdunkelte sich. »Warum bekommst du vom Müllermeister Geld? Wenn du dort ein Stück Kuchen isst, ist das in Ordnung. Du kannst ihm auch mal helfen, das schadet dir nicht. Aber von Geld war keine Rede. Die Leute werden denken, ich schicke dich arbeiten, obwohl du deine Schularbeiten machen solltest. Wenn das die Fürsorge erfährt! Für die ist das nur ein weiterer Grund, mir vorzuwerfen, ich könnte dich nicht erziehen. Du gehst zu Holzenbeck und sagst, ich möchte nicht, dass du dort weiter arbeitest. Und jetzt auf dein Zimmer«, sagte Hilde.

In der Nacht offenbarte Jans Seele, was sein Bewusstsein am Tag nicht zugelassen hatte. Er träumte von einem Mädchen mit weißblonden Haaren, das rote Ohrringe und eine Brille mit schwarzem Rand trug. Das Mädchen blies ihm Rauch ins Gesicht. Der Rauch verwandelte sich in eine Feuerwalze, die auf ihn zurollte. Er stand in Flammen. »Ich will nicht sterben!«, schrie er und wachte schweißgebadet auf.

7 Erntedank

»Du kommst mit«, bestimmte seine Mutter am nächsten Morgen, »keine Widerrede.«

Jan zog sich eine Stoffhose und ein Hemd an. Die Hose hieß »neue Hose«, obwohl er sie bereits seit zwei Jahren nur zum Kirchgang trug. Sie war ihm etwas kurz geworden, genau wie das »neue Hemd«. Seine Mutter und Tante Lilly kleideten sich, wie alle Frauen im Dorf, abwechslungsreicher. Mal ein neuer Hut, mal ein noch nie getragenes Tuch. Dabei achteten sie darauf, die Grenze zwischen angemessenem Sonntagsstaat zu sündigem Putz nicht zu überschreiten. Die Sonntagskleidung der Männer und Jungen bestand dagegen aus den immer gleichen Hosen, Hemden und Jacken.

Jan putzte seine Schuhe und kämmte sich die Haare. Er schüttelte sich, wie um seinen Widerwillen loszuwerden. Der lag nicht nur an der Kleidung.

Lilly trug einen schwarzen Mantel und einen schwarzen Hut. Das Rot ihrer geschminkten Lippen harmonierte perfekt mit ihren rötlichen Haaren. Sie duftete nach einem leichten Parfüm.

»Benimm dich, deiner Mutter zuliebe«, raunte sie ihm zu. Jan fand die Bemerkung überflüssig, aber er schwieg.

Einige Dorfbewohner trugen Körbe mit Obst, Gemüse, Kuchen und Broten. Andere zogen mit Ährengebinden und Blumen geschmückte Holzwagen hinter sich her. Die Großbauern fuhren mit dekorierten Traktoren und Anhängern zur Kirche. Heute war Erntedank.

Die Kirchglocken waren bereits verstummt und der Küster war dabei, die große schwere Tür zu schließen, als Jan, Hilde und Lilly die Kirche erreichten. Mit einem Stirnrunzeln ließ er sie hinein. Sie fanden in der letzten Bankreihe freie Plätze.

Hilde drückte Jan ein Gesangbuch in die Hände und flüsterte: »Keine Dummheiten.«

Während sie sich setzte, begegneten sich ihre und Siegfried Ritter von Bernegolds Blicke. Hilde wandte sich schnell ab.

Siegfried von Bernegold seufzte. Hilde hatte ihn, wenn auch nur für einen Moment wahrgenommen. Allein dafür hatte sich sein heutiger Kirchgang gelohnt.

Von Bernegold war sechzig Jahre alt, hochgewachsen und muskulös, das mittelblonde Haar noch voll. Er war der einzige Großgrundbesitzer und der größte Arbeitgeber in Hagenfelde und Umgebung. Nach dem Krieg hatten die Amerikaner sein Gut beschlagnahmt. Seine Familie musste in das Gärtnerhaus ziehen. Das Gutshaus stellten die Amerikaner osteuropäischen Zwangsarbeitern als Sammellager zur Verfügung. Die Zwangsarbeiter zerstörten in Wut und Hass, was sich ihnen darbot, und terrorisierten die Bewohner von Hagenfelde. Von Bernegolds Ehefrau fiel eines Nachts diesem Albtraum zum Opfer und starb an den Folgen. Er trauerte lange.

Die Briten, die nach den Amerikanern Hagenfelde besetzt hatten, ließen sich damit Zeit, die ehemaligen Zwangsarbeiter in ihre Heimatländer zurückzuschicken. Ende der Vierzigerjahre durfte Siegfrieds Familie zurück auf den Gutshof, denn im Westen Deutschlands gab es keine Bodenreform, keine Enteignung des Adels und keine Abschaffung der Patronate. Siegfried suchte sich eine neue Frau und fand Therese, eine wohlhabende Bürgerliche. Doch nach kurzer Zeit langweilte sich Therese. Sie reiste oft zu ihrer Cousine nach Berlin. Ihr zweitgeborener Sohn hatte keine Ähnlichkeit mit Siegfried und er ließ sich scheiden. Danach verlor er jegliche moralischen Bedenken und nutzte die Notlagen von Frauen aus. Und es gab einige, die seine Hilfe benötigten.

Von Bernegold besaß noch immer das Kirchenpatronat und der Kirchgang gehörte zu seinen öffentlichen Pflichten. Der Hirte für die Schafherde, die beherrschbar sein musste. »Halt du sie dumm, ich halt sie arm.« Für diese Aufgabenteilung zwischen der Kirche und sich hatte er Pastor Meyer vor dreißig Jahren ausgewählt.

Siegfried war NSDAP-Mitglied gewesen, aber ohne Sympathie. Er beherrschte den Gemeinderat und beeinflusste den NSDAP-Ortsvorsteher. Erfolgreich wehrte er sich dagegen, dass auf dem Gutshof und vor der Kirche Hakenkreuzfahnen wehten. Und er ließ sich nicht das jahrhundertealte Recht nehmen, den Pfarrer zu präsentieren. 1938 schlug er dem evangelischen Oberkirchenamt Johannes Meyer als neuen Pfarrer vor. Der gehörte wie er zur Bekennenden Kirche, die sich gegen die vom NS-Staat gebildeten »Deutschen Christen« gegründet hatte. Meyer hatte sich geweigert, den von den Kirchenleitungen ab dem Frühjahr 1938 geforderten Treueeid auf Hitler abzulegen. Im Konfirmandenunterricht wetterte er gegen das neue Heidentum und die Vergötzung des Staates. Er wurde denunziert, verprügelt und verhaftet. Das brachte ihm Siegfrieds Anerkennung ein. Der setzte sich mithilfe eines einflussreichen Jagdfreundes, der in der Kirchenbehörde arbeitete, gegen die Leitung des Oberkirchenamtes durch und holte Meyer nach Hagenfelde. Siegfried zahlte als Kirchenpatron den Unterhalt für den Pastor und genoss es, dass im Pfarrhaus jemand saß, der ihm Dankbarkeit schuldete. So gehörte Johannes Meyer zu seinem weitverzweigten Netz aus Menschen, die ihm Gefälligkeiten schuldeten. Wenn der Zeitpunkt gekommen war, forderte Siegfried die Gegenleistung ein.

Darüber hinaus bedeutete Siegfried ein harmonischer Dreiklang zwischen Kirche, Patronat und Schule viel. Daher nahm er 1951 Einfluss auf die Einstellung des Lehrers. Der Regierungspräsident, dem die Schulbehörde unterstand, war ebenfalls ein Jagdfreund von ihm. Mit dessen Unterstützung hatte er auch hier seinen Wunschkandidaten durchgesetzt: Karl Richter, streng religiös und überzeugt von Disziplin und Ordnung.

Siegfried lächelte zufrieden in sich hinein.

Pastor Johannes Meyer spähte durch ein kleines Löchlein, das er in den Vorhang geschnitten hatte, der die Sakristei vom Kirchenschiff trennte. Der Altar und die Stufen davor flossen über von Erntedankgaben. Die Pracht und Herrlichkeit von Gottes Wohlwollen zeigten sich, doch die meisten Bauern schrieben die gute Ernte allein ihrer Arbeit zu.

Nach und nach verstummten Flüstern und Tuscheln, reckten sich die Köpfe noch ein letztes Mal zu den Seiten und nach hinten, um zu grüßen und festzustellen, wer fehlte.

Pastor Meyer verließ die Sakristei. Die Stirnfalte, die eingemeißelt schien wie der senkrechte Balken des Kreuzes Christi, hielten manche für den Ausdruck seiner Nachdenklichkeit. Meyer wusste, dass sie ein Zeichen schnell ausbrechenden Zorns war.

Meyers protestantischer Glaube wurzelte tief und fest in ihm. »Dein Wille geschehe, wie im Himmel so auf Erden«, hatte er damals, 1938, zu sich gesagt, als er von existenzieller Not getrieben die Stelle in Hagenfelde antrat. Er hatte nur vorübergehend in diesem Dorf arbeiten wollen. Kein Pastor ging freiwillig in den als unchristlich verschrienen Ort: Kommunistische, dem Alkohol und Kartenspiel zugeneigte Ziegeleiarbeiter, Bauern, die für eine gute Ernte nicht Gott dankten, sondern sie ihrem Fleiß zuschrieben, Frauen, die nur deshalb zur Kirche gingen, um ihre neue Kleidung wie auf einer Bühne zur Schau zu stellen. Aber Anna, seine Frau, war schwanger und sie brauchten Einkommen und Unterkunft. Und er hatte es sich mit den Machthabern verdorben, die ab 1933 herrschten. Daher war er dankbar gewesen, dass der Kirchenpatron ihn unterstützte. Allerdings ging Johannes Meyer nach jedem Abendmahl niedergeschmettert nach Hause, denn nur wenige nahmen daran teil. Während des Krieges war die Kirche lediglich gut besucht, wenn er die Namen der Gefallenen verlas. Doch dann zogen Flüchtlinge und Vertriebene, katholische Schlesier und ostpreußische Lutheraner ins Dorf. Die Kirche und der Kollektenbeutel füllten sich. Aber die Katholiken, die kein eigenes Gotteshaus in der protestantischen Gegend hatten, waren unzufrieden. Nichts erschütterte Meyers Verhältnis zu von Bernegold so sehr wie die Entscheidung des Patrons und des von ihm beherrschten Kirchenvorstandes, das protestantische Gotteshaus zweimal im Monat der katholischen Gemeinde zur Verfügung zu stellen.

Meyer vertrat die Ansicht, Vorstand und Patron hätten sich von den Katholiken kaufen lassen, denn diese spendeten viel Geld für die Nutzung der Kirche. Wohin ein Teil der Einnahmen floss? Die Nachkriegsjahre waren Hungerjahre, auch in Hagenfelde. Manchmal geriet sogar er selbst auf Abwege und nutzte seine Seelsorgerfunktion aus, vor allem bei Beerdigungen.

Nachdem die Katholiken ihren ersten Gottesdienst abgehalten hatten, predigte er gegen sie, ohnmächtig vor Wut. Anschließend nahm ihn der Patron zu einem Vieraugengespräch beiseite, von dem er niemandem, nicht einmal Anna erzählte. Er lehnte sich nie wieder gegen von Bernegold auf.

Inzwischen predigte er seit dreißig Jahren in Hagenfelde. Gestern Abend hatte ihn von Bernegold um Unterstützung für Karl Richter gebeten. Der Sohn der schönen Hilde tanzte dem Lehrer offenbar auf der Nase herum. Selbstverständlich würde er mit Gottes Beistand dem Lehrer und dem Patron helfen.

8 Orgelklänge

Johannes Meyer blickte auf die Menschen vor sich. Manche kamen nur wegen des Orgelspiels des Lehrers in die Kirche. Meyer versuchte, dies nicht als Herabwürdigung seiner Arbeit zu deuten. Vielmehr sah er es als Möglichkeit, die Kirche und den Kollektenbeutel zu füllen. Er nickte Karl Richter zu, der, mit dem Rücken zu ihm, oben auf der Empore vor der Orgel saß und in einen kleinen Rückspiegel schaute.

Karl Richter nickte zurück. Mit Johannes Meyer verband ihn der protestantische Glaube, doch der Pastor war ihm zu weltlich. Dies hatte sich vor vielen Jahren in einem Streit über das Lachen gezeigt.

»Lachen ist Rebellion gegen Gott«, hatte Karl gesagt.

»Ich habe Kinder, die lachen. Sie sind trotzdem gottesfürchtig«, hatte ihm Meyer widersprochen.

»Ich unterrichte Kinder. Ein Kind, das lacht, hat keine Angst. Wer lacht, spottet gegen Autorität. Wer lacht, fürchtet auch Gott nicht.«

»Sie sind zu streng.«

Der Vorfall auf dem Bolzplatz lastete schwer auf Karls Seele, so schwer, dass er vergessen hatte zu planen, was er heute spielen wollte. Er schloss die Augen, öffnete sie wieder und richtete den Blick in die Ferne, dann Hilfe suchend auf seine Hände. Sie entlockten der Orgel ihren ersten warmen Ton. Es folgten weitere Klänge und wie auf wundersame Weise spielte er ein ihm vertrautes Stück. Er neigte Kopf und Oberkörper nach links, nach rechts und seine Ohren tauchten in die Melodie ein. Er reiste in seine Welt. Hier fühlte er sich frei, ohne Schmerzen, ohne Last. Musik war rein, ohne Lügen. Er vergaß sich, vergaß die Zuhörer, brachte die Klangfarben zum Leuchten und sie leuchteten in seine Seele. Raum und Zeit schienen aufgehoben, innen und außen eins. Er war ganz bei sich.

Jan lauschte dem Orgelspiel. Aus dem Halbdunkel der Empore, unter der er saß, betrachtete er Jesus am riesigen Holzkreuz. Wie lange hatte er gelitten, bevor er starb? Jesus beeindruckte ihn. Nägel in Händen und Füßen, das verursachte stärkere Schmerzen als die Stockschläge des Lehrers. Doch warum rettete Gott Jesus nicht? Immerhin war es sein allmächtiger, himmlischer Vater. Auf Erden hatte er Josef. Und sein eigener Vater?, fragte sich Jan. Wo lebte er? Warum interessierte er sich nicht für ihn? »Wie im Himmel, so auf Erden«, hieß es im Vaterunser. Bei ihm war es wie bei Jesus: Kein Vater, der sich für ihn einsetzte und ihn vor Karl Richters Schlägen rettete.

Lilly ergriff das Gesangbuch, legte es jedoch gleich wieder vor sich auf die Ablage der Bank. Herr Richter spielte. Allein das Orgelspiel zog sie noch in die Kirche. Die Schwingungen der Musik nahmen ihre Gedanken mit in die Gottesdienste ihrer Kindheit. Das meterhohe Fenster hinter dem Altar hatte in Gold und bunten Farben gestrahlt. Engel in hellen Gewändern mit Flügeln aus Licht schienen glückseliges Leben und überirdische Zuversicht zu verkörpern. Aus den Ecken züngelten die Flammen der Hölle, als versuchten sie, die Menschen zu greifen, um sie mit sich in den Abgrund zu ziehen. Lilly war sicher gewesen, dass die Engel ihr Versprechen zu helfen immer einlösen würden. Doch die Gebete, die sie eines Tages in größter Verzweiflung ausgestoßen hatte, fanden bei

Gott kein Gehör. Gott half ihr nicht, als sie unter Schmerzen wimmerte, als gleichsam der Teufel auf ihrer Brust saß und sie hämisch-lüstern zu ersticken drohte. Sie rief Gott um Hilfe bei Tag. Gott schwieg. Sie rief ihn um Hilfe, als der Fluss des namenlosen Schmerzes sie in seine schwarze Strömung riss. Gott schwieg. Glaube, Liebe, Hoffnung? Diese christliche Botschaft drang nicht mehr bis in ihr Herz. Sie kam mit Gott nie mehr ins Reine.

Ihre Tränen bemerkte sie erst, als Jan ihr sein Taschentuch reichte.

Hilde ging aus Pflichtbewusstsein in die Kirche. Sie wollte nicht noch mehr im dörflichen Abseits stehen. Der Kirchgang wahrte zumindest den Anschein der Zugehörigkeit. Sie kam aus einer protestantischen Familie. Ihren Eltern war Bildung jedoch wichtiger als das Vaterunser. Die eiserne preußisch-protestantische Erziehung hatte ihr geholfen, Schicksalsschläge auszuhalten, nicht der Glaube an einen Gott oder die Unterstützung der Kirche. Im Gegenteil, sie zweifelte an der Kirche, die eine Frau wie sie als Sünderin brandmarkte, aber den Mann mit dem Schleier der Scheinheiligkeit schützte.

Die Musik bannte von Bernegold wie ein Zauber. Das Orgelspiel schlug in ihm den Ton der Sehnsucht an, der verzweifelten Sehnsucht nach Hilde. Er schloss die Augen und wiegte sich kaum merklich im Rhythmus der Klänge. Als seine Verzweiflung überhandnahm, schreckte er hoch.

Hilde begegnete wieder von Bernegolds Blick. Sein Tagtraum lag offen vor ihr: Ein wilder, aber verwundeter Tiger, der all seine verbliebene Kraft aufbot und zum Sprung ansetzte.

9 Die Predigt

Die Orgel verstummte. Gemächlich ging Pastor Meyer zum Altar. Aus den Ärmeln des Talars tauchten seine blassen, weichen Hände auf, die er langsam faltete.

»Lasset uns beten.«

Die Gemeinde erhob sich, murmelte das Vaterunser und setzte sich anschließend wieder. Von der Orgel begleitet sangen die Kirchgänger »Befiehl du meine Wege«.

Pastor Meyer schritt zur Kanzel, nickte allen zu, schlug die langen Ärmel des Talars um, bereit zum Kampf für den Lehrer, für den Patron, für Gott. Sein Kampfplatz war die Kanzel.

Er begrüßte die Gemeinde, die lieben Brüder und Schwestern. »Gnade und Friede von Gott, unserem Vater, und unserem HERRN Jesus Christus.«

»Amen.«

»Wir feiern das Erntedankfest. Gott hab Dank für Speis und Trank.«

»Amen.«

Nach einer kurzen Pause fuhr er fort. »Von Anbeginn der Menschheit ging es um Säen und Ernten, Ernten und Danken. Ihr habt das Haus eures HERRN heute mit der Fülle an Gaben, die er euch hat zuteilwerden lassen, reich geschmückt. Doch nicht allein die Nahrung für den Leib ist wichtig, sondern auch die Nahrung für die Seele. Aber was wird heute gesät? Der heutige Same ist böse. Gehorsam, der zu einer guten Aussaat gehört, wird verweigert. Gehorsam und Gottesfurcht sind wesentliche

Bestandteile der Aussaat und unverzichtbar für eine gute christliche Ernte.«

Prüfend schaute er sein Publikum an; die meisten hörten ihm zu.

»Die seelische Nahrung, liebe Brüder und Schwestern, auf die kommt es an. Gerade haben wir vor Gott, unserem HERRN, das Vaterunser gesprochen. Habt ihr es mit eurem Herzen gebetet? Oder es nur dahergeplappert? ›Und führe uns nicht in Versuchung‹, habt ihr gesagt. Doch zu Sünde und Schande hat der Teufel einige unter uns verführt.«

Pastor Meyer holte kurz Luft und donnerte hervor: »O Gott, in deiner großen Güte, gib uns Kraft!«

Die Zuhörer erschraken vor diesem Weckruf. Von Bernegold nickte ihm aufmunternd zu.

»›Erlöse uns von dem Bösen‹, habt ihr im Vaterunser gesagt. Ja, Erlösung von den Sünden brauchen wir. Der Teufel erprobt immer wieder seine Kunst. Er weilt in Hagenfelde, ist in die Dorfjugend gefahren. Die Jugend frönt dem Laster und der Freizügigkeit, dass die Erde vor dieser Schande bebt. Der Antichrist hat seinen Schwefelgestank zurückgelassen. Die Sonne verfinstert sich ob der Sünde, die sich in unserem Dorf ausbreitet.«

Im Schein des Lichts, das durch die Fenster strahlte, sahen die Kirchgänger der ersten Reihen, wie aus des Pastors Mund Spucketröpfchen sprühten und durch die Luft flogen. Dies geschah besonders, wenn er den Buchstaben »T« wie bei dem Wort »Teufel« aussprach. Eltern wiesen ihre lachenden Kinder zurecht. Selbst einige Erwachsene versteckten ihr Kichern hinter vorgehaltenen Händen. Andere senkten die Köpfe, um nicht ihre Nachbarn ansehen zu müssen.

Die leise Heiterkeit setzte Meyer zu. Er wischte sich mit dem Taschentuch über den Mund und heftete den Blick Halt suchend auf den Predigttext, dann auf die vor ihm Sitzenden.

Endlich spürte er die ungeteilte Aufmerksamkeit, die er für die nächsten Sätze brauchte.

»Wie kann die Sünde ausgetrieben werden? Durch Züchtigung! In der Heiligen Schrift steht bei den Hebräern in Kapitel zwölf, Verse fünf bis acht, geschrieben: ›Mein Sohn, achte nicht gering die Züchtigung des Herrn und verzage nicht, wenn du von ihm gestraft wirst. Denn welchen der Herr liebhat, den züchtigt er, und er straft einen jeglichen Sohn, den er aufnimmt. Gott erzieht euch.‹ Und ein guter Vater züchtigt seinen Sohn. ›Seid ihr aber ohne Züchtigung, welche sie alle erfahren haben, so seid ihr Ausgestoßene und nicht Kinder‹, lesen wir. Die Macht der Sünde trennt euch von Gott. Er legt euch Prüfungen auf. Damit erzieht er euch. Wenn ihr seine Prüfungen aushaltet und somit der Sünde widersteht, so seid ihr seine Kinder. Manchmal leidet ihr unter seinen Prüfungen, seinen Züchtigungen. Doch dass ihr leidet, ist ein Zeichen dafür, dass er euch als seine Kinder ansieht. Wer die Züchtigung erträgt, wird ewiges Leben an Gottes Seite gewinnen. Streng ist Gott, unser Vater, und seine Strenge ist Beweis seiner Liebe. Würde Gott euch nicht prüfen, so wäret ihr Ausgestoßene aus seiner Familie. Die Erziehung durch Gott, unseren Vater, und den leiblichen Vater gehen Hand in Hand. Doch was geschieht, wenn der leibliche Vater fehlt?«

Der Pastor holte Luft für den wichtigsten Teil seiner heutigen Predigt.

»Liebe Brüder und Schwestern, unter uns ist jemand, der die schwere Bürde der Erziehung trägt. Anstelle des leiblichen Vaters übernimmt er die Aufgabe des Züchtigers.« Er blickte zur Orgel, zu Karl Richter. Die Augen der Kirchenbesucher folgten ihm.

»Ihr nickt. Das ist gut. Aber die Jugend ist gottlos. Wie heißt es weiter bei den Hebräern in Kapitel zwölf, Vers fünfzehn:

›Dass nicht etwa eine bittere Wurzel aufwachse und Unfrieden anrichte und die Gemeinde dadurch befleckt werde.‹«

Überwältigt von seiner Rede hielt er kurz inne und griff nach den vor ihm liegenden Blättern. Was er sagen wollte, wusste er allerdings auch ohne sie. »Die bittere Wurzel in Hagenfelde ist der Ungehorsam der Jugend. Die bittere Wurzel sind vor allem die Kinder der Sünde.«

Er schwieg. Sein Feuerblick zielte auf Jan.

Jan glaubte nicht, was er hörte. Das waren doch nicht Gottes Worte, die der Pastor sprach? Wahrscheinlich hatten von Bernegold und der Lehrer dem Pastor nach dem gestrigen Vorfall auf dem Bolzplatz gesagt, dass er so predigen soll.

»Der schwere Sündenfall, den Adam und Eva gegen den Allmächtigen begingen, vererbte sich auf alle Menschen. Einige Frauen in Hagenfelde folgten Evas sündigem Weg. Ihre Söhne wachsen ohne Züchtigung auf.« Meyer sprach lauter. »Diese Mütter sind nicht in der Lage, ihre Kinder zur Gottesfurcht zu erziehen. Ihre Söhne und Töchter sind ebenfalls schwache Naturen, bedürfen mehr als andere Kinder der Züchtigung, denn sie stehen außerhalb der gottgewollten Ordnung, außerhalb der heiligen Ehe und Familie!«

Den Worten folgte eine Pause, in der er zu Jan, Hilde und Lilly schaute. Meyer schob seinen Oberkörper nach vorn. »Wenn die Kinder der Sünde nicht erzogen werden können von denen, die die Verantwortung für sie tragen, so ist es Aufgabe der christlichen Gemeinschaft, sie zu erziehen. Sie zu retten!«

Die Worte schnitten Jan ins Fleisch, jeder Blutstropfen in ihm verwandelte sich in glühende Lava. Er stieß seine Mutter an. Sie reagierte nicht.

Jan flüsterte: »Der meint uns. Das können wir uns doch nicht gefallen lassen!«

»Erziehung ist unsere Christenpflicht!«, rief Meyer in Richtung Gemeinde. Wer mit den Gedanken abgeschweift oder sogar eingenickt war, fuhr hoch. Pastor Meyer warf die Arme mit einer kämpferischen Bewegung nach oben, beugte sich erneut über die Kanzel und sah jeden Kirchgänger, jede Kirchgängerin durchdringend an.

Die Blicke von Jan und Pastor Meyer begegneten sich. Hass und Verachtung drangen aus den Augen des Geistlichen. Jan umklammerte das Gesangbuch. Seine Fingerknöchel wurden weiß.

»Zur christlichen Erziehung gehört körperliche Züchtigung. Kinder müssen vor dem geistig-moralischen Tod geschützt werden. Vor allem den Kindern der Sünde muss das Satanische ausgetrieben werden!«, erscholl der pastorale Schlachtruf.

»Lass uns gehen«, sagte Jan und stieß seine Mutter erneut an.

»Was zu viel ist, ist zu viel«, stimmte Lilly zu. »Diese Bosheit, die aus dem schwarzen Talar kriecht.«

Pastor Meyer setzte seinen glühenden Appell fort. »HERR, unterstütze die, die sich für die schwere Aufgabe der Züchtigung entschieden haben. Gott Vater, unterstütze deine Diener«, rief er.

Lilly erhob sich, den Kopf hoch, das Kinn nach vorn gestreckt. Jan folgte ihrem Beispiel.

»Mutter, komm«, sagte er und zog sie am Ärmel. »Komm doch!«

Endlich stand Hilde auf.

»Den Sündern mangelt es an Glauben ...« Pastor Meyer stockte der Atem. »Seht nur, seht, sie ertragen das Wort des HERRN nicht.«

Alle Kirchenbesucher drehten sich nach ihnen um.

Erhobenen Hauptes verließ Lilly die Kirchenbank, hakte sich im Hinausgehen Jan und Hilde unter und zog sie zum Ausgang. Dabei flüsterte sie: »Wir gehen ganz langsam raus.«

»Aber ich sage euch, ihr, die ihr geht: Gottes schrecklichem Gericht werdet ihr nicht entkommen! Tut Buße, tut Buße!«, hörten sie den Pastor noch rufen, kurz bevor sie die Kirchentür hinter sich schlossen.

Hilde zitterte, ihr Gesicht von Blässe überzogen.

Auf Lillys Stirn glänzten Schweißperlen, als hätte sie stundenlang am Herd gestanden. »Ich bin mit Robert im Bauch geflohen, um zu leben. Niemand von denen richtet über mich! Niemand!«

»Tante Lilly, der Pastor meint Mutter und mich.«

»Ja, aber auch mich und Robert und andere Frauen mit ihren Kindern.«

»Lass gut sein, Lilly«, beschwichtigte Hilde.

»Nein, Hilde, es ist nicht gut. Nichts ist gut.«

10 *Feuer des Zorns*

Jan lag wach. Die Kirchturmuhr schlug elfmal. Darauf Stille. Er atmete schwer, als läge ein Stein auf seiner Brust. Jan wünschte sich, er würde einschlafen und nicht mehr aufwachen. Er legte sich auf die Seite, danach auf den Bauch und drückte sein Gesicht ins Kopfkissen. Für einen Moment wiegte er sich in Sicherheit. Dann drehte er sich auf den Rücken. Der Lehrer würde sein Verhalten auf dem Bolzplatz schwer bestrafen. Herr Richter hatte ihn so oft verprügelt, dass er es nicht mehr zählen konnte. Morgen würde er ihn mit Gottes und des Pastors Segen noch härter züchtigen als sonst. Das war so sicher wie das Amen in der Kirche. Sein Herz wollte zerspringen. Er erschrak. Schleichend kroch Angst in ihm hoch. Er fiel in einen unruhigen Schlaf.

Als der Wecker klingelte, stand er mit einem dumpfen, heftigen Pochen im Herzen auf.

Herr Richter betrat den Klassenraum. Er schien seine Augen noch mehr in den Höhlen zu verbergen als sonst. Aus dem tiefen Dunkel glühte es gefährlich auf, als er Jan mit einem schnellen Blick streifte. Die Kinder huschten ängstlich auf ihre Plätze, stellten sich hinter die Stühle, grüßten gemeinsam den Lehrer und warteten auf dessen »Setzen!«

Jan hoffte, die ersten gefahrlosen Minuten würden nicht enden. Doch schon zielte der flammende Blick des Lehrers auf ihn.

Es war nicht so, dass Herr Richter immer wild prügelte,

schrie, mit Kreide um sich warf, mit dem Lineal auf zarte Finger schlug oder an den Ohren zog. Aber es kam oft vor. Und niemand wusste, wann, und niemand wusste, wen er sich vornahm.

Herr Richter fragte nach den Hausaufgaben. Die Schüler holten ihre Hefte hervor.

»Wo sind deine Hausaufgaben?«, fragt er Jan.

»Hier«, antwortete er, legte die Arme betont lässig über die Stuhllehne und stellte die Beine breit auf.

Schmallippig nahm der Lehrer das Heft. »Ich sehe nur Tintenkleckse und Eselsohren.« Er zerriss das Heft. »Nach vorn.«

Jan atmete tief durch. Die Angst, einen der Schreie auszustoßen, die er in seinem Innersten unterdrückte, war wieder da. Ein Schrei wäre ein hörbarer Triumph für Herrn Richter. Der Lehrer sollte ihn nicht als Opfer darstellen können, so wie Jörg, Bernds jüngeren Bruder.

Jörg war mager, ständig blass, mit dunklen Rändern unter den Augen, bekam zu Hause die meisten Schläge, weil er der sanfteste und für den Vater der unmännlichste aller Söhne war. Eines Tages im Klassenzimmer, noch bevor Herr Richter ihn sich vornahm, hatte sich Jörg auf dem Weg zur Holzbank vor Angst in die Hose gepinkelt. Die Schüler grölten, beruhigten sich nicht. Angeekelt wandte Herr Richter sich ab. Sogar Bernd schämte sich für seinen kleinen Bruder. Jörg musste zur Strafe bis zum Schulschluss mit dem nassen Fleck auf der Hose in der Ecke neben der Tafel stehen. Hilflos und einsam stand er mit dem Gesicht zur Klasse, bleicher und mit noch dunkleren Rändern unter den Augen als sonst. Die Abscheu und der Ekel über Jörg verbreiteten sich stillschweigend und einhellig unter den Schülern, frei von Mitgefühl, frei von Erbarmen. Seitdem nannten sie ihn Pinkel-Jörg.

Während Jan die Holzbank ergriff, schaute er zu Jörg. Der sah ihn ängstlich an, wissend um die Qual, die Jan erwartete.

»Leg dich rüber«, befahl Herr Richter. Er holte den Stock aus der Ecke. Der Stock war markiert. Für kleinere Vergehen und kurze Schläge fasste Herr Richter ihn in der Mitte. Jetzt umfasste der Lehrer ihn am Ende. Er würde weit ausholen und mit großem Schwung besonders schmerzhafte Schläge austeilen.

Nachdem Herr Richter stabil stand, rief er: »Ich werde dir deine Flausen austreiben. Ich werde das Böse aus dir rausprügeln.« Er schlug auf Jan ein. »Ich werde dir Respekt beibringen!« Ein weiterer Schlag folgte. »Wie heißt das?«

»Ja, Herr Richter«, stieß Jan hervor.

»Du wirst gehorchen!« Der nächste Schlag.

»Ja, Herr Richter.«

»Du wirst Christus ehren!« Der nächste Schlag.

»Ja, Herr Richter.«

Das Schlagen dauerte lange, so kam es Jan vor. Das Bild von Jesus am Kreuz tauchte vor ihm auf. Warum hatte der sich nicht gewehrt, wenn er angeblich so mächtig war?

Jan konzentrierte sich darauf, keinen Schrei auszustoßen.

Schwer atmend legte der Lehrer den Stock beiseite.

Jan zitterte. Langsam richtete er sich auf. Der Schmerz zwang ihn zu einem unsicheren Gang. Er watschelte zu seinem Platz. Verstohlen befühlte er seine Hose. Sie war trocken, stellte er erleichtert fest.

Er zog wie zufällig seine Jacke von der Stuhllehne, legte sie auf die harte Sitzfläche des Stuhls und setzte sich vorsichtig darauf. Aus den Augenwinkeln schaute er zu Petra. Sie senkte den Kopf.

Karl Richter war erschöpft, aber beruhigt. Jan hatte sich ihm gegenüber öffentlich respektlos verhalten, ihn im Dorf der Lächerlichkeit preisgegeben. Jetzt hatten die Schüler gesehen, was mit dem geschah, der seine Autorität infrage stellte. Macht musste mit Demütigung und Schmerzen verbunden werden, nur dann zweifelte sie keiner an. Einschüchterung und Abschreckung, Strafen und Leiden, das waren Elemente seiner Macht. Jan musste endlich akzeptieren, dass es im Klassenraum nur seinen, Karl Richters, Willen gab. Und außerhalb des Klassenraumes ebenfalls.

Das Feuer des Zorns hatte sich in Karl Richters Seele eingebrannt und bei Jungen wie Jan breitete es sich wie ein Flächenbrand aus. Es handelte sich um gerechten Zorn, dessen war er sich sicher. Gerechter Zorn, der vernichten wollte. Musste. Wer nicht hören will, muss fühlen.

Karl Richter zog die große Pause vor, schlich eilig nach oben in die Wohnung, griff nach den belegten Broten, die Martha für ihn zubereitet hatte, und schlang sie hinunter.

Nach dem Unterricht verließ Jan schnell die Schule. Er wich Bernd aus. Heute ertrug er ihn nicht.

Er klingelte bei Tante Lilly, doch niemand öffnete. Er ging nach Hause. Dort warf er die Schultasche in den Flur und ging in die Küche. Die Küchenuhr tickte laut in die Stille hinein. Er nahm sich ein Stück Brot, legte es jedoch wieder zurück in das Brotfach.

Im Bad hielt er ein Handtuch unter das kalte Wasser und wusch sich das heiße Gesicht. Er zog Hose und Unterhose herunter und kühlte sein Gesäß und die Oberschenkel. Das höllische Brennen ließ nach.

In seinem Zimmer legte er sich bäuchlings aufs Bett. Der triumphale Blick von Herrn Richter verfolgte ihn.

Was sollte er nur tun? Weglaufen? Wohin? Jan weinte, bis er keine Tränen mehr hatte. Es blieb ihm einzig zu kämpfen. Wenn er nicht so schnell aufbrausen würde, vielleicht bekäme er weniger Schläge. Oder er musste noch mehr lernen. Dann müsste Herr Richter ihm gute Noten geben.

Dann betäubte der Schmerz seine Sinne.

Dann betäubte der Schmerz seine Gedanken.

Die Zeit löste sich auf.
Der Schmerz blieb.
Die Wut schwoll an.

11 Schwere Wege

Nachdem Jan sich etwas ausgeruht hatte, machte er sich auf den Weg zu Müllermeister Otto Holzenbeck und seiner Frau. Der rauschende Mühlbach, mit dichten Sträuchern und Büschen an seinen Ufern, durchschnitt das Dorf. Eine schmale Brücke führte über den Bach. Das unermüdlich fließende Wasser trieb das riesige Holzrad der Mühle an. Manchmal kletterte Jan am Holzgerüst neben dem Mühlrad hoch, um in einen kleinen, verborgenen Verschlag zu gelangen. Dort setzte er sich hin, rauchte eine Zigarette und freute sich, dass niemand ihn dort vermutete. Jedenfalls hatte Holzenbeck bislang nichts gesagt.

Als er auf dem Hof des Müllermeisters ankam, sprang der Hund freudig an ihm hoch.

»Wir wollten gerade Kaffee trinken, du kommst genau richtig«, sagte Frau Holzenbeck und lächelte ihn an. Die Lachfältchen um ihre Augen leuchteten wie Sonnenstrahlen.

Jan ging gern zu Holzenbecks. Er mochte sie und sie ihn. Wenn er sich Tante und Onkel hätte wünschen können, dann die beiden. Er vertraute ihnen und wusste, dass sie immer auf seiner Seite standen. Sie nahmen sich Zeit, hörten ihm zu und gaben ihm Ratschläge, wenn sie es für erforderlich hielten.

Ihr Sohn Walter hatte vor einem Jahr sein Studium abgeschlossen und arbeitete als Entwicklungsingenieur bei einem großen Autokonzern. Wenn Walter kam, dann immer in einem neuen Wagen. Er erklärte Jan, wie ein Motor funktioniert, und viele andere Dinge am Auto. Er weckte in Jan den Wunsch, auch Ingenieur zu werden. »Um zu studieren, musst du aufs Gymnasium gehen. Also streng dich in der Schule an«, betonte Walter jedes Mal.

Müllermeister Holzenbeck und seine Frau Gertrud waren beide in Hagenfelde geboren und aufgewachsen. Kurz bevor Otto in den Krieg ziehen musste, heirateten sie. Ihre glückliche Ehe basierte auf Liebe und hielt. Sorgen bereitete dem Müllermeister nach dem Krieg die Konkurrenz der Industriemühlen. Doch zum Glück lieferten die Großbauern aus Hagenfelde und der Umgebung weiterhin ihr Getreide an ihn. Er war zuverlässig und die Wassermühle tat ihren Dienst unabhängig von Wind und Wetter. Otto Holzenbeck erkannte früh, dass die Mühle die Familie nicht noch eine weitere Generation ernähren konnte. Schweren Herzens riet er daher seinem Sohn, einen anderen Beruf zu ergreifen, schickte ihn auf das Gymnasium in der Kreisstadt und anschließend auf die Universität.

Jan half dem Ehepaar ab und zu. Er schleppte Getreidesäcke und schaute gebannt zu, wie die Mühlsteine alles zermalmten. Er fegte den Boden, verschloss Mehlsäcke, erledigte kleinere und größere Arbeiten, die der Müllermeister ihm auftrug. Anschließend aßen sie gemeinsam und er erhielt etwas Geld.

Der Müllermeister war fünfzig Jahre alt, fast zwei Meter groß, mit Händen wie Mühlsteine. Er saß, noch in der weißen, dicken Arbeitskleidung, bärenstark und mächtig am Tisch. Die Mütze lag neben ihm auf der Bank.

Jan setzte sich auf seinen Stammplatz vor dem Fenster. Die weichen Polster der Bank schonten seinen immer noch schmerzenden Hintern.

»Junge, man hört ja allerhand über dich. Was ist los?«, wollte der Müllermeister in der ihm eigenen direkten Art wissen.

Jan schwieg. Wie und wo sollte er beginnen?

»Trink erst mal deinen Kakao«, sagte Frau Holzenbeck.

Jan schob seine Hände unter die Oberschenkel und krallte sie in das Sitzkissen. Er starrte auf die Tasse. Schließlich zog er die Hände hervor und legte sie flach auf den Tisch.

»Nur zu Junge«, ermunterte ihn der Müllermeister. »Haste was ausgefressen?« Aus der Tiefe seiner Kehle dröhnte ein Lachen.

»Meine Mutter hat mir verboten, Ihnen zu helfen.« Jan senkte die Lider.

»Ich verstehe nicht«, sagte Frau Holzenbeck.

Der dunkle Kakao zog Jan wie in einen Abgrund.

»Was ist los mit deiner Mutter?«, fragte der Müllermeister.

Jan erzählte von den vergangenen Tagen, von Herrn Richter und von der Fürsorge, vor der seine Mutter Angst hatte.

»Dass du uns ein bisschen hilfst, kann keinen stören. Und sich ein Taschengeld zu verdienen, das ist ja wohl nicht schlimm. Ich spreche mit Hilde«, sagte Frau Holzenbeck entschlossen.

»Mach das«, bestärkte der Müllermeister seine Frau.

»Ich helfe auch, wenn ich kein Geld bekomme. Wenn Sie mich brauchen, bin ich da«, sagte Jan.

»Das wissen wir, mein Junge«, sagte der Müllermeister. »Wir freuen uns immer, wenn du bei uns bist. Du kommst weiter zu uns, zum Kuchenessen. Und wenn du willst, hilfst du mir.« Er zwinkerte und legte seine schwere Hand auf Jans Schulter. »Dein Geld bekommst du auch. Darauf kannst du dich verlassen.«

Jan lächelte erleichtert.

Am späten Nachmittag des folgenden Tages ging Hilde zu von Bernegold. Sie hatte ihn um ein Gespräch über Jan und den Lehrer gebeten.

Ein Hausmädchen führte sie in von Bernegolds Arbeitszimmer, deutete auf einen kleinen runden Tisch mit Stühlen und verließ das Zimmer.

Langsam kam von Bernegold hinter seinem Schreibtisch hervor und setzte sich zu Hilde.

Hilde sah eine Mischung aus Skepsis und Triumph in seinen Augen.

»Was kann ich für dich tun, Hilde?«

»Es tut mir leid, wie Jan sich gegenüber Herrn Richter verhalten hat. Jan möchte auf die Realschule, aber der Lehrer benotet ihn ungerecht. Ich möchte Sie bitten, mit Herrn Richter zu sprechen.«

»Liebe Hilde, warum soll ich mich in Angelegenheiten einmischen, die mich nichts angehen? Und warum will Jan überhaupt auf die Realschule?«

»Er möchte Ingenieur werden.«

»Ingenieur?« Von Bernegold lachte. Sich all seiner Macht bewusst, rückte er seinen Stuhl dichter zu Hilde heran, beugte sich zu ihr und legte seine Hand sanft auf ihre Schulter.

»Warum soll ich dir helfen, Hilde? Du bist so stolz, weist mich ab.« Mit einer zarten Geste hob er ihr Kinn.

Hildes Herz schlug schneller. Es gelang ihr nicht, seinem Blick auszuweichen.

»Ich verehre dich, das weißt du. Und ich begehre dich, seit ich dich zum ersten Mal gesehen habe.« Er ließ ihre Haare zwischen seine Finger gleiten. »Ich habe versucht, dir zu begegnen, träumte nächtelang von dir. Das ist bis heute so, und das weißt du.«

»Ich verabscheue, wie Sie Ihre Macht missbrauchen, immer missbraucht haben«, platzte es aus ihr heraus.

Ihre kalten Worte schlugen ihm hart ins Gesicht.

»Aber ich soll mich für deinen Sohn einsetzen?« Er stand auf, nahm wieder hinter seinem Schreibtisch Platz, verschränkte die Arme vor der Brust, kniff die Augen zusammen und presste die Lippen aufeinander.

Hilde erhob sich, ging aufrecht zur Tür, versuchte, sich ihr Zittern nicht anmerken zu lassen.

»Dein Stolz wird deinem Sohn das Genick brechen!«, rief er hinter ihr her.

Auf dem Weg nach Hause ließ Hilde ihren Tränen freien Lauf.

12   Nacht voller Sterne

Robert war mit Hanna in seinem Zimmer. Er saß auf dem Sessel, griff nach den Zigaretten und bewegte sich dabei wie eine geschmeidige Katze. Er beobachtete Hanna, wie sie aufstand und das Radio lauter drehte. Das Lied »Purple Haze« von Jimi Hendrix erklang. Sie tanzte und schaute ihn an. Dass sie vor ihm tanzte, zeigte ihm, wie frei sie sich bei ihm fühlte. Es war Ausdruck ihres Vertrauens und ihrer Liebe zu ihm. Er zog an seiner Zigarette. Seine Liebe zu Hanna war bedingungslos. Er war bereit, alles für sie zu tun.

Anfangs war es nur ein flüchtiger Gedanke an Hanna gewesen, dann wurde es ein freudiges Gefühl, sie zu sehen. Gedanke und Gefühl verbanden sich. Er und Hanna kannten sich seit ihrer Kindheit. Während er in die Lehre ging, sahen sie sich weniger. Häufiger begegneten sie sich erst, als die Jugendlichen des Dorfes sich abends an der Bushaltestelle hinter der Kirche trafen. Sie rauchten, lachten und manchmal brachte jemand Alkohol mit. Robert bemerkte Hannas verstohlene Blicke. Seine Augen ruhten intensiver auf ihr. Er träumte von Hanna. Es wurde wärmer und die Dorfjugend traf sich abends am Tonkuhleteich in der Nähe der Ziegelei. Die Befangenheit zwischen ihm und Hanna wuchs. Sie lächelten sich an und hörten den leisen Ruf ihrer Herzen. Abend für Abend vor den Treffen am Tonkuhleteich stieg seine Unruhe. Er stellte sich vor, wie sich ihre Lippen berührten und er die Knöpfe ihrer Bluse öffnete. Ein sanfter Wind entwickelte sich zum Sturm, der an einem Baum rüttelte und die verborgenen Wurzelspitzen erschütterte. Eines Abends saßen sie mit mehreren Leuten zusammen. Sie lachten, alberten herum, hatten Spaß. Die anderen gingen, Hanna blieb. Erst schwiegen, dann redeten sie. Er rückte näher an sie heran, die Befangenheit verflog und schaffte Platz für einen leichten, wohligen Schwindel.

Hanna war in Hagenfelde bei Herrn Richter zur Schule gegangen. Er hatte ihr immer schlechte Zensuren gegeben. Sie war nicht sitzen geblieben, aber musste auf die Volksschule. Dort nahm sich eine Lehrerin ihrer an. Dadurch hatte sie gute Noten und schließlich eine Lehrstelle im Kindergarten in der Kreisstadt bekommen. Inzwischen verdiente sie ihr eigenes Geld. Jetzt musste sie nur noch 21 Jahre alt werden. Dann wäre sie volljährig und könnte endlich in eine eigene Wohnung in der Kreisstadt ziehen. Am liebsten zusammen mit Robert.

Doch sie sorgte sich um ihre drei jüngeren Geschwister. Ihre Eltern tranken und hatten die Kinder immer wieder vernachlässigt. Vertreter des Jugendamtes waren vorbeigekommen, aber die Eltern spielten den Beamten erfolgreich vor, dass alles in Ordnung sei. Als Hanna älter wurde, kümmerte sie sich um die Geschwister. Außer Robert, der eine Klasse über ihr zur Schule ging, und Lilly half ihr niemand. Bis heute fühlte sie sich für ihre Geschwister verantwortlich.

Hanna fuhr morgens um sechs Uhr mit dem Zug in die Kreisstadt zur Arbeit. Manchmal standen Studenten vor dem Bahnhof, verteilten Flugblätter und sprachen die Leute an. Einmal ließ sie sich von einem attraktiven Studenten in ein Gespräch verwickeln. Er trug verwaschene Jeans mit breitem Schlag und hatte schulterlange Haare. Er redete von der Klassengesellschaft, dem Widerspruch zwischen Arbeit und

Kapital. Hanna gab lächelnd zu, nicht alles verstanden zu haben, sie aber nun zur Arbeit gehen müsse. Er drückte ihr ein Flugblatt in die Hand.

Sie zeigte es ihrer Kollegin Gisela, die ihr den Inhalt erklärte. Es ging um den Kampf für ein besseres und gerechteres Leben. Gisela kritisierte allerdings, dass diese Studenten aus reichen Familien kämen. »Wenn es einem schon gut geht, ist es leicht, vom Kampf für ein besseres Leben zu reden«, meinte sie. Hanna freute sich trotzdem, Rainer, so der Name des Studenten, an den folgenden Tagen zu sehen und mit ihm zu diskutieren.

Hannas politisches Interesse war letztes Jahr geweckt worden, als Studenten gegen den Besuch des Schahs von Persien demonstriert hatten. In West-Berlin war dabei ein Student erschossen worden. Außerdem es gab Demos gegen den Vietnamkrieg. Sogar in der Kreisstadt protestierten ab und zu kleinere Gruppen. Hanna nahm schließlich mit Gisela an einigen Demonstrationen teil.

Die Studenten sprachen von Unterdrückung und Gewalt. Hanna spürte seit Langem, dass ihre Wünsche und Sehnsüchte zurechtgestutzt wurden und es ihr gleichsam ins Ohr dröhnte: »Träume sind Schäume.«

Sie erzählte Robert von ihren Gesprächen mit Rainer. Der wurde eifersüchtig.

Sie beruhigte ihn. »Es geht darum, sich gegen die Herrschaft einiger weniger zu wehren und frei und selbstbestimmt zu handeln. Die Kapitalisten unterdrücken die ...«

»Ich habe mir ein Motorrad gekauft«, hatte Robert sie unterbrochen. »Von dem Geld, was ich bei den Kapitalisten in der Ziegelei verdient habe. Mich unterdrückt dort niemand.«

»Das mag ja stimmen«, hatte sie gesagt, »und du kannst nun fahren, wohin du willst. Doch der Konsum befreit dich nicht, er täuscht dich über die gesellschaftlichen Verhältnisse.«

Sie und Robert hatten sich wieder versöhnt, doch bislang hatte sie ihn nicht überzeugen können, mit auf eine der politischen Versammlungen zu kommen.

Doch jetzt tanzte sie vor ihm und freute sich über den Glanz in seinen Augen.

13   Das Angebot

Nachdem Herr Richter Jan gezüchtigt hatte, sah er ein paar Tage von Demütigungen der Schüler ab. Doch zum Ende der Woche schien es, als wehte ein eisiger Wind durch den Klassenraum. Die Schüler setzten sich gerade hin und legten die Hände auf den Tisch. Petra hörte auf, mit Susanne zu flüstern. Der Lehrer stellte Fragen aus dem Gebiet der Naturkunde. Jans Sitznachbar Eberhard Tegtmeier, genannt Ebi, meldete sich. Er wusste die Antwort und erntete ein Kopfnicken, das der Lehrer mit einer Notiz in einem kleinen Heftchen verband. Ebi, ein Jahr jünger als Jan, aber genauso groß und kräftig, kam öfter zum Rauchen und Fußballspielen auf den Bolzplatz. Seine Familie besaß einen mittelgroßen Bauernhof mit Vieh und einigen Pferden. Er war noch nie sitzen geblieben, lernte fleißig, wollte aufs Gymnasium, um später Tierarzt zu werden.

Christian, Sohn von Großbauer Kolbe, beantwortete nicht alle Fragen des Lehrers und erhielt eine Vier.

Kurz vor dem Unterrichtsende wechselte Herr Richter das Thema: »Wir wiederholen aus dem Religionsunterricht.« Einen Mundwinkel leicht angehoben, herrisch, siegessicher, tückisch, rief er Jan auf. »Was kannst du uns über Joseph erzählen?«

Jan meinte, dass Jakob seinen Sohn Joseph mehr als die anderen Söhne liebte, seine Brüder sich daher an ihm rächten und ihn als Sklaven verkauften und ...

»Fünf«, sagte Herr Richter.

»Aber das stimmt doch«, mischte sich der bibelfeste Max Wegner ein.

Max war kein Streber. Er wusste einfach alles, interessierte sich für alles, hatte bereits sämtliche Schulbücher durchgearbeitet und bekam vom Lehrer, damit er sich nicht langweilte, anspruchsvolle Zusatzaufgaben. Zu sagen, der Junge sei der Lieblingsschüler von Herrn Richter, träfe nicht zu, denn Max war ihm unheimlich. Max bildete in jeder Hinsicht eine Ausnahme. Immer antwortete er richtig. Er stellte dem Lehrer Fragen, die dieser manchmal nicht sofort beantworten konnte.

Vor ein paar Jahren war Max mit seinen Eltern zugezogen, sein Vater arbeitete in der Ziegelei. Die Familie lebte für sich. Nur innerhalb der katholischen Gemeinschaft öffnete sie sich etwas. Max wollte in der Schule nicht auffallen, denn wer auffiel, hatte es schwer. Er schottete sich ab, um unsichtbar zu sein. In Konflikte mischte er sich nicht ein, denn das bedeutete, Aufmerksamkeit zu erregen. Den Klassenkameraden half er nicht beim Lernen, weil er deren Verständnisprobleme nicht verstand.

Doch heute hatte Max sich eingemischt. Das war ungewöhnlich. Herr Richter schaute ihn strafend an. Max hatte bereits die Bibel aufgeschlagen, als wolle er ihm gleich beweisen, dass er recht hatte.

Herr Richter wandte sich schnell Hannas Bruder Peter zu und prüfte ihn. Danach war der Unterricht beendet.

»Kommt Ebi auch?«, fragte Jan, kurz nachdem er sich zu Bernd auf den Bolzplatz gesellt hatte.

»Der Streber macht bestimmt Schularbeiten oder reitet durch den Wald«, antwortete Bernd. Er zog an der Zigarette.

»Du bist nur neidisch.«

»Ich?«

»Dass der was tut, im Gegensatz zu dir.«

»Auf so was bin ich nicht neidisch«, sagte Bernd.

Auf Fleiß und Lerneifer war er tatsächlich nicht neidisch. Er war bereits zweimal sitzen geblieben und nach dem Ende des Schuljahres würde ihn Karl Richter auf die Hilfsschule schicken, wie seine drei älteren Brüder. Bei ihm war es egal, ob er lernte oder nicht. Sein Vater, August Kramer, war als Trunkenbold und Schläger bekannt. Besonders schlimm wütete er an den Samstagen. Dann versoff er bis zum frühen Abend im Dorfgasthof den Wochenlohn. Kaum zu Hause begannen die Prügelorgien und er schlug Frau und Söhne. Wenn es der Vater an den Wochenenden übertrieb, fehlten Bernd und Jörg montags in der Schule. Der Pastor hatte August schon mal ins Gebet genommen, aber der hielt Religion für Augenwischerei. Als Pastor Meyer sich dafür einsetzte, Sigrid Kramer sonntags in die Kirche gehen zu lassen, packte August ihn am Kragen und bedrohte ihn. Der Pastor setzte nie wieder einen Fuß in die Wohnung. Die Familie blieb sich selbst überlassen.

Seitdem soff der Vater nicht mehr so viel. Doch das, was er noch immer an Schlägen austeilte, war mehr als Bernd, die Mutter und die Brüder aushielten. Eines Tages würde er zurückschlagen, mit seinem Vater abrechnen, wenn der mal wieder besoffen auf dem Sofa lag. Er würde ihm wortlos und leise ein Kissen so fest auf das Gesicht drücken, dass nicht mal ein Röcheln entweichen könnte, schwor sich Bernd jedes Mal. Und er wollte den Alten in Angst versetzen. Die Kissenlösung würde den Vater nicht zum Zittern bringen, keine weichen Knie verursachen, keine Angst. Bernd hoffte, einer seiner Brüder fände eine bessere Lösung.

Jan war sein bester Freund, dennoch beneidete er ihn. Jans Mutter verdiente in der Ziegelei wesentlich mehr Geld als sein Vater. Vor allem beneidete er Jan, weil der nicht nur von einem besseren Leben träumte, sondern dafür kämpfte. Jan wusste, was er wollte, und hatte im Gegensatz zu ihm ein Ziel. Bernd musste zu Hause kämpfen, sodass er oft keine Kraft mehr besaß, über seine Zukunft nachzudenken. Er kämpfte darum, nicht zu flennen, wenn sein Vater ihn auf dem Kieker hatte. Er passte auf, keine Schläge ins Gesicht zu bekommen, denn er wollte nicht mit einem blauen Auge oder sichtbaren Striemen in die Schule gehen, obwohl alle im Dorf wussten, was in seiner Familie los war. Manchmal hielt er den Kopf für seine Mutter hin, ging dazwischen, wenn es der Vater allzu arg trieb, steckte Prügel für sie beide ein. Er schämte sich, dass er seine Mutter nicht besser schützen konnte, schämte sich für den Vater und für seine Familie.

»Da kommt die Neue!«, rief Bernd.

Petra schob ihr Fahrrad auf den Platz. Sie trug einen kurzen Rock, einen gestreiften Pullover und darüber eine Jeansjacke.

»Heute ohne Susanne?«, fragte Bernd sie.

»Ja«, antwortete Petra.

»Hast du Langeweile?«, setzte Bernd nach.

»Jan, ich wollte dir etwas sagen ...« Petra ignorierte Bernd und wandte sich an Jan. »Der Lehrer war wieder ungerecht. Das ist sogar Max aufgefallen.«

Jan musterte sie schweigend und zog an seiner Zigarette.

Sie drehte sich um und wollte gehen.

Jan stellte sich ihr in den Weg. »Warte. Du hast schöne Worte, wenn die Gefahr vorbei ist. Warum hast du nicht wie Max dem Lehrer widersprochen? Der Richter schlägt keine Mädchen. Hast du Angst um deine Noten?«

»Habe ich nicht«, sagte Petra. Ihre Ohrringe glitzerten. Ein weicher Sonnenstrahl fiel auf ihr Haar.

»Warum bist du gekommen?«, fragte Jan versöhnlich.

»Ich habe meinen Eltern erzählt, dass du ungerecht benotet wirst. Sie meinten, wir könnten zusammen lernen.«

»Wir beide?«

»Ja, warum nicht? Dann kann der Lehrer nicht mehr ungerecht zu dir sein. Er muss dir genauso gute Noten geben wie mir.«

»Warum hilfst du mir nicht?«, fragte Bernd.

Sie ignorierte Bernd weiterhin und sagte zu Jan: »Überleg es dir. In ein paar Tagen sind Herbstferien, dann könnten wir anfangen.« Sie schwang sich auf ihr Rad, drehte sich kurz zu ihm um, lächelte und fuhr davon.

Bernd zündete sich eine weitere Zigarette an. Petra hatte ihn wie Luft behandelt. Was ging hier ab?, fragte er sich. War er ihr nicht mal einen Blick, ein Wort wert?

»Ich lach mich tot. Prügel sind hier normal. Die hat das noch nicht kapiert. Und der Richter gibt dir schlechte Zensuren, einfach weil du ein Bastard bist«, sagte er.

»Halt die Klappe«, sagte Jan. Er rückte drohend an seinen Freund heran.

»Reg dich ab«, meinte Bernd. »Keinen Vater zu haben ist schlimmer als kein Geld. Du kannst noch so viel lernen. Bei dem kommt jemand wie du nie auf die Realschule. Nie.«

»Erzählen die Leute, wer mein Vater ist?«

»Frag deine neue Freundin.« Bernd trat die Zigarette mit dem Fuß aus, drehte sich um und ging.

14 Das staunende Herz

Nachdenklich ging Jan nach Hause. Seine Mutter arbeitete noch. Zu Tante Lilly wollte er nicht. In seinem Zimmer setzte er sich an den Schreibtisch und starrte aus dem Fenster.

Was Bernd gesagt hatte, ging ihm nicht aus dem Kopf. Er stellte sich vor, einen Vater zu haben. Und wie er mit ihm von Mann zu Mann reden könnte und er nicht immer alles mit seiner Mutter besprechen müsste. Ein Vater würde ihn beschützen. Keiner wagte es, ihn zu beleidigen, und er müsste nicht immer allein kämpfen. Und sie wären eine normale Familie. Es war nicht seine Schuld, dass er ohne Vater aufwuchs, dass seine Mutter nicht geheiratet hatte. Er war trotzdem ein Kind wie alle anderen. Er war auch nicht weniger wert als Christian, Ebi und Petra, oder? Aber Herr Richter behandelte ihn wie einen Aussätzigen.

Für die Schule sollte er lernen. Das tat er, dennoch gab Herr Richter ihm schlechtere Zensuren als den anderen. Lernte er nicht, erhielt er ebenfalls schlechte Noten. Seine Mutter und Tante Lilly ermunterten ihn, weiter zu lernen und nicht aufzugeben. Aber was war richtig?

Benahm er sich gut, verprügelte Herr Richter ihn. Rebellierte er, bekam er ohnehin Schläge. Was sollte er tun?

Seine Herkunft konnte er nicht ändern. Nur sein Verhalten.

Petra wollte ihm helfen, aber nicht Bernd. War der deswegen sauer?

Dass Petra mit ihm lernen wollte, erfüllte Jans Herz mit freudigem Staunen. Doch würden ihn die Jungs auslachen, wenn er gemeinsam mit einem Mädchen Schularbeiten machte? Nie wäre Ebi auf die Idee gekommen, mit ihm zu lernen, obwohl sie zusammen rauchten und Fußball spielten. Genauso verhielt es sich mit den anderen Jungs. Max schied aus, den verstand keiner. Im Dorf gab es außer Petra jedenfalls niemanden, der ihm bei den Schularbeiten helfen könnte.

So mischten sich Freude und Befangenheit bei dem Gedanken, mit ihr zu lernen. Sie webten ein zartes Netz, das Jans Herz mehr und mehr umspannte.

15 Beschimpfungen

Die Herbstferien waren vorüber. Die Kinder neckten sich und nahmen kaum wahr, dass Herr Richter den Klassenraum betreten hatte. Er schlug einige Male mit dem Lineal auf das Pult. Die Schüler verstummten.

Christian flegelte sich auf dem Stuhl. Herr Richter verprügelte ihn selten, denn seine Eltern beschwerten sich und schützten ihn dadurch. Sein Vater hatte nach von Bernegold den größten Hof. Niemand wagte, es sich mit ihm durch einen Angriff auf seinen Sohn zu verderben. Christian nutzte das aus. Er gab den Ton an, in der Klasse und außerhalb. Einzig Jan hatte keinen Respekt vor ihm.

Verstohlen schaute Jan zu Petra. Sein Herz suchte ihre Nähe, aber sein Verstand hatte sich ihm mit lauten Zweifeln in den Weg gestellt. Daher hatte er sich in den Ferien nicht bei ihr gemeldet.

Doch jetzt, als er sie sah, nahm er sich vor, nach der Schule auf sie zuzugehen, mit ihr zu reden und ihr Angebot anzunehmen.

Nachdem der Unterricht vorbei war, folgte er ihr mal mit mehr, mal mit weniger Abstand. Sie schien ihn nicht zu bemerken.

»Wer wie du als Bastard hinterm Zaun geboren ist, den nimmt sowieso keine«, rief Christian höhnisch hinter ihm her.

Jan drehte sich um. Christian kam mit Dieter Sander und Jürgen Lindemann auf ihn zu.

Jan schaute Petra hinterher. Sie ging weiter, hatte Christian offenbar nicht gehört.

Wütend warf Jan seine Schultasche auf den Boden. »Wenn du mutig bist, kommst du allein«, rief er Christian zu.

Noch bevor Christian weitere Beleidigungen ausstoßen konnte, stürmte Jan auf ihn zu, schubste ihn zu Boden und schlug ihm ins Gesicht. Christian kam schnell wieder auf die Füße und lief weg. Jan rannte hinter ihm her und stieß ihn erneut. Christian fiel auf den Bauch und hielt seine Hände schützend über den Kopf. Jan schlug zu, boxte ihm auf die Hände, auf den Rücken und trat ihm in die Seite.

»Ey, hör auf!«, riefen Dieter und Jürgen.

Dieter ergriff Jans Arme, doch der schüttelte ihn ab. Jürgen half Christian hoch.

Jan schaute zu Christian. Der hatte ein paar harmlose Kratzer im Gesicht abbekommen.

Jan klingelte bei Tante Lilly. Zu seiner Überraschung öffnete Robert mit einem Schal um den Hals und fiebrig glänzenden Augen die Tür.

»Komm rein.«

»Bist du krank?«, fragte Jan.

»Ich bin seit heute krankgeschrieben.« Robert schaute Jan an. »Du siehst aus, als hättest du eine Schlägerei gehabt«, stellte er fest.

Jan erzählte von Christians Beleidigungen.

»Du hast ihn verprügelt. Das ist gut. Aber wasch dir erst mal das Gesicht.«

Robert setzte sich ins Wohnzimmer. Wut stieg in ihm darüber auf, dass Jan nicht nur die Verachtung des Lehrers, sondern ebenso die der Mitschüler zu spüren bekam, weil er unehelich geboren worden war. Hörte dieses mittelalterliche Denken nie auf? Jan war für ihn wie ein Bruder. Er würde ihn schützen, gegen Karl Richter, gegen die Dorfjungen, gegen wen auch immer.

Früher war er selbst in unzählige Schlägereien verwickelt gewesen. In der Schule gab es außer ihm noch einige andere vaterlose Kinder. Viele Väter waren nicht aus dem Krieg heimgekehrt. Aber er hatte seinen Vater nicht im Krieg verloren. So erfand er eine Geschichte: Sein Vater sei ein reicher, aber als verschollen geltender Großgrundbesitzer aus Pommern. Groß und schwarzhaarig wie er selbst, stellte er ihn sich vor und erzählte es. Die Dorfjungen lachten ihn bei der Geschichte nur aus und beschimpften ihn als Bastard, denn er war im Januar 1947 zur Welt gekommen, lange nach dem Krieg.

»Wenn dich noch mal jemand beleidigt, sag es mir. Der kriegt eine Behandlung, von der er sich nicht mehr erholt.«

Robert goss sich und Jan Kräutertee in die Tassen, zündete sich eine Zigarette an und streckte seine Beine aus.

»Gibst du mir auch eine?«

»Du machst sie sofort aus, wenn meine Mutter kommt.«

Jan zündete sich eine Zigarette an, zog den Rauch tief ein und fühlte sich erwachsen.

Robert erzählte leise. Er gab gegenüber Jan wenig, wirklich nur wenig preis von dem, was er von der Flucht seiner Mutter wusste. »Sie hat mich sehr liebevoll erzogen. Keine Mutter hätte es besser machen können.« Er lächelte. »Außer deiner.«

»Weißt du, wer mein Vater ist?«, fragte Jan.

»Nein, ich weiß es nicht. Frag deine Mutter. Sag ihr, dass die Jungs dich beschimpfen. Vielleicht erzählt sie es dir dann.«

Nach einer Weile sprach Jan: »Robert, du weißt, dass ich auf die Realschule will. Aber der Richter gibt mir schlechte Noten, selbst wenn ich das Gleiche schreibe wie die anderen, selbst wenn das, was ich sage, richtig ist.«

»Wir sind für ihn Ausgestoßene.«

»Die Neue in der Klasse, die Petra, will mir helfen.« Endlich war es heraus. Hitze überflutete Jans Gesicht.

»Die Tochter vom Schaper?«

Jan nickte. Roberts amüsierter und zugleich prüfender Blick entging ihm nicht.

»Warum will sie das tun?«, fragte Robert.

»Sie findet, der Richter behandelt mich ungerecht. Vielleicht will sie auch neue Freunde finden.« Jan zuckte möglichst gleichgültig mit den Schultern. Auf seiner Stirn und der Oberlippe bildeten sich Schweißtröpfchen. »Es ist gut, wenn mir jemand hilft. Auch wenn es ein Mädchen ist, oder?«

Robert grinste. »Ob Mädchen oder Junge, ist egal. Wenn du schlauer wirst und eines Tages das Dorf verlassen kannst, umso besser. Dann hast du den Spießern hier gezeigt, dass auch aus einem Kind ohne Vater was werden kann.« Robert zog an seiner Zigarette. »Manchmal möchte ich einfach nur weg aus Hagenfelde.«

»Ich auch. Und ich werde gehen.«

Jans unbeirrbare Entschlossenheit und Zuversicht berührten Robert: »Jan, wenn du Hilfe brauchst, egal wobei, sag es mir. Ich bin für dich da.« Er beugte sich vor und legte seine Hand auf Jans Schulter. »Ich bin dein Bruder.«

Jan zog an der Zigarette und lächelte glücklich.

16 Unbehagen

Das Haus, in dem Familie Schaper lebte, hatte eine riesige Terrasse und einen weitläufigen Garten. Es lag in der Neubausiedlung am Westrand von Hagenfelde. Morgens weckte Petra der Gesang der Drosseln, aber auch das Krakeelen von Putern aus der Nachbarschaft. Auf einer Wiese, die an den Garten grenzte, stand eine mächtige Trauerweide. Fasziniert beobachtete Petra, wenn der Wind die vollen herunterhängenden Zweige sanft hin und her bewegte.

Frühmorgens trieben die Bauern ihre Kühe auf die Weiden und holten sie abends ab. Die Dorfstraßen waren mit Kuhkot bedeckt, den Petra und ihr Bruder Holger zum Ärger ihrer Mutter häufig mit den Schuhen ins Haus trugen.

Die Bauern füllten die frisch gemolkene Milch in hohe Zinkkannen und stellten sie auf Milchbänke an die Straße. Die Milchbänke waren aus Holz und auf einer Höhe mit der Ladefläche des Pritschenwagens, der die Milchkannen abholte und zur Molkerei fuhr.

Der Fernseher gestaltete auch bei Familie Schaper nach und nach den Samstagabend. Sie schaute »Einer wird gewinnen« mit Hans-Joachim Kulenkampff oder »Bonanza«.

Da es im einzigen Gemischtwarenladen in Hagenfelde nur die regionale Tageszeitung und ein paar Zeitschriften zu kaufen gab, abonnierte Petras Mutter das Nachrichtenmagazin »Der Spiegel«. Ihr Vater sagte, er habe keine Zeit zum Lesen, aber im Grunde interessierte er sich nicht so viel für Politik und Gesellschaft wie die Mutter. Sie hatte ihr Jurastudium abgebrochen, als sie mit Petra schwanger war. Bevor die Familie nach Hagenfelde gezogen war, hatte sie es wieder aufgenommen.

Petra war die Trennung von ihren Freundinnen aus der Stadt schwergefallen. Einmal lud sie alle nach Hagenfelde ein. Kaum angekommen, rümpften sie die Nasen. »Pah! Hier stinkt es!« Tatsächlich zog der Gestank bei ungünstigem Wind aus den Ställen bis in die Siedlung. Eine ihrer Freundinnen schlug vor, sich zukünftig besser in der Stadt zu treffen. Aber Petras Eltern hatten keine Zeit, sie dort hinzufahren. Und so endeten die Freundschaften.

Ihre Schulkameradin Susanne lebte mit ihren Eltern und vier Geschwistern in einer der vielen heruntergekommenen Unterkünfte von Hagenfelde. Sie bewohnten zwei Zimmer, die Toilette hinter dem Haus teilten sie sich mit einer anderen Familie. Susannes Vater arbeitete in der Ziegelei, ihre Mutter verdiente mit Heimarbeit etwas Geld dazu. Petra störte es nicht, dass Susanne und ihre Eltern arm waren. Doch Susanne schämte sich dafür und zog sich so sanft zurück, dass Petra dies zunächst nicht merkte.

In Hagenfelde gab es stabile Freund- und Feindschaften, klare Hierarchien. Niemand hatte auf Petra gewartet, weder als Freundin noch als Feindin.

Die Töchter der reichen Bauern lachten darüber, als Herr Richter sie neben Susanne gesetzt hatte, ein Mädchen, das aus deren Sicht in einem Stall lebte. Petra konnten sie in ihre dörfliche Rangordnung nicht einordnen. Einerseits war ihr Vater ein, wie sie sagten, »hohes Tier« in der Ziegelei, andererseits zählte für die Bauern nur ihr Eigentum an Land und Vieh. Je mehr Tiere und je mehr Land, desto höher der Status in der Dorfgesellschaft. Petras Familie besaß weder Land noch Tiere. Neugierig besuchten die Töchter der größeren Bauern Petra einmal. Sie begutachteten das Haus und die Einrichtung und berichteten ihren Eltern darüber. Familie Schaper hinterließ einen guten Eindruck bei den Bauerntöchtern, wie Petras Mutter später im Gemischtwarenladen erfuhr. Trotzdem luden die Bauerntöchter Petra nicht ein und sie folgten auch nicht ihren Einladungen.

Petra spürte ein Unbehagen, für das sie keine Erklärung fand. Sie gehörte nirgends dazu und wusste nicht, warum.

Außerdem bedrückte sie die Gewalt, die Herr Richter ausübte, die Allmacht und Willkür, die er ausstrahlte. Die Angst vor Prügel und Demütigung lag wie eine zähflüssige Schicht auf allen Schülern, erstickte unschuldige Freude, heitere Unbeschwertheit und lebensfrohe Leichtigkeit, verströmte ein spürbares Grauen, das Petra erfasste, kurz nachdem sie in die Klasse gekommen war. Eigentlich war Herr Richter nett zu ihr. Eigentlich hatte sie keine Angst vor ihm. Eigentlich. Doch der Schatten ständiger Gewaltbereitschaft, der den Lehrer umgab, lastete auf ihrem Herzen. Sie war froh, dass Herr Richter Mädchen nicht schlagen durfte, sonst wäre sie nicht mehr in die Schule gegangen.

So blieb Hagenfelde für Petra fremd. Fremd und düster.

17 Weidmannsheil

»Hast du schon gehört?«, fragte Hanna Robert. »Von Berne-gold will wieder eine Jagdgesellschaft geben!«

»Die hohen Herren hoch zu Ross«, kommentierte Robert.

»Anfang November.«

»Schießen, saufen und ...«

»Meine Schwestern müssen helfen.«

»Wer sagt das?«

»Von Bernegold zu meinen Eltern.«

»Was sagen die?«

»Was schon? Die arbeiten bei dem.«

»Nein sollten sie sagen.«

»Die letzten Jahre haben sie das gemacht und gesagt, dass Marie und Karin zu jung sind. Das geht jetzt nicht mehr.«

»Warum haben sie dich nie hingeschickt?«

»Ich hätte meinen Eltern die Augen ausgekratzt. Und ich hätte jedem Mann dort einen Tritt gegeben bei dem Versuch, auch nur seine Hand auf meine Schulter zu legen. Ich weiß, dass auf den Jagdgesellschaften mehr passiert.«

»Das weiß jeder im Dorf.«

»Ich muss irgendwie verhindern, dass meine Schwestern dort helfen.«

»Wie willst du das machen?«

»Ich weiß es noch nicht. Vielleicht wie in Frankfurt, wo Leute aus Protest Kaufhäuser in Brand stecken.«

»Spinnst du? Hast du den Scheiß von deinem neuen Freund Rainer?«

»Er ist nicht mein Freund.«

»Hanna, hier geht es nicht um Konsumterror. Es geht um Macht. Wer Macht hat, nutzt die anderen aus. Und von Bernegold nutzt seine Macht im Dorf schamlos aus.«

»Komm endlich mit auf eine Versammlung.«

»Wozu?«

»Du sollst hören, was sie sagen, warum sie demonstrieren. Sie diskutieren Texte aus schlauen Büchern.«

»Märchenstunde. Kifferstunde.«

»Sie machen sich Gedanken um die Arbeitsbedingungen, wie die Menschen ausgenutzt werden. Zum Beispiel du in der Ziegelei. Sie sagen auch, dass noch zu viele Alte von früher rumlaufen und hohe Posten haben. Und sie sprechen vom autoritären Charakter. Da habe ich an den Richter gedacht.«

»Von Bernegold ist nicht besser.«

»Ich muss eine Lösung für meine Schwestern finden.«

»Weidmannsheil.«

18 Sonnenstrahlen

Am Montag der folgenden Woche, als Petra auf dem Weg nach Hause war, ging Jan schnell hinter ihr her.

»Hallo«, rief er.

»Ja?« Petra verlangsamte ihre Schritte.

»Äh, auf dem Bolzplatz, vor den Ferien, da hast du gesagt, wir könnten zusammen lernen.«

»Ja, das habe ich gesagt.«

»Gilt das immer noch?«

Sie schaute ihn prüfend an. »Ja«, antwortete sie lächelnd.

»Warum willst du mir eigentlich helfen?«

»Der Lehrer gibt dir schlechte Noten, obwohl du richtig antwortest. Das finde ich ungerecht und habe es meinen Eltern erzählt. Sie sagen, Ungerechtigkeit muss man bekämpfen.«

Jan hielt an. »Wie bekämpfen?«

»Wenn wir beide ihm richtig antworten, muss er uns die gleiche Zensur geben.«

»Oder du bekommst eine schlechtere.«

Sie lachten. Petras Ohrringe glitzerten.

»Ich könnte dir das Dorf zeigen. Bestimmt ist für dich noch vieles neu.«

»Das wäre schön. Hier ist es ganz anders als da, wo wir vorher gelebt haben.«

Sie gingen über die Brücke, die den Mühlbach überquerte. Rechts lag die Mühle, links führte die Straße zur Ziegelei. Von dieser Straße zweigte ein Weg in die Neubausiedlung ab, in der Petra lebte.

Das große Haus der Familie Schaper erstreckte sich über zwei Stockwerke. Eine Garage mit Platz für zwei Autos stand rechts vom Gebäude. Von dem mit Steinplatten gepflasterten Hof führte links ein schmaler Weg an der Terrasse vorbei zum Hauseingang.

Jan blieb kurz stehen und betrachtete das Haus.

»Komm mit rein. Du kannst meine Mutter und Holger, meinen Bruder, kennenlernen«, sagte Petra.

Eine schlanke Frau mit schulterlangen blonden Haaren, blauer Jeans und roter Bluse öffnete ihnen die Tür. Ihre hellen Augen schauten freundlich. Sie lächelte.

»Du bist Jan, stimmt's?«

»Ja, guten Tag.«

»Wir wollen zusammen Schularbeiten machen«, sagte Petra.

»Das ist in Ordnung. Kommt erst mal in die Küche.«

Jan folgte Frau Schaper und Petra durch den Flur in die lichtdurchflutete Küche.

Ein Junge lief auf Jan zu.

»Das ist Holger«, stellte ihn Petra vor.

Der rief kurz »Hallo«, interessierte sich jedoch mehr für die Kekse und die Limonade, die seine Mutter auf den Tisch stellte.

»Ich mache euch schnell einen Toast Hawaii«, sagte Frau Schaper. Während sie das Essen vorbereitete, fragte sie: »Deine Mutter arbeitet in der Ziegelei, nicht wahr?«

»Ja, im Büro.«

Jan fiel auf, dass Frau Schaper eine Hose trug. Die meisten Frauen in Hagenfelde bevorzugten Röcke oder Kleider.

Aus der Essecke schaute er in das Wohnzimmer mit Regalen voller Bücher. Vermutlich gab es hier mehr Bücher als im gesamten Dorf.

»Ich muss nach Hause«, sagte er nach dem Essen. »Vielen Dank für den Toast.«

»Aber wir haben noch gar nicht mit den Hausaufgaben angefangen«, meinte Petra enttäuscht.

»Lass ihn«, sagte Frau Schaper. »Jan, ich finde es schön, dass ihr gemeinsam lernen wollt. Du bist hier jederzeit willkommen.« Sie lächelte ihn an.

»Ich komme morgen wieder. Nur jetzt muss ich los, denn keiner weiß, wo ich bin.«

»Dann bis morgen«, sagte Petra strahlend.

»Ja, bis morgen.« Jan freute sich ebenfalls.

Er nahm einen Umweg nach Hause und schlich nachdenklich am Mühlbach entlang. Er kletterte in sein Versteck bei der Mühle. Durch eine Bretterritze fielen goldene Sonnenstrahlen. Aus seiner Schultasche holte er Zigaretten, zündete sich eine an und zog den Rauch tief ein. Das Wasser des Mühlbachs rauschte wie sein Blut, das schneller als sonst durch seine Adern floss. Er drückte die nur zur Hälfte gerauchte Zigarette aus, steckte sie in die Zigarettenschachtel und ging nach Hause.

Bevor die von den Bäumen fallenden bunten Blätter den Boden berührten, hob sie der leichte Wind an und trug sie fort. Das Herbstlaub fiel raschelnd auf die Erde. Es schien, als seufzten die Blätter in einer eigenen Sprache, als sehnten sie sich nach etwas Unbekanntem, Neuem. Sie flüsterten Jan zärtliche Worte zu und er nahm sie in sein Herz auf.

19   Die Warnung

Im Wohnzimmer saß Gabriele Schneider vom Jugendamt. Ihre Anwesenheit war ein schlechtes Zeichen. Zögernd reichte er Frau Schneider die Hand. Obwohl sie in ihrem grauen Kostüm, mit der großen, dunkel umrahmten Brille und den hochgesteckten Haaren streng aussah, wirkte sie im Vergleich zu ihrer Vorgängerin nett und freundlich.

Die Vorgängerin hatte bei ihren Besuchen zuerst die Küche, dann das Wohnzimmer unter die Lupe genommen und anschließend Jans Zimmer inspiziert. Sie prüfte, ob er das Bett ordentlich gemacht hatte, und strich mit dem Zeigefinger über seinen Schreibtisch und die Regale. »Da liegt Staub«, kritisierte sie gern. Schließlich öffnete sie den Schrank und die Schubladen der Kommode, schaute nach, ob seine Kleidung sorgfältig aufgehängt und gestapelt war. Sie hatte die Ergebnisse ihrer Prüfung sorgfältig in ein kleines Büchlein eingetragen, Jans Wange getätschelt, gesagt »Mach keinen Ärger« und war gegangen.

Doch Frau Schneider prüfte nicht, ob das Zimmer aufgeräumt oder die Fingernägel sauber waren. Sie hielt Ausschau nach dunklen Flecken auf seiner Seele, ging seinem Charakter auf den Grund und wollte herausfinden, ob seine Mutter noch mit ihm fertig wurde.

»Setz dich einen Moment zu uns«, sagte seine Mutter. Ein paar Strähnen hatten sich aus ihrer Frisur gelöst. Mit fahrigen Bewegungen versuchte sie, die Kontrolle über ihr Haar zu erlangen, als ginge es um die Kontrolle über ihr und Jans Leben. »Wo kommst du her?« Ihre Stimme klang hart.

»Ich war bei Petra.«

»Was hast du da gemacht?«, fragte Frau Schneider.

»Wir wollten zusammen unsere Schularbeiten machen. Aber weil keiner wusste, wo ich war, bin ich schnell nach Hause gekommen.«

»Am Freitag hattest du eine Schlägerei mit Christian, stimmt das?«, fragte Frau Schneider.

Jan kam sich vor wie ein Tropfen Wasser, der in der brennenden Wüstensonne verdampft.

Frau Schneider wartete auf eine Antwort.

Er schwieg.

Sie sah ihn mit einem prüfenden Blick an, der seinen innersten Abgrund erreichte. Sie schaute nicht bösartig oder verärgert, sondern genau und unbestechlich.

Er wischte sich verstohlen seine feuchten Hände an der Hose ab.

»Christians Mutter hat Herrn von Bernegold von der Schlägerei erzählt. Der rief meinen Chef an und beschwerte sich über dich. Mit dir gebe es nur Ärger.«

Frau Schneider verschwieg, dass von Bernegold ihren neuen Chef aufgefordert hatte, er solle eine andere Mitarbeiterin schicken. Sie sei zu nachsichtig mit dem wilden Jungen und der störrischen Mutter und lasse sich von beiden an der Nase herumführen. Doch ihr Chef wollte sich von dem Gutsherrn nicht in seine Arbeit hineinreinreden lassen. Er sei an Recht und Gesetz gebunden, nicht an die Worte des Gutsherrn, hatte er zu ihr gesagt. So sollte Frau Schneider zu Jan und seiner Mutter fahren. Der Junge wurde älter, die Beschwerden über ihn wurden häufiger und Frau Schneider gewann den Eindruck, dass die Mutter mehr und mehr mit der Erziehung überfordert war.

»Christian hat mich als Bastard beschimpft. Da habe ich ihn geschubst.«

»Nur geschubst?«, hakte Frau Schneider nach.

Jan nickte vorsichtig.

»Dass er dich beleidigt hat, wusste ich nicht. Aber du darfst dich trotzdem nicht prügeln.«

»Er hat mich herausgefordert.«

»Trotzdem darfst du ihn nicht schlagen.«

Jan schwieg. Ärger stieg in ihm auf. Christian hatte den Streit begonnen. Sollte er sich jetzt alles gefallen lassen?

»Hör zu, Jan«, sagte Frau Schneider, beugte sich nach vorn und schob ihre Brille auf der Nase hoch. »Kinder wie du haben es schwerer als andere. Ihr steht unter besonderer Beobachtung. Genau wie die Mütter. Wenn du so weitermachst, muss ich meinem Chef berichten, dass deine Mutter nicht mit dir fertig wird. Dann müssen wir dich in ein Erziehungsheim geben.«

Jan schluckte schwer. Unwillkürlich schlug sein Herz schneller. Im Nachbardorf hatte ein Junge gelebt, mit dem er ab und zu Fußball gespielt hatte. Sein Stiefvater wollte ihn loswerden. Seine Mutter steckte ihn ins Erziehungsheim. Vorher hatte der Junge eine große Klappe gehabt, Witze gerissen und viele Jungs um sich versammelt. In den ersten Ferien durfte er aus dem Heim nach Hause kommen. Jan begegnete ihm zufällig und erkannte ihn kaum wieder. Er war still und blass geworden, zog sich zurück, als liebe er den Schatten mehr als die Sonne. Jan wusste nicht, was sie ihm dort angetan hatten. Den Stiefvater störte der Junge immer noch und so schickte ihn die Mutter zurück ins Heim. Eines Tages erfuhr Jan vom Tod des Jungen. Er hatte sich umgebracht.

»Ich habe gehört, du willst Ingenieur werden. Das finde ich gut.« Frau Schneider schaute ihn erneut durchdringend an. »Aber deine Schlägereien müssen aufhören. Du musst lernen, deine Probleme ohne Gewalt zu lösen. Du musst, Jan. Sonst kann ich dir und deiner Mutter nicht mehr helfen.«

»Soll ich mich nicht wehren, wenn sich Christian und seine Freunde auf mich stürzen? Mich beleidigen?«, rief Jan aufgebracht. Seine wilde Wut platzte wieder aus ihm heraus.

»Du schadest dir und deiner Mutter«, sagte Frau Schneider nur, stand auf und verabschiedete sich.

Hilde schloss die Haustür. Die Augen des Dorfes überwachten sie immer und überall. Ihren Körper, ihre Kleidung, ihr Verhalten, alles beobachteten und bewerteten Nachbarn, Bekannte und der Pastor. Sie wusste um manche Tuscheleien hinter ihrem Rücken. Die Männer, deren Werben sie abwies, waren gekränkt, versuchten, sie zu verletzen, und rächten sich wie von Bernegold. Doch Hilde war sich einer Sache sehr bewusst: Die Männer reizte ein Abenteuer mit ihr, aber sie wollten keinesfalls eine ledige Mutter heiraten. Jan stand ebenfalls unter der besonderen Beobachtung des Dorfes. Er büßte für seine Herkunft, für die sie verantwortlich war. Doch sie würde sich Jan nicht wegnehmen lassen. Aber er durfte nicht in Schlägereien geraten, musste sich mehr anpassen. Er war alt genug, um das einzusehen!

»Deck den Tisch«, wies sie ihn erschöpft an. Die Drohung mit dem Erziehungsheim lastete schwer auf ihr.

»Ich habe dir in der letzten Zeit oft gesagt, dass du dich zusammenreißen musst, aber du hörst nicht auf mich«, presste sie beim Abendessen hervor.

Jan nahm eine Scheibe Brot, bestrich sie mit Butter und legte Käse darauf. »Sie beschimpfen mich als Bastard.«

»Du darfst dich nicht gleich angegriffen fühlen.«

»Wer ist mein Vater?«

Hilde sah ihn an. Schon oft hatte er sie darauf angesprochen, immer war sie ausgewichen. Einerseits konnte sie verstehen, dass er das wissen wollte, die Wahrheit für sein junges Leben brauchte. Aber war es andererseits nicht ihr gutes Recht, einen Teil ihres Lebens für sich zu behalten? Was hatte er davon, wenn er den Namen seines Vaters erfuhr? Es würde Ärger geben, Konflikte, große Probleme. Viel mehr als jetzt. Für sie beide. Die Leute lechzten nach Skandalen.

»Du bist ein Kind der Liebe«, sagte sie.

»Wer ist mein Vater? Wie heißt er? Und wo wohnt er?«

»Du bist ein Kind der Liebe«, wiederholte sie. »Ich sage dir, wer dein Vater ist, wenn du volljährig bist.«

Jan sah, wie ihre Gesichtszüge eine eiserne Härte annahmen. Sie würde nichts mehr sagen.

»Du bist gemein. Du denkst nur an dich!«, rief er, schubste seinen Teller in ihre Richtung, rannte die Treppe hinauf und schloss sich in seinem Zimmer ein.

20 *Zarte Melodien*

Vom ersten Tag an, als Petra Jan sah, wollte sie mit ihm befreundet sein. Seine weißblonden, oft wild durcheinander liegenden Haare, die wasserblauen, aufmerksam schauenden Augen und vor allem seine Ausstrahlung zogen sie an. Er war sich seiner Kraft und Stärke bewusst, bereit, sie jederzeit einzusetzen, und das gefiel ihr.

Als es an der Tür klingelte, öffnete Petra.

»Wir lernen am Esstisch«, sagte sie.

Ihre Schulbücher und Hefte lagen schon dort, Limonade und Kekse standen bereit.

»Wir können sofort anfangen. Ich muss heute noch zum Klavierunterricht«, sagte sie.

»Du spielst Klavier?«

»Ja, und nachher fährt meine Mutter mich zum Unterricht in die Kreisstadt.«

»Spiel doch was«, bat er und legte seine Hefte und Bücher auf den Tisch.

Petra setzte sich ans Klavier. Die Töne wehten sanft durch den Raum und erreichten Jans Seele, noch bevor er sich dessen bewusstwurde.

Petra spielte konzentriert und in sich gekehrt. Als sie aufblickte, verspielte sie sich und lachte verlegen. »Machen wir lieber Schularbeiten.«

»Das klang sehr schön«, meinte Jan.

»Ich muss mehr üben.« Sie setzte sich zu ihm an den Tisch.

Zuerst machten sie die Rechenaufgaben. Für Jan waren sie

kein Problem, eher für Petra. Beim Schreiben aber war sie besser. So halfen sie sich gegenseitig, lachten und vergaßen die Zeit.

Petras Mutter erinnerte sie schließlich daran, dass sie bald losfahren mussten.

Petra fragte Jan: »Kommst du morgen wieder?«

»Ja«, antwortete er.

Sie lächelten sich an und Wärme durchflutete ihre Herzen.

21   *Wenn es dunkel ist*

Jan hatte gerade die Brücke über den Mühlbach überquert, als höhnisches Gelächter ertönte, Schallwellen voller Hass. Er erstarrte. Für Sekunden hörte er nichts als sein pochendes Herz. Christian, Dieter und Jürgen stürmten auf ihn zu.

»Heute entkommst du uns nicht, du Bastard«, rief Christian.

Im selben Moment umklammerten Dieter und Jürgen ihn. Christian schlug ihm in den Magen. Jan wollte ihn treten, aber Christian sprang zurück und lachte. »Werft ihn auf den Boden«, wies er seine Freunde an.

Einer trat Jan in die Kniekehle. Er sackte auf die Erde. Sie drückten sein Gesicht in den Dreck, Steinchen pressten sich in Stirn, Nase, Wangen, Kinn. Er hatte Angst, sie würden seine Nase zerquetschen.

Christian trat ihm in die Rippen. »Für deine neue Freundin. Einer wie du hat bei ihr nichts zu suchen.«

Der Tritt schmerzte mehr als der Schlag in den Magen. Dieter und Jürgen drückten ihre Knie auf seinen Rücken. Atmen war kaum noch möglich.

Sie lachten.

Christian zog Jans Kopf an den Haaren hoch.

»Ihr feigen Arschlöcher«, brüllte Jan.

Dieter und Jürgen hielten ihn fest. Er konnte sich nicht bewegen.

»Halt die Schnauze«, flüsterte Christian. »Das ist erst der Anfang, merk dir das.« Er schlug mit der Faust gegen Jans

Kopf und trat ihm wieder in die Rippen. »Und Finger weg von der Neuen. Die ist zu schade für dich!«

Jan röchelte.

Christian versetzte ihm erneut einen Hieb gegen den Kopf.

»Das reicht, er blutet«, rief Dieter. »Lass uns abhauen.«

»Wehe, du verrätst uns. Das nächste Mal gibt's mehr.«

Dann verschwanden die drei in der Dunkelheit.

Jans Schläfen pochten. Langsam stand er auf, stolperte, fiel, stand wieder auf. Er zitterte, ging ein paar Schritte, torkelte wie ein Betrunkener, schleppte sich vorwärts. In diesem Zustand wollte er seiner Mutter nicht unter die Augen treten. Er klingelte bei Tante Lilly.

Sie schlug die Hände über dem Kopf zusammen. »Mein Gott, was ist passiert?«

Jan stolperte erneut. Tante Lilly fing ihn in ihren Armen auf.

Erschöpft setzte sich Jan auf den Küchenstuhl. Er hatte das Gefühl, sein Schädel würde gleich platzen. »Ich bin gestürzt.«

Mit einem feuchten Tuch wischte sie ihm behutsam das Blut und den Dreck aus dem Gesicht, betupfte die Wunden mit Jod und klebte Pflaster darauf.

»Mit wem hast du dich geprügelt?« Ihre Stimme war sanft.

»Ich bin gestürzt.«

»Mach dich nicht über mich lustig.« Ihre Stimme war immer noch sanft.

Er unterdrückte aufkommende Tränen.

Tante Lilly wartete geduldig.

»Ich habe heute mit Petra Schularbeiten gemacht.«

»Wer ...«

»Die leben in einem riesigen Haus«, unterbrach Jan.

Tante Lilly strich ihm über den Kopf. »Ist gut, mein Junge, ist gut. Ich bringe dich jetzt zu deiner Mutter.«

Seine Mutter schrie auf. Nach dem ersten Entsetzen machte

sie ihrem Ärger Luft. »Du hast dich geprügelt. Wieder mal.« Sie nahm sein Gesicht in ihre Hände. »Hast du die Warnung von Frau Schneider vergessen?« Sie wendete seinen Kopf nach links und rechts, nach oben und unten. »Wer war das?«

Jan schwieg.

»Wer war das?«, fragte seine Mutter erneut. Ihre Stimme war hart.

»Ihr müsst es für euch behalten, sonst kommt die Fürsorge. Das sagst du doch immer, Mutter.«

»Wer?«

»Christian und seine Freunde. Sie haben mich überfallen und wieder beschimpft.«

Hilde und Lilly sahen sich besorgt an.

»Du hättest der Schlägerei aus dem Weg gehen müssen«, sagte die Mutter.

»Wie denn?«, rief Jan verzweifelt. »Die sind aus dem Hinterhalt über mich hergefallen. Ich habe mich nicht gewehrt, weil ich es versprochen habe. Du musst mir glauben!« Instinktiv verschwieg er, dass er sich nicht hatte wehren können.

Lilly legte ihrer Freundin die Hand auf die Schulter.

»Ach Lilly«, seufzte Hilde. Ihre Augen füllten sich mit Tränen.

22 Sturm

»Wie siehst du denn aus? War mein Alter bei euch?«, fragte ihn Bernd am nächsten Morgen auf dem Weg zur Schule.

»Ich bin gestürzt.«

»Klar. Und mein Alter geht jeden Sonntag in die Kirche.«

Auf dem Schulhof standen Christian und seine Freunde. Sie feixten, als Jan an ihnen vorbeiging.

Im Klassenraum saß Petra bereits auf ihrem Platz. Sie schaute Jan entsetzt an und hielt sich die Hand vor den Mund, als wollte sie einen Schrei unterdrücken.

Herr Richter trat ein. Die Schüler eilten auf ihre Plätze.

»Die Hausaufgaben auf den Tisch«, rief er, ging durch die Reihen und prüfte jedes Heft. Vor Jan blieb er stehen. »Trotz einer Schlägerei hast du deine Schularbeiten gemacht? Zeig her.«

Er hielt Jans Heft lange in der Hand. »So, so. Alles ist richtig. Es scheint, dass dir eine Tracht Prügel guttut.«

Der Lehrer verließ die Bankreihe.

Jan atmete erleichtert auf und lächelte Petra zu.

Als er wieder vor der Tafel stand, fragte Herr Richter: »Jan, mit wem hast du dich geprügelt?«

»Ich habe mich nicht geprügelt, Herr Richter.«

»Mit wem hast du dich geprügelt?«

Jan bekam Angst. Wenn er die Wahrheit sagte, wäre sein Leben in Hagenfelde vorbei. Er käme in ein Erziehungsheim.

»Ich bin gestürzt.«

»Du wagst es, mich anzulügen?«, schrie Herr Richter.

»Es ist die Wahrheit«, beteuerte Jan.

»Nach vorn!«

Jan schlich zum Lehrerpult, wo ihm der Lehrer sofort eine Ohrfeige auf die linke Gesichtshälfte knallte.

»Für deine unverschämte Lüge.«

Jan entwich ein leises Stöhnen.

Die zweite Ohrfeige knallte auf die rechte Gesichtshälfte.

»Die ist für deine unverschämten Lügen, die du mir in Zukunft auftischen wirst. Setz dich.«

Die Ohrfeigen brannten auf seinem Gesicht, als stünde es in Flammen. Er wagte es nicht, zu Petra zu schauen, denn ihm war zum Heulen zumute und sie würde das bemerken. Bis zur Pause musste er regungslos durchhalten, nur nicht den Schmerz zeigen.

In der Pause stand er mit Bernd und Ebi zusammen. Sie schauten ihn mitleidig an, fragten aber nicht. Doch als sie das hämische Grinsen von Christian und seinen Freunden sahen, konnten sie eins und eins zusammenzählen.

Petra wollte auf Jan zukommen, aber er schüttelte kaum merklich den Kopf. Ihren Trost ertrug er jetzt nicht.

In der Nacht jagte der erste schwere Herbststurm durch Hagenfelde. Wild zog er durch die Straßen, um die Gebäude, rüttelte an Fenstern und Türen, verschaffte sich Zugang durch Spalten und Ritzen, jaulte auf, wenn er nicht durchkam, verschwand grollend, heulte, wenn er an Häusern und Ställen vorbeisauste, stürzte um, was seinem Treiben den Weg versperrte. Der Sturm jagte durch die Bäume. Er brach Äste und Stämme, entwurzelte Bäume und deckte Dächer ab. Er peitschte schweren Regen vor sich her, trieb das kalte Wasser von den Straßen in die Ställe, in die Keller, füllte den Mühlbach, bis er ohnmächtig überfloss. Die Tiere schrien und die Menschen versteckten sich in ihren Häusern.

Der Sturm jagte auch durch Jans Träume, jagte mit furchtbarem Geheul jeglichen Trost, jegliche Rettung fort. Sein zerschundenes Gesicht und sein misshandelter Körper schmerzten. Kalte Einsamkeit stieg aus seinem Innersten auf. Verwirrt wachte er auf, wollte das Licht einschalten, doch alles um ihn herum kam ihm fremd vor, die Schatten, die Geräusche, er sich selbst. Er lag auf dem Fußboden vor seinem Bett. Er fror. Die Kälte schärfte seine Gedanken. Es waren Gedanken an Rache, an Vergeltung. Sie richteten sich gegen den Lehrer und Christian. Auge um Auge, Zahn um Zahn, Wunde um Wunde. Schmerzen würde es geben, aber nicht seine. Blut würde fließen, aber nicht seins.

23 Verborgen

Am nächsten Tag stapelte Jan im Garten seines Zuhauses und bei Tante Lilly abgebrochene Äste aufeinander. Danach ging er zu Müllermeister Holzenbeck. Der Orkan hatte aus dem aufgeweichten Boden Bäume samt Wurzeln herausgerissen. Reste der Baumstämme ragten links und rechts der Straße wie zerfetzte Speerspitzen aus der Erde. Der Mühlbach glich einer Schlammlawine. Die Bauern räumten ihre Höfe auf. Auf den Anhängern ihrer Traktoren türmten sich zerstörte Bretter, Dachziegel und Mauerstücke.

Auf dem Hof des Müllermeisters hatte der Sturm auch viel Schaden angerichtet, Holz und Dachziegel herumgeschleudert.

Mit einer Motorsäge zerkleinerte Müllermeister Holzenbeck einen Baum, der auf das Scheunendach gestürzt war. Er schaltete die Säge aus und rief Jan zu: »Gut, dass du kommst.« Er schob seine Mütze nach hinten und wischte sich den Schweiß von der Stirn. »Wir können deine Hilfe gebrauchen.«

Frau Holzenbeck kam zu ihnen, zog den Arbeitshandschuh von ihrer rechten Hand, fasste unter Jans Kinn und betrachtete seinen Kopf von allen Seiten. »Dein Lehrer oder die Jungs?«, fragte sie.

»Ich bin gestürzt.«

»Das war aber ein seltsamer Sturz«, meinte sie.

»Lass ihn, Frau. In diesem Alter sah ich auch oft so aus.« Müllermeister Holzenbeck klopfte Jan väterlich auf den Rücken. »Komm, pack mit an.«

»Weiß deine Mutter, dass du hier bist?«, fragte Frau Holzenbeck. Sie zog den Arbeitshandschuh wieder an.

Jan nickte.

»Ich habe mit ihr gesprochen und gesagt, dass wir dich gernhaben und du auch gern bei uns bist. Und dass es ja wohl nicht schlimm sein kann, wenn du uns mal hilfst«, sagte Frau Holzenbeck. »Ich habe ihr auch gesagt, dass es einem Jungen guttut, sich ein Taschengeld zu verdienen. Deswegen kommt nicht sofort die Fürsorge.«

»Lass den Jungen jetzt arbeiten, es wird gleich dunkel. Nachher gibt es Kaffee und Kuchen, und dann ist auch Zeit zum Reden.«

Der Müllermeister zersägte den Baumstamm. Jan schleppte die Holzstücke in eine Hofecke, fegte zerbrochene Dachziegel beiseite und legte Äste und Zweige neben den Stapel mit den Holzscheiten.

Beim Kaffeetrinken erzählte Jan vom gemeinsamen Lernen mit Petra.

»Das ist prima, mein Junge«, sagte der Müllermeister und zwinkerte seiner Frau zu.

Sie legte Jan das Geld neben seinen Kuchenteller. »Aber woher hast du deine Verletzungen?«

Jan schwieg.

»Uns kannst du es doch sagen«, meinte der Müllermeister.

»Christian und seine Freunde verprügeln mich und beschimpfen mich als Bastard«, sagte Jan.

»Diese dummen Jungen! Es macht mich wütend, was für Dummköpfe es hier im Dorf gibt! Die Jungen übernehmen die Meinungen ihrer Eltern. Leider ist es so, dass ein Kind, das ohne Vater aufwächst, vielen Vorurteilen ausgesetzt ist«, sagte Frau Holzenbeck.

»Auch der Lehrer schlägt mich, weil ich keinen Vater habe.«

»Leute wie der Lehrer denken, wenn ein Kind ohne Vater

aufwächst, könnte es verwahrlosen, auf die schiefe Bahn geraten. Und dass man das nur durch Schläge verhindern kann«, sagte sie. »Ich weiß nicht, wie man dieses Denken bekämpfen kann. Ich weiß nur, dass du dir dieses Gerede auf keinen Fall zu Herzen nehmen darfst.«

»Deine Mutter, Lilly und die anderen Frauen im Dorf sind gute, anständige Leute«, schob der Müllermeister nach.

»Wissen Sie, wer mein Vater ist?«, fragte Jan.

Das Ehepaar Holzenbeck schaute sich an.

»Im Krieg wurden viele Dörfer und Städte zerbombt, aber Hagenfelde wurde Gott sei Dank verschont«, begann Frau Holzenbeck.

»Lass Gott besser aus dem Spiel, Frau«, grummelte ihr Mann.

»Daher wurden dem Dorf viele Heimatlose und Flüchtlinge zugewiesen«, fuhr sie fort, »auch deine Mutter und deine Großmutter.«

»Es gab kaum Arbeit. Doch deine Großmutter konnte hier als Schneiderin arbeiten. Und sie schickte deine Mutter weiter zur höheren Schule«, sagte der Müllermeister. Er nahm ein großes Stück Kuchen auf seine Gabel und lächelte seine Frau zufrieden an.

»Du hast deinen Kuchen nicht aufgegessen, Jan. Schmeckt er dir nicht?« Frau Holzenbeck legte ihm ein weiteres Stück auf den Teller. »Wer dein Vater ist, das wissen wir nicht. Aber wir wissen, dass du stolz auf deine Großmutter und deine Mutter sein kannst«, sagte sie.

Müllermeister Holzenbeck legte seine riesige Hand auf Jans Schulter. »Du bist ein guter Junge. Wir freuen uns immer, wenn du zu uns kommst. Und wenn du Hilfe brauchst, sind wir für dich da. Jederzeit.«

Jan versuchte, sich seine Enttäuschung nicht anmerken zu lassen. Er hatte sich von den Holzenbecks eine Antwort, wenigstens Hinweise darauf erhofft, wer sein Vater war. Diese Frage folgte ihm wie ein Schatten. Wer wusste, wer sein Vater war? Seine Mutter und sicher auch Tante Lilly. Beide schwiegen. Wer wusste es noch? Und wenn er angeblich ein Kind der Liebe war, warum zog ihn seine Mutter allein groß?

Manchmal, wenn er durchs Dorf ging, schaute er sich die Männer an und suchte nach Ähnlichkeiten im Aussehen. Er fragte sich, ob sein Vater freundlich wie Müllermeister Holzenbeck war. Oder war er so versoffen und gewalttätig wie Bernds Vater? Interessierte er sich für Fußball wie Ebis Onkel? Doch mit seinen Fragen störte er die Erwachsenen, die sich in ihren Gespinsten aus Lügen und Verschweigen eingerichtet hatten, in ihren Geheimnissen, in dem, was im Dunkel lag und dort verborgen bleiben sollte. Jan wusste das und spürte, dass er ein Außenseiter war. Anders als die anderen Kinder war. Weniger wert. Natürlich, er prügelte sich. Aber das tat fast jeder Junge im Dorf. Zum Außenseiter machte ihn seine Abstammung. Aber an der war er unschuldig. Doch die Unschuld reichte nicht aus, um im Dorf akzeptiert zu werden. Vielmehr waren die Vorbehalte gegenüber seiner Mutter wie ein krankmachendes Virus auf ihn übergesprungen. Inzwischen war ihm klar, dass er trotz seiner Unschuld eine Last zu tragen hatte, die er nicht würde abschütteln können.

Außerdem hatte er das bedrückende Gefühl, dass es Menschen gab, die mehr über sein Leben und seine Herkunft wussten als er selbst. Es kam ihm vor, als habe man ihn in die Mitte eines dunklen Raumes geschubst und kaltes Licht auf ihn gerichtet, unter dem Fremde sein Verhalten überwachten und bewerteten. Während er den Beobachtern schutzlos ausgeliefert war, blieben sie für ihn unsichtbar. Liebevoll und freundlich schauten ihn die Menschen an, die ins Licht traten. Im Dunkel versteckten sich Schadenfreude, Häme und Bosheit. Er musste sich gut benehmen, um seiner Mutter keine

Schande zu bereiten. Denn Schadenfreude, Häme und Bosheit richteten sich auch gegen sie.

Doch etwas in Jan rebellierte gegen diese erzwungene Unterwerfung. Und je mehr er ihr ausgesetzt war, je bewusster er sie sich machte, desto mehr lehnte er sich dagegen auf.

24   *Unterschiede*

Jan und Petra saßen am Wohnzimmertisch und lernten, während Holger auf dem Boden mit seinen Autos spielte. Christa Schaper saß auf dem Sofa und las die aktuelle Ausgabe der »Neuen Juristischen Wochenschrift«. Holger sollte im nächsten Jahr eingeschult werden, doch es widerstrebte ihr, ihn in die Hände von Herrn Richter zu geben. So oft hatte Petra ihr Entsetzen nach Hause getragen, wenn der Lehrer einen Jungen geschlagen und vor allem Jan misshandelt hatte.

Als Jan und Petra mit den Schularbeiten fertig waren, holte sie eine weitere Flasche Saft aus der Küche, stellte sie auf den Tisch und setzte sich zu ihnen.

»Ich habe gerade gelesen, dass die Regierung die Prügelstrafe in den Schulen abschaffen will«, sagte sie.

Jan lachte auf. »Das interessiert den Lehrer nicht.«

»Mich interessiert es. Außerdem hat Petra erzählt, dass er dich ungerecht benotet. Du bist ehrgeizig, willst weiterkommen, das ist gut. Aber du solltest Folgendes wissen: Die Elite, die Herrschenden, definieren sich über Macht und Kapital, nicht über Leistung. Verstehst du?« Sie schaute Jan prüfend an. »Das bedeutet, selbst bei gleicher Leistung hast du weniger Chancen, ganz nach oben zu kommen. Und du wirst mehr leisten müssen als andere Kinder, um überhaupt weiterzukommen.«

»Das heißt, ich habe keine Chance?«

»Doch, mit Fleiß und guten Noten. Du bist intelligent und deine Einstellung wird dir helfen. Aber um in der Gesellschaft

Erfolg zu haben, reicht Leistung allein nicht. Das meine ich. Aber das soll dich nicht vom Lernen abhalten. Im Gegenteil, es soll dich anspornen.« Frau Schaper sah ihn ernst an. »Verstehst du, was ich meine?«

Jan nickte.

Nachdem Christa Schaper in die Küche gegangen war, flüsterte Jan Petra zu: »Deine Mutter redet wie die Frau von der Fürsorge.«

»Sag ihr das bloß nicht.«

»Mir wird nichts geschenkt, das weiß ich. Aber ich will lernen. Deshalb sitze ich hier mir dir.« Jan spürte Mitleid in Petras Blick. Sofort stieg Wut in ihm auf. »Bei dir ist es egal. Deine Eltern sind selbst ›ganz oben‹. Du kommst sowieso aufs Gymnasium«, schoss es aus ihm heraus.

»Ich kann doch nichts dafür, in welcher Familie ich lebe«, sagte Petra verletzt. »Und du auch nicht.«

»Nein, aber ich brauche kein Mitleid von dir oder deiner Mutter. Ihr habt mich wohl als Unterhaltung für dich geholt, damit du nicht allein bist.«

Petras Augen füllten sich mit Tränen.

Aber Jan war so voller Wut, dass er nicht wahrhaben wollte, wie sehr er sie verletzt hatte. Er schnappte seine Sachen, rannte zur Haustür und warf sie hinter sich zu.

Er lief auf direktem Wege zu Lilly und erzählte ihr, was geschehen war.

»Ich verstehe dich«, sagte sie. »Aber in dir bekämpfen sich Ehrgeiz und Minderwertigkeitsgefühl. Dein Ehrgeiz ist gut, dein Minderwertigkeitsgefühl ist grundlos und dumm. Diese Gefühle lassen dich schnell wütend werden. Du musst lernen, deine Wut zu beherrschen. Ich habe dir das schon oft gesagt. Du schadest dir damit, denn die Menschen wenden sich von dir ab. Du bist alt genug, um das zu begreifen.« Lilly schaute ihn streng an. »Und nun zu Familie Schaper. Sie führen ein anderes Leben als wir. Aber Frau Schaper ist ganz sicher keine Fürsorgerin, sondern eine sehr politisch denkende, intelligente und gebildete Frau. Und Petra ist ein liebes Mädchen. Du warst ungerecht zu ihr. Denk darüber nach.« Lilly machte eine Pause. »Und das nächste Mal macht ihr beide eure Schularbeiten bei mir.«

Jan schwieg. Er war sich sicher, dass Petra niemals wieder mit ihm lernen würde.

Die heftige Standpauke von Tante Lilly noch in den Ohren, ging er nach Hause, holte in seinem Zimmer Zigaretten aus einem Versteck und schnappte sich eine Taschenlampe. Er schlich auf den Dachboden, öffnete die Fensterluke, rauchte und versuchte vergeblich, sich zu beruhigen. Er sah Petra vor sich, mit ihren glitzernden Ohrringen, und ein Stich fuhr durch sein Herz. Er rauchte und rauchte und unterdrückte aufsteigende Tränen. Tränen über seinen Wutausbruch, darüber, dass sein Leben so schwer war, und darüber, dass Petra ganz sicher nie wieder mit ihm lernen, ihn nie wieder ansehen, nie wieder mit ihm sprechen würde. Er saß noch lange in seinem Versteck und überlegte, was er tun sollte.

25 Opfergaben

Hanna stand verborgen hinter einem hohen gemauerten Torpfosten am Rande der breiten Einfahrt zum Gutshof. Am nächsten Tag sollte die Hubertusjagd stattfinden. Das wilde Bellen der Jagdhunde übertönte sämtliche Geräusche. Die Hunde waren zu zweit oder zu dritt an Leinen zusammengebunden und rissen daran. Der Hundeführer hatte Mühe, sie in den für diese Nacht vorgesehenen Verhau zu sperren. Erst als die Peitschenhiebe ihnen ins Fell schnitten, gehorchten sie. Von Bernegolds Knechte und Mägde liefen geschäftig hin und her. Hanna erspähte ihren Vater unter ihnen. Er belud einen Traktoranhänger mit Bierfässern.

Gestern Abend hatte Hanna auf ihre Eltern eingeredet, Marie und Karin nicht bei der Jagdgesellschaft helfen zu lassen. Doch Vater und Mutter weigerten sich.

»Wir sind bei von Bernegold in Lohn und Brot. Er wirft uns raus, wenn wir ihm die Hilfe unserer Töchter verweigern. Du bist darum herumgekommen, weil du so ein freches Maul hast«, hatte ihre Mutter geschimpft.

»Was soll schon passieren?«, hatte Marie lachend gefragt und ihren Kopf geschüttelt, sodass ihre langen braunen Haare ihr in unschuldigen Wellen bis auf die Brust fielen. »Und wenn uns einer zu nahekommt, kriegt der was auf die Finger.«

»Das sind doch nur alte Geschichten, dummes Zeug, was über die Jagdgesellschaften erzählt wird«, meinte Karin.

Hanna entgingen nicht die Blicke, die sich ihre Eltern zuwarfen.

»Ihr opfert eure Töchter und das wisst ihr«, rief sie.

»Geh zu deinen langhaarigen Lümmeln. Sieh dich an, wie du rumläufst mit deinen wilden Haaren und dem schamlosen Minirock. Verschwinde in die Stadt! Lass uns in Ruhe! Du passt nicht mehr hierher!«, gab die Mutter zurück.

Hanna erschrak vor so viel Wut, geradezu Hass. Ihre Mutter hatte sie oft als eigensinnig beschimpft. Es stimmte, wenn sie sagte, Hanna passe nicht mehr in die Familie. Sie fühlte sich schon lange fremd, aber wusste nicht, ob sie schon immer anders gewesen war oder ob sie sich in den letzten Jahren verändert hatte. Seit sie in der Stadt arbeitete und Leute mit neuen Ideen und Gedanken kennenlernte, wandelte sich ihre Sicht auf ihre Familie. Sie entfremdete sich von ihr. Ihre Eltern und Geschwister bemerkten die Veränderung auch und die Bande lockerten sich auf beiden Seiten. Auch das war ein Grund, warum Hanna so bald wie möglich wegziehen wollte. Als Älteste hatte sie früh die Rolle der Eltern übernommen. Marie, Karin und Peter gewöhnten sich an Hannas mütterliche Unterstützung und sie sich an die Verantwortung. Jetzt wollte sie ihre Schwestern wieder schützen. Doch die fühlten sich bevormundet, lachten sie aus. Die Eltern betrachteten Hannas Protest als Einmischung in ihre Erziehung. Aber gerade diesmal konnte sie nicht von ihrer vertrauten Rolle lassen. Böse Vorahnungen trieben die Sorge um ihre Schwestern an.

Hanna sah von ihrer Position aus Jan und Ebi auf dem Gutshof. Die Jungen standen bei den Pferden. Ebis Vater nahm an der Jagd teil. Ebi sollte helfen und hatte seinen Freund Jan angesprochen, die Pferde mitzuversorgen.

Als Hanna erfahren hatte, dass Jan auf der Jagd helfen sollte, bat sie ihn, auf ihre Schwestern zu achten. Er versprach es.

Hanna stand noch immer neben der Einfahrt. Sollte sie

zu von Bernegold gehen und ihn bitten, auf die Hilfe ihrer Schwestern zu verzichten? Dann würde er ihre Eltern rauswerfen. Wo könnten sie eine neue Stelle finden? Außer Stall- und Feldarbeiten konnten sie nichts. In Hagenfelde würde sie kein anderer Bauer einstellen, um es sich nicht mit dem Gutsherrn zu verderben. In der Ziegelei begannen Umstrukturierungen und Modernisierungen. Ihre Eltern bekämen dort ganz sicher auch keine Arbeit.

Hanna beschloss, morgen unbemerkt zur Jagdgesellschaft zu gehen und ihre Schwestern nach Hause zu holen, bevor die Männer betrunken und zudringlich werden würden. Sie erzählte Robert nichts von ihrem Vorhaben, denn sie fürchtete, er würde mit seinen Motorradkumpeln anrücken, und wer weiß, was dann passierte. Sie wollte selbst ihre Schwestern unauffällig befreien, bevor etwas Schlimmes geschah.

26 Die Jagdgesellschaft

Früh am Morgen hielt vor dem Jagdhaus ein auf Hochglanz polierter Daimler. Zwei Herren in Jagdkleidung stiegen aus und schulterten ihre Gewehre. Der Daimler fuhr davon. Eine schwarze Limousine rollte an und ein großer, schlanker Mann, ebenfalls in Jagdkleidung, stieg aus. Sein Chauffeur gab ihm das Gewehr, setzte sich wieder in den Wagen und fuhr fort. Die nächsten Fahrzeuge kamen. In der Zufahrt stauten sich die Autos. Zeitgleich erschien hoch zu Ross Siegfried von Bernegold auf dem Vorplatz des Jagdhauses. Mann und Pferd waren eins. Neben ihm ritten seine Söhne, der neunzehnjährige Friedrich und der siebzehnjährige Heinrich.

Von Bernegold stieg vom Pferd. Händeschütteln, Lachen, Schulterklopfen. Etwa dreißig Männer hatten sich versammelt. Er begrüßte die Jagdgesellschaft, hieß namentlich den Regierungspräsidenten, den Leiter der Schulbehörde, den Montageleiter der Ziegelei und befreundete Adelige willkommen. Junge Frauen reichten auf Tabletts bis zum Rand gefüllte Schnapsgläser, mit denen sich die Herren zuprosteten.

Jan, Ebi und weitere Helfer führten die Pferde zum Sammelplatz, hielten sie für die Gäste bereit und halfen dem einen oder anderen in den Sattel.

»In ein paar Jahren darf ich auch mitreiten«, sagte Ebi zu Jan. »Das hat mir mein Vater versprochen. Ich muss noch üben, denn bei der Jagd darf man nicht um die Hindernisse herumreiten, sondern muss darüber springen.«

Von Bernegold gab seinem Vertreter die letzten Anweisungen. Er sollte sich um die Reiter kümmern, die mit dem hohen Tempo nicht würden mithalten können. Für sie war ein anderer Jagdbereich vorgesehen. Und er wies seinen Vertreter an, diejenigen, die das Treiben nur beobachten oder aus einer guten Position heraus sicher Beute schießen wollten, zu den entsprechenden Plätzen zu bringen.

Das Horn ertönte. Der Meuteführer schwang die lange Peitsche, um die wild bellenden und kaum zu haltenden Hunde zu bändigen. In den Augen der Männer funkelte das Jagdfieber. Erneut erschallte das Horn. Das Bellen der Hunde wurde noch lauter.

Gemeinsam mit den Helfern und anderen Schaulustigen sah Jan den reitenden Jägern, den kräftigen Treibern und den hechelnden Hunden nach, bis sie im Wald verschwanden. Unter den Frauen entdeckte er Marie und Karin. Hanna hatte gesagt, er solle aufpassen, dass die Männer den beiden nicht zu nahe kamen. Wie sollte er das anstellen? Er musste seine eigene Arbeit erledigen. Außerdem waren die erwachsenen Männer stärker als er. Marie und Karin gingen ins Jagdhaus, in dem gekocht und gespeist werden sollte. Jan nahm sich dennoch vor, ab und zu nach den Mädchen zu schauen, schließlich hatte er es Hanna versprochen.

Während und nach der Jagd mussten Jan, Ebi und die Helfer darauf achten, dass keine ungebetenen Gäste das umzäunte Gelände betraten und die Gesellschaft störten. Wachsame Schäferhunde gingen an langen Leinen mit ihren Herren auf Patrouille.

Zwischendurch holten Jan und Ebi sich im Jagdhaus von den Köchinnen etwas zu essen. In der Küche polierten Marie und Karin Gläser und Besteck. Sie hatten, wie alle dort arbeitenden Frauen, weiße Schürzen umgebunden. Wie sollte er auf sie aufpassen?, fragte Jan sich erneut. Sagen konnte er es ihnen nicht, er war jünger als sie. Sie würden ihn auslachen.

Nach den Kontrollgängen stromerten Jan und Ebi durch das Gehölz. Sie hörten Schüsse, versuchten, sie zu zählen oder die Entfernung abzuschätzen, aber es gelang ihnen nicht. Dann senkte sich langsam die Dämmerung über den Wald.

Das Horn verkündete das Ende der Jagd. Jan und Ebi eilten zum Vorplatz und kümmerten sich um die verschwitzten Pferde der zurückkehrenden Reiter. Die Jagdhunde erhielten ihr verdientes Fressen. Die Jäger und Treiber präsentierten mit stolz geschwellter Brust die erlegte Beute. Die jungen Frauen empfingen sie mit Schnaps und Bier oder hielten den Männern kleine Kistchen mit Zigarren hin. Den Herren zuprostend eröffnete von Bernegold die kameradschaftliche Geselligkeit. Die Herren gingen in den Festsaal des Jagdhauses. In einem Nebenraum aßen Jan, Ebi und die anderen Helfer, nachdem sie die Tiere versorgt hatten.

Einmal warf Jan mit Wilhelm, einem der Helfer, einen Blick in den erleuchteten Festsaal. Der Zigarrenrauch hing in Schwaden in der Luft. Die Männer tranken auf das Wohl des Gastgebers, redeten laut und lachten noch lauter. Marie, Karin und andere junge Frauen liefen mit ihren Tabletts emsig durch den Raum, stellten bis zum Rand gefüllte Biergläser ab und schenkten Schnaps nach. Immer wieder mussten sie neue Flaschen öffnen und brachten leere Gläser und Flaschen zurück in die Küche. Einer der Männer schlug Marie auf den Po. Sie lachte laut.

»Der geile Bock ist der Schulamtsleiter«, flüsterte Wilhelm Jan zu. »Neben ihm sitzt der Regierungspräsident, daneben der Landrat. Gegenüber sitzen die Herren Von und Zu. Die beste Beute auf der Jagdgesellschaft sind die Mädchen. Damit hat der Gutsherr die feinen Pinkel in der Hand.«

Erschrocken schaute Jan zu Wilhelm.

»Was guckst du so, Jan? Bist dafür noch zu jung«, meinte Wilhelm lachend, ohne Jans Antwort abzuwarten. »Das hat schon sein Vater so gemacht«, ergänzte Wilhelm, mit dem Kopf zu von Bernegold deutend. »Lass uns gehen, die feinen Herren mögen es nicht, wenn wir ihnen zuschauen. Unsereins muss sich mit 'nem Schnaps begnügen«, sagte er und schob Jan mit in den Nebenraum. »Aber der soll reichlich fließen, da kannste Gift drauf nehmen.«

»Lass uns eine rauchen«, schlug Jan Ebi einige Zeit später vor. Beim Hinausgehen wankte Jan etwas und Ebi stützte sich auf seiner Schulter ab. Sie grinsten sich an.

»Ich möchte nicht wissen, wie viele Schnäpse Wilhelm uns eingefüllt hat. Hauptsache, er hält seine Klappe und erzählt nichts meinem Vater«, sagte Ebi.

»Der ist auch längst abgefüllt«, meinte Jan.

Sie stellten sich ins Halbdunkel an die Wand des Jagdhauses, denn sie wollten nicht von den Erwachsenen zurechtgewiesen werden. Dann sahen sie eine junge Frau kommen.

»Ist das Marie?«, fragte Jan.

Träge bewegte Ebi seinen Kopf nach links, nickend zog er an seiner Zigarette.

»Hey, Marie, willst du mit uns eine rauchen?«, rief Jan ihr zu.

Sie näherte sich dem Licht der Laternen. Ihre weiße Schürze war schmutzig und an einer Stelle zerrissen. »Ich muss arbeiten.« Sie wandte schnell den Kopf ab, fuhr verstohlen mit den Fingern durch ihr zerzaustes Haar und eilte ins Jagdhaus.

Nach Einbruch der Dunkelheit ging Hanna zum Jagdhaus. Sie wollte ihre Schwestern nach Hause holen, bevor die Männer betrunken sein würden. Vom Dorf aus war es nicht weit. Sie kannte den Weg. Die kühle Luft kroch an ihr hoch. Die Bäume schienen zu einer undurchdringlichen Wand zu verschmelzen. Sie holte eine Taschenlampe aus der Jacke und hielt sie so tief wie möglich, um nicht gesehen zu werden. Sie lauschte, hörte nur entferntes Bellen. Sie wollte auf den Vorplatz und von dort in das Jagdhaus. Ein plötzliches drohendes Knurren dicht vor ihr ließ sie erstarren. Sie umklammerte die Taschenlampe. Jemand von den Wachen rief »Hallo!«, wartete einen Moment, sagte dann »Da ist nichts« und rief den Hund zu sich.

Hanna lauschte. Mann und Hund waren weg. Sie löste sich aus ihrer Erstarrung. Tränen stiegen in ihr auf. Ihre verfluchte Angst vor Hunden. Wenn sie nur von Weitem einen kommen sah, wechselte sie die Straßenseite. Und jetzt verhinderte ihre Angst, dass sie überhaupt bis zum Jagdhaus durchkam, um nach ihren Schwestern zu suchen. Marie und Karin dort herauszuholen, daran war gar nicht zu denken. Sie war an ihrer verdammten Angst vor Hunden gescheitert.

Mit gesenktem Kopf ging sie nach Hause, schlich in das Zimmer, das sie sich mit ihren Schwestern teilte, legte sich mit dem Gesicht zur Wand ins Bett und weinte. Sie wollte bis zur Rückkehr der beiden wach bleiben. Doch sie fiel in einen unruhigen Schlaf, schreckte immer wieder hoch, setzte sich auf, schaute auf die leeren Betten von Marie und Karin, legte sich mit dem Gesicht zur Tür, um die Schwestern sofort sehen zu können, wenn sie kämen. Aber schwerer Schlaf überwältigte sie. Er dauerte bis zum nächsten Morgen.

Nach dem Frühstück nahm sie Marie und Karin beiseite.

»Haben die Kerle euch in Ruhe gelassen?«, fragte sie.

»Was glaubst du denn? Meinst du, wir sind zu dumm, uns zu wehren?«, antwortete Karin.

»Also ist alles in Ordnung?«, hakte Hanna nach.

Ihre Schwestern nickten.

Aber Hanna fühlte, dass sie, selbst wenn etwas geschehen wäre, ihr nicht die Wahrheit sagen würden.

27 Kind der Liebe

»Du bist blass«, sagte Hilde zu Jan.

»Ich habe Kopfschmerzen.«

»Du hast gestern Alkohol getrunken.«

Jan schwieg.

Hilde reichte Jan das Sonntagsei. Er strich Butter und Honig auf eine Scheibe Brot und aß sie zusammen mit dem Ei.

»Ich habe Ebi geholfen, das hat Spaß gemacht.«

»Die Schule ist wichtiger. Ich finde es gut, dass du mit Petra lernst. Aber sie ist die Tochter meines Chefs und irgendwie passt das nicht.«

»Du kannst beruhigt sein, ich habe dazu sowieso keine Lust mehr.«

»Hast du etwas angestellt?«

»Warum muss ich immer etwas angestellt haben? Ich will einfach nicht mehr. Sie hat mir sogar die Freundschaft angeboten, weil sie hier keine Freundinnen hat. Nur mit Susanne trifft sie sich ab und zu. Passt die zu Petra? Ich passe jedenfalls nicht zu ihr, das habe ich selbst gemerkt.« Jans Ärger schwoll an. »Sag mir, wer zu mir passt! Bernd mit seinem Melkervater? Christian mit seinem Großbauernvater? Robert?« Jan sprang auf. »Niemand passt zu mir. Ich werde als Bastard beschimpft. Aber dir ist das egal. Ich will endlich wissen, wer mein Vater ist!«

»Setz dich wieder«, sagte seine Mutter. »Die Leute reden viel. Manchen passe ich nicht in ihr Weltbild ...«

»Sag mir, wer mein Vater ist! Einer von diesen Männern auf der Jagdgesellschaft?«

»Hör auf zu fragen!«

»Ich bin alt genug für eine Antwort.«

Hilde schwieg nachdenklich.

Jan wartete.

»Also gut.« Ihr Blick schweifte in die Ferne. »Meine Mutter und ich kamen 1949 nach Hagenfelde und konnten bei einem Ehepaar im Zimmer ihres gefallenen Sohnes wohnen. Meine Mutter legte viel Wert auf gute Bildung und schickte mich auf die höhere Handelsschule in der Kreisstadt. Sie half der Dorfschneiderin und so hatten wir unser Auskommen. Im Nachbarhaus lebte Lilly. Ich habe ab und zu auf Robert aufgepasst. Lilly und ich freundeten uns an. 1950 starb meine Mutter völlig unerwartet. Ich war von einem Tag auf den anderen auf mich gestellt. Für die Schule fehlte das Geld. Ich musste arbeiten gehen und half auf einem Bauernhof. Einmal, als ich eine schwere Schubkarre schieben wollte, stand ein junger Mann neben mir. Er strahlte mich an und half mir. Er hatte nach einer Gelegenheit gesucht, sich mir zu nähern. Wir verliebten uns ineinander. Doch er war einer anderen versprochen. Seine Eltern waren strikt gegen eine Heirat mit einem ›Habenichtsmädchen‹ wie mir. Wir trafen uns trotzdem heimlich. Er versprach, er würde sich gegen seine Eltern durchsetzen. Doch sein Vater drohte mit Enterbung, sollte er mich heiraten. Er beugte sich dem Willen seines Vaters. Als wir uns trennten, war ich mit dir schwanger. Ich sagte es ihm erst viel später.« Hilde lächelte Jan an. »Du bist ein Kind der Liebe und nicht der Sünde. Wir trafen uns nach seiner Hochzeit und auch nach deiner Geburt, ohne dass es jemand mitbekam. Ich glaubte seinem Versprechen, sich scheiden zu lassen. Er hat die Vaterschaft anerkannt und zahlt für dich Unterhalt.«

»Wie heißt er?«

»Wenn du älter bist, werde ich dir seinen Namen sagen.«

»Ich will ihn jetzt wissen!«

»Unser Leben würde schwerer werden.«

Hilde gab sich ihren Erinnerungen hin. Viel Zeit war verflogen, Zeit, in der sie darauf gewartet hatte, dass Jans Vater sich von seiner Frau trennen würde. Hilde arbeitete, kümmerte sich um Jan, um seine Erziehung. Und sie wartete. Sie wartete Tage, Wochen, Monate, schließlich Jahre, aber er ließ sich nicht scheiden.

Natürlich wartete sie nicht bewusst jede Sekunde, jede Minute. Doch das Warten nistete sich in ihre Seele ein, es umhüllte ihr Dasein so vollständig, dass sie andere Verehrer mit dem Hinweis zurückwies, ihr Herz sei bereits vergeben. Sie richtete sich in der Welt des Wartens und der Hoffnung ein, gelegentlich traurig und einsam, gefangen in der Illusion, er ließe sich eines Tages scheiden und würde sie heiraten.

Doch in der letzten Zeit spürte Hilde Risse in ihrem Weltenbau der Selbsttäuschung, hervorgerufen durch Jans Fragen und durch die Beschimpfungen, denen er zunehmend ausgesetzt war. Denn sie hatte all die Jahre nicht nur auf eine Ehe, sondern auch auf einen Vater für Jan gehofft, der mit ihnen lebte, wie eine richtige Familie. Und sie fragte sich, ob es vielleicht nur noch ein flüchtiges Bild ihrer Liebe war, das sie im Vater ihres Sohnes ersehnte, und ob es nicht Zeit sei, sich zu verabschieden, ob es nicht endlich Zeit sei, sich selbst aus der Gefangenschaft ihrer Träume zu befreien. Und ihr war, als fiele Regen auf ihr Herz und gefror und schickte sie in eine kalte Einsamkeit.

Jan schaute sie traurig an. Ihre Augen waren feucht.

28 Der Überfall

Am Dienstag nach dem Jagdwochenende ließ Herr Richter die Schüler ein Diktat schreiben. Jan lächelte Petra zu, doch seit dem Streit wandte sie immer den Kopf ab. Sein unbeherrschtes Verhalten lag eine Woche zurück.

Erstaunt bemerkte Jan, wie der neben ihm sitzende Bernd zu Petra schaute, als wolle er sie mit den Augen verschlingen. Jan stieß Bernd mit dem Ellenbogen an und deutete mit dem Kopf zum Lehrer.

Die Klasse war still. Jan lauschte wie alle Schüler den Worten von Herrn Richter. Er formulierte einfache Sätze für die erste Klasse und schwerere für die höheren Klassen.

In der Pause tauschten sich die Schüler über das Geschriebene aus. Jan war überzeugt, dass sein Diktat fehlerfrei war.

Nach dem Unterricht wollte er auf Petra zugehen, sich für seine wilde Wut entschuldigen. Bernd gegenüber gab er vor, er müsse noch mal weg. Der nickte gedankenverloren und ging zu Jans Überraschung zu Christian. Sie unterhielten sich kurz und Christian klopfte Bernd lächelnd auf die Schulter.

Was ist da los?, fragte sich Jan. Aber er hatte jetzt keine Zeit, sich weiter Gedanken darüber zu machen. Petra war ihm wichtiger. Sie verließ gerade das Schulgebäude, verabschiedete sich von Susanne und machte sich auf den Heimweg. Jan ging hinter Petra her. Als sie über die Mühlbachbrücke ging, beschleunige er seine Schritte. Er rief ihren Namen. Sie reagierte nicht. Erst als er neben ihr lief und sie ansprach, wandte sie sich ihm zu.

»Es tut mir leid, was ich neulich bei dir zu Hause gesagt habe«, meinte Jan.

»Das war nicht schön«, sagte Petra und sah ihn aufmerksam an.

»Es kommt nicht wieder vor.«

Petra nickte lächelnd.

»Wir können auch bei Tante Lilly Schularbeiten machen. Da gibt es immer Kuchen. Und du kannst meine Mutter und Robert kennenlernen«, schlug Jan vor.

»Das können wir gern machen«, sagte sie.

Fröhlich schlenderten sie weiter und freuten sich, dass sie sich vertragen hatten. Sie bemerkten nicht, was um sie herum geschah, und erschraken, als sie hinter der Brücke Gelächter hörten.

»Wen haben wir denn da?«, höhnte Christian. Dieter und Jürgen taten es ihm gleich.

»Unser Bastard mit der Tochter des Ziegeleichefs.«

Die drei Jungen stellten sich Jan und Petra breitbeinig und mit verschränkten Armen in den Weg.

Sie waren noch ein Stück von der Neubausiedlung entfernt, der Rest des Dorfes lag hinter ihnen. Weit und breit keine Menschenseele.

Es gibt Momente, da weiß das Herz sofort, dass etwas Schreckliches geschehen wird. Es erkennt das Böse, das sich im Blick des anderen offenbart, es erkennt die Gewalt, die folgen wird. Noch während dies Jan bewusst wurde, umklammerte ihn Jürgen bereits.

»Lauf weg«, schrie Jan Petra zu.

Die drehte sich um und lief los.

Dieter schlug Jan die Faust in den Magen.

Christian lief hinter Petra her, packte sie, drückte sie an einen Baumstamm und presste seinen Körper an ihren.

»Püppchen, was willst du mit so einem?«, fragte er grinsend.

»Lass mich los!«, schrie sie und wand sich in seinem Griff. »Ich sage es meinen Eltern!«

»Du musst erst mal heil nach Hause kommen«, erwiderte Christian und leckte ihr über das Gesicht. »In zwei Jahren bist du ein leckerer Happen!«

»Iih, hör auf!«, kreischte Petra und schaute Hilfe suchend zu Jan.

»Lass sie in Ruhe, du feiges Schwein!«, brüllte Jan. Er trat um sich, versuchte verzweifelt, sich aus der Umklammerung von Dieter und Jürgen zu befreien. Vergeblich.

»Aua!«, schrie Petra. Christian hatte sie auf den Arm geboxt. Er riss ihren Rock hoch.

Ein weiterer Faustschlag von Dieter traf Jan in den Magen. Er sackte zusammen. Jürgen schubste ihn auf den Rücken. Dieter drückte seine Knie auf Jans Brust, Jürgen setzte sich auf seine Beine.

»Wehe, wenn du den Bastard noch mal triffst«, flüsterte Christian Petra zu. »Dann zünde ich deine Haare an.« Er griff in seine Hosentasche, um ein Feuerzeug herauszuholen. Als er dafür den Griff lockerte, wand Petra sich heraus, schob seinen Arm etwas nach oben und biss ihn fest in den Unterarm. Christian schrie auf vor Schmerz und ließ sie los. Sie stürmte davon.

Christian rannte hinter ihr her, das Feuerzeug in der Hand. »Ich zünde deine Haare an«, rief er immer wieder, bis sie »Hilfe« schreiend um die Ecke gebogen war.

Christian kehrte um und trat den am Boden liegenden Jan in die Rippen. »Damit du nicht denkst, du bist was Besseres.«

»Das wirst du bereuen, ich schwör's«, stöhnte Jan.

Christian zückte sein Klappmesser, hielt es dicht an Jans Nase. »Leute wie du kriegen nur was in die Fresse.«

»Lass gut sein«, rief Jürgen.

»Okay, abhauen«, entschied Christian und die drei liefen davon.

»Ich kriege dich«, flüsterte Jan. Er stand mühsam auf und wischte mit dem Ärmel über sein Gesicht.

Da sah er Bernd an der Brücke stehen. Ihre Blicke begegneten sich. Bernd drehte sich sofort um und verschwand. Wie lange hatte er dort gestanden und nicht geholfen? Hatte er mitbekommen, dass Christian einen Überfall geplant hatte? Und warum hatte er tatenlos zugesehen? Hing das mit Petra zusammen? Und warum hatte er nicht einmal ihr geholfen?

Jan ging auf Schleichwegen nach Hause, niemand sollte ihn so sehen. Im Badezimmer sah er sich im Spiegel an und berührte vorsichtig die Haut unter seinem Auge. Hoffentlich bildete sich kein Bluterguss. Er wusch sich behutsam das Gesicht, zog saubere Kleidung an, ging in sein Zimmer und versuchte vergeblich, sich auf die Schularbeiten zu konzentrieren. Immer wieder verfolgte ihn der schmerzhafte Gedanke, dass er Petra nicht hatte helfen können.

29 Familienrat

Petra rannte nach Hause, als ginge es um ihr Leben. »Ich zünde deine Haare an«, schallte es noch in ihren Ohren, als sie die Haustür erreichte und Sturm klingelte.

»Mein Gott, was ist passiert?«, schrie ihre Mutter, als sie die Tür öffnete und ihre Tochter schockiert ins Haus zog.

Petra schaute sich zitternd nach hinten um. »Er ist weg«, rief sie immer wieder und warf sich in die offenen Arme ihrer Mutter.

»Wer ist weg? Was ist passiert?«, fragte die Mutter. Sie legte Petra eine Decke um die Schultern und setzte sich neben sie auf das Sofa.

Petra erzählte weinend, was geschehen war. Ihre Mutter hielt sie fest im Arm.

»Was ist mit Jan?«

»Dieter und Jürgen haben ihn festgehalten. Er konnte mir nicht helfen.«

»Ich rufe die Polizei«, sagte die Mutter.

»Nein, bitte nicht. Dann bekommt Jan Ärger«, flehte Petra.

»Warum?«

»Eigentlich darf ich es nicht erzählen, ich habe es Jan versprochen.«

»Was sollst du nicht verraten?«

»Wenn er wieder in eine Schlägerei gerät, kommt er in ein Erziehungsheim. Davor hat er große Angst.«

»Das kann doch nicht sein! Er hat doch nichts getan!«

»Niemand wird ihm glauben. So viele sind gegen ihn.«

»Wo leben wir? Als Nächstes tut dir dieser Christian noch Schlimmeres an! Nur weil sein Vater ein paar Kühe mehr als andere hat, nimmt er sich offenbar alles raus.«

»Bitte, sag nichts«, flehte Petra.

»Wir überlegen mit deinem Vater, was wir tun. Jetzt ruh dich aus. Ich koche dir einen Vanillepudding, der wird dir guttun.«

Beim Abendessen legte Petras Vater das Besteck beiseite und hörte aufmerksam zu. Er sah seine Tochter besorgt an. »Willst du morgen zu Hause bleiben?«, fragte er.

»Nein, ich möchte wissen, wie es Jan geht.«

»Du bist ein tapferes, starkes Mädchen. Ich bin sehr stolz darauf, dass du dich gewehrt hast«, sagte er und strich seiner Tochter über den Kopf.

»Sie hat den Jungen gebissen. Wie ein Hund!«, rief Holger. Der Vater lachte.

»Sie hat sich gewehrt und das war richtig«, sagte die Mutter.

Georg Schaper wollte nicht die Polizei einschalten, denn sie würden noch länger in dem Dorf leben und eine Strafanzeige wäre nicht mehr aus der Welt zu schaffen. Außerdem würde eine Anzeige das Problem wohl nicht lösen.

»Gut, dann werde ich zu Christians Eltern gehen und denen sagen, was für einen kriminellen Sohn sie haben. Und dem Richter werde ich auch ein paar Takte erzählen«, sagte Christa Schaper bestimmt.

»Dem Lehrer?«, fragte Petra.

»Ja, weil der mal seine Aufmerksamkeit auf Christian richten sollte.«

30 Vergeltung

Es war bereits dunkel. Jan eilte zum Hof von Christians Eltern. Er kannte sich auf dem Gelände aus, denn als er und Christian jünger waren, hatten sie mit anderen Kindern öfter dort gespielt. Doch Christians Mutter hatte Jan eines Tages verboten, weiterhin auf den Hof zu kommen, weil er schlechten Einfluss auf ihren Sohn habe.

Jan lief auf die Rückseite des Grundstücks, schlüpfte durch ein Loch im Zaun, rannte über die Wiese und kam hinter den Stallungen an. Um diese Zeit musste Christian im Stall arbeiten. Jan hörte das Muhen der Kühe. Vorsichtig schob er die angelehnte Tür auf. Christian verteilte Heu mit einer Mistgabel. Jan stellte sich ins Halbdunkel und beobachtete ihn eine Weile schweigend. Als er sicher war, dass Christian allein war, stürmte er los, riss ihm die Mistgabel aus der Hand, schleuderte sie hinter sich und trat ihm mit voller Wucht in die Seite. Christian fiel zu Boden. Jan stürzte sich auf ihn, packte ihn und drückte seinen Kopf in den Trog mit dem Mist. Er drehte ihn auf den Rücken und boxte ihm mit der Faust direkt auf die Nase. Christian schrie, doch das Muhen der Kühe übertönte ihn. Jan trat auf den Arm, den Christian gerade heben wollte.

»Du feiges Schwein. Ein Mädchen angreifen!«, zischte Jan leise und schlug hart zu. »Wenn du Petra noch einmal anfasst, ramme ich dir die Mistgabel in den Bauch. Klar?«

»Ja«, wimmerte Christian.

Jan boxte ihn erneut ins Gesicht. »Rührst du sie noch einmal an, wirst du das bis an dein Lebensende bereuen. Verstanden?«

Christian nickte schwach. Seine Nase blutete.

»Dein Feuerzeug. Her damit.«

»Es gehört meinem Vater«, jammerte Christian, aber er rückte es heraus.

»Umso besser.« Jan steckte es in seine Hosentasche und schaute sich schnell um. »Wenn du mich noch einmal Bastard nennst, stecke ich mit dem Feuerzeug euren Hof an. Klar?«

»Ja.« Christian klang mutlos.

»Wehe, du verpetzt mich. Dann werde ich dich wie dein Schatten verfolgen. Und nächstes Mal habe ich ein Messer dabei wie du.«

Jan rannte nach Hause, zog die stinkende Kleidung aus, wusch sich, aber der Stallgeruch schien an ihm zu kleben. Er war froh, dass seine Mutter noch nicht zu Hause war.

31 Abgefangen

Am nächsten Morgen verließ Jan früher als sonst das Haus. Er wollte Bernd vor Schulbeginn abfangen.

Bernd erschrak, als Jan vor seiner Haustür stand.

»Ich wollte sicher sein, dass ich dich allein treffe«, sagte Jan.

»Wieso?«, fragte Bernd.

»Warum hast du Petra und mir nicht geholfen?«

»Was meinst du?«

»Das weißt du genau.«

»Nee, weiß ich nicht.«

»Wenigstens Petra hättest du helfen können.«

»Wir müssen uns beeilen. Der Richter macht uns fertig, wenn wir zu spät kommen.« Er wollte an Jan vorbeigehen, aber der hielt ihn am Arm fest.

»Machst du mit Christian gemeinsame Sache gegen mich?«, fragte Jan.

»Du hängst nur noch mit deiner Freundin rum. Da kann ich mir doch neue Freunde suchen.«

»Sei vorsichtig mit deinen falschen Freunden. Und morgens brauchst du nicht mehr auf mich zu warten«, sagte Jan, ließ Bernd stehen und ging allein zur Schule.

32 Protest

Am Tag nach dem Überfall auf Petra und Jan klingelte Christa Schaper bei Christians Familie.

Elisabeth Kolbe, Christians Mutter, öffnete die Tür.

»Ich muss Sie und Ihren Mann dringend sprechen.«

»Und warum?«, sagte Frau Kolbe. Sie kniff die Augen zusammen.

»Es geht um Christian.«

»Hermann, kommst du mal?«, rief Frau Kolbe noch von der Haustür in den Flur hinein. Sie bat Christa Schaper herein und nahm schnell ihre Schürze ab.

Der Flur war groß und düster. An den Wänden links und rechts standen riesige, uralte Schränke. Sie ließen den Flur noch finsterer wirken. Dunkelrote Bodenfliesen schluckten die letzten Strahlen einfallenden Lichts.

Hermann Kolbe trug eine Schiebermütze und Gummistiefel. Er hatte mittelblonde Haare und grüne freundliche Augen. Er gab Frau Schaper die Hand. »Ich wollte gerade in den Stall«, entschuldigte er sich mit Blick auf seine Stiefel.

Sie setzten sich ins Wohnzimmer und Christa Schaper erzählte vom Überfall auf Petra. Jan erwähnte sie nicht. Er sollte keinen Ärger bekommen.

Die anfängliche, gleichwohl distanzierte Freundlichkeit von Herrn und Frau Kolbe verwandelte sich in Ungläubigkeit.

»Das sind nur die üblichen Streiche in dem Alter«, wiegelte Christians Vater ab.

Doch Christa Schaper blieb hart: »Das war kein Jungenstreich. Petra kam völlig verängstigt zu Hause an.«

»Das sind bösartige Unterstellungen!«, rief Frau Kolbe. Der verbitterte Zug um ihren Mund verstärkte sich.

»Christian, komm sofort her!«, brüllte Herr Kolbe. Einen Moment später kam er zögernd ins Wohnzimmer. Sein rechtes Auge war blutunterlaufen, seine Oberlippe geschwollen.

»Was ist mit dir passiert?«, fragte Christa Schaper verwundert.

»Ich bin im Stall gestürzt.«

»Hast du gestern nach der Schule Petra aufgelauert?«, fragte Hermann Kolbe.

Christian schwieg.

»Nun?«, fragte Hermann Kolbe ungeduldig.

»Das war doch nur ein bisschen Spaß. Ich wollte Jan ärgern«, antwortete Christian kleinlaut.

»Spaß? Du greifst ein Mädchen an?«, brüllte Herr Kolbe. »Wenn du das noch mal machst, stecke ich dich in eine Verwahranstalt! Und deine Prügeleien mit Jan müssen aufhören!« Er verpasste seinem Sohn eine schallende Ohrfeige.

Christian wankte.

»Jan ist es, der unseren Sohn in Schlägereien verwickelt«, sagte Frau Kolbe. Sie sah ihren Mann vernichtend an.

»Ich habe über Ihren Sohn gesprochen, nicht über Jan. Christian hat meine Tochter angegriffen und bedroht. Wenn er noch einmal Petra anrührt, wird das erhebliche Konsequenzen haben.« Christa Schaper sah in den drei Gesichtern, dass sie den Ernst der Lage begriffen. Sie stand auf.

Hermann Kolbe brachte sie zur Tür. »Es tut mir leid, was Christian getan hat. So etwas wird nicht wieder vorkommen«, sagte er.

33 Unversöhnlich

Unmittelbar nach ihrem Besuch bei Kolbes ging Christa Schaper zu Herrn Richter. Frau Richter öffnete die Tür.

»Ich möchte gern Ihren Mann sprechen«, sagte Christa Schaper.

»Kommen Sie bitte herein.« Martha Richter führte sie ins Wohnzimmer. »Darf ich Ihnen eine Tasse Kaffee anbieten?«

»Das ist sehr freundlich, aber ich werde nicht lange bleiben.«

Mit einem Buch in der Hand kam Herr Richter ins Wohnzimmer. Über dem Hemd trug er eine dunkelblaue Strickjacke. Er begrüßte seinen Gast und fragte: »Was kann ich für Sie tun, Frau Schaper?« Er setzte sich ihr gegenüber. »Ihre Tochter ist eine gute Schülerin.«

»Das soll auch so bleiben. Dazu gehört, dass sie ohne Angst in die Schule gehen kann und sich auf dem Weg nach Hause nicht ängstigen muss.«

»Um was es geht, Frau Schaper?«

Sie erzählte von Christians Angriff auf ihre Tochter. Sie bat Herrn Richter, auf Christian zu achten und sich schützend vor Petra zu stellen. Allerdings nahm das Gespräch für Christa Schaper eine unerwartete Wendung.

»Ich habe gehört, dass Jan auch in die Schlägerei verwickelt war«, sagte Herr Richter.

»Mir geht es um meine Tochter und um Christian, nicht um Jan.«

»Der Unruhestifter ist Jan! Er ist bei jeder Rangelei im Dorf dabei. Ihm fehlt die harte Hand eines Vaters«, sagte Herr Richter.

»Wenn Sie schon von Jan reden, dann möchte ich doch aufgreifen, dass Sie ihn häufig mit dem Stock schlagen. Ich bin sicher, dass Kinder ohne Schläge besser erzogen werden können«, sagte Christa Schaper. »Als Lehrer können Sie Nachsitzen oder Strafarbeiten anordnen, die Kinder ins Klassenbuch eintragen oder von mir aus einen Schüler als Strafe den Schulhof fegen lassen. Aber was Sie Jan antun, ist Körperverletzung.«

»Geht es Ihnen um Jan oder um Christian?«, fragte Herr Richter ruhig. Seine Augen verdunkelten sich.

»Es geht mir um die Sicherheit meiner Tochter und dass sie vor Schülern wie Christian geschützt wird.«

»Ich sagte bereits, dass Jan der Unruhestifter ist.«

»Und ich sagte bereits, dass Christian meine Tochter überfallen hat, nicht Jan. Und da wir schon miteinander sprechen: Kinder sollten in einer angstfreien Atmosphäre unterrichtet werden.«

»Wie soll ich ihnen dann Disziplin und Gehorsam beibringen?«

»Sie sollen den Kindern Schreiben, Lesen und Rechnen beibringen. Das ist Ihre Aufgabe.«

»Sie sagen mir nicht, was meine Aufgabe ist.«

»Sie verbreiten Angst und Schrecken.«

»Ich sorge für Ruhe und Ordnung!« Die Stimme von Karl Richter war lauter geworden.

»Sie missbrauchen Ihre Macht. Sie misshandeln Kinder, Schutzbefohlene.«

»Sie kommen aus der Stadt, denken, dass Sie alles besser wissen, klagen leicht an. Zu leicht. Sie stehen nicht vor diesen Rüpeln. Ihnen tanzen sie nicht jeden Tag auf der Nase herum.«

»Ich bin sicher, dass Ihnen kein einziges Kind auf der Nase herumtanzt. Aber Sie wollen Duckmäuser heranziehen, gehorsame Untertanen. Wir haben vor nicht allzu langer Zeit gesehen, wohin das führt.«

»Ich verbitte mir solche Unterstellungen! Christliche Erziehung ...«

»Das hat nichts mit Religion zu tun. Für Leute wie Sie ist Gewalt gegenüber Schwächeren selbstverständlich! Menschen wie Sie brauchen jemanden, gegen den sie ihre Feindseligkeit richten können, bei dem sie mit autoritärer Aggression das vernichten, was der andere angeblich an Bösem in sich hat. Oder an nicht passender Herkunft. Sie schieben christliche Gründe vor, aber Sie bekämpfen an Schwächeren das, was Sie auf sie projizieren und bei sich selbst nicht zulassen!«

»Küchentischpsychologie, von der Sie an der Universität gehört haben. Sie und Ihre Tochter kommen in Hagenfelde nicht klar, das ist alles. Jetzt suchen Sie jemanden, den Sie dafür verantwortlich machen können.« Karl Richter machte sich keine Mühe, seinen Hass zu verbergen. »Eine Ohrfeige hat noch niemandem geschadet. Eine harte Hand auch nicht.«

»Sie begehen Körperverletzung.«

Herr Richter lachte auf. »Erstens, und das wissen Sie, ist die Prügelstrafe hier noch nicht verboten, selbst wenn überall von der Abschaffung geredet und der antiautoritäre Mist verbreitet wird. Zweitens mache ich, was ich für richtig halte. Und das werde ich noch tun, wenn Sie und Ihre Familie Hagenfelde längst wieder verlassen haben!«, brüllte er.

Christa Schaper stand auf und ging zur Tür. »Eines Tages werden Sie sich an höherer Stelle für Ihr Verhalten rechtfertigen müssen«, sagte sie.

»Jemand wie Sie sollte nicht von Gott sprechen!«

»Ich spreche nicht von Gott«, sagte Christa Schaper, schloss hinter sich die Tür und atmete tief durch.

34 Verbündete

Am Donnerstag gab Herr Richter das Diktat zurück.

»Fünf«, sagte er zu Jan und warf ihm das Schulheft auf den Tisch.

Jan war enttäuscht.

Petra strahlte. Sie hatte eine Zwei geschrieben.

In der Pause verglichen sie ihre Arbeiten. Beide stellten fest, dass der Lehrer bei Jan kaum etwas als falsch angestrichen, aber trotzdem seine Arbeit schlecht bewertet hatte.

Nach dem Unterricht nahm Petra Jan das Heft aus der Hand und ging damit zu Herrn Richter.

»Was ist, Petra?« Er presste seine Lippen zusammen. Der gestrige Besuch ihrer Mutter lastete noch auf ihm.

»Sie haben einen Fehler bei Jans Arbeit gemacht.«

Jan stand neben ihr. Ihm stockte der Atem. Für einen Moment war Stille, die ihn nichts Gutes erwarten ließ.

»Ich? Einen Fehler? Habe ich ein Diktat geschrieben oder ihr?«, platzte es aus Herrn Richter heraus.

»Jan hat fast alles richtig gemacht, genau wie ich. Hier, sehen Sie. Er muss auch eine Zwei bekommen.«

Die Augen des Lehrers verengten sich zu dunklen Schlitzen, Zornesfalten bildeten sich auf seiner Stirn »Du glaubst, du kannst mir sagen, was richtig oder falsch ist? Und wie ich zu benoten habe?« Er zerriss Jans Heft. »Verschwinde! Hau ab zu deiner Mutter, zu ihrem neumodischen, antiautoritären Kram. So wie du erzogen bist, landest du noch in einer Kommune!«, schrie er Petra zu und hob seinen Arm.

Blitzschnell zog Jan Petra zur Seite und aus dem Klassenzimmer.

Dann begleitete er sie nach Hause. »Herr Richter darf Mädchen nicht schlagen, aber er war kurz davor. Du warst wirklich mutig. Danke.«

»Ich glaube auch, dass er mich schlagen wollte.« Sie schaute ihn an und fragte: »Wollen wir uns nachher treffen?«

»Ja, ich hole dich ab.«

35 Die alte Ziegelei

Am Nachmittag holte Jan Petra von zu Hause ab.

»Hast du eine Taschenlampe mitgenommen?«, fragte Petra.

»Ja. Verrätst du mir jetzt, wo du hingehen willst?«

»In die alte Ziegelei«, sagte sie. »Komm.«

»Im Dorf wird erzählt, dass dort manchmal Schüsse zu hören waren«, sagte Jan. »Ich kenne keinen, der schon mal drin war.«

»Mein Vater hat meiner Mutter, mir und Holger einmal die neue Ziegelei gezeigt. Ein Zaun trennt die neue von der alten Ziegelei. Am Zaun ist ein Schild befestigt: ›Betreten verboten. Eltern haften für ihre Kinder.‹«

»Und da willst du hin? Du bekommst Ärger mit deinen Eltern.«

»Nur, wenn sie es rauskriegen. Wir dürfen keinem davon erzählen. Außerdem hat mein Vater nichts von Schüssen gesagt. Nur von Fässern, die in dem Gebäude lagern und die mal weggebracht werden müssten. Und dass alles sehr heruntergekommen ist.«

Sie gingen auf dem schmalen Weg, der zwischen dem Ziegeleigelände und dem Wald lag. Bei der alten Ziegelei angekommen, standen sie vor dem Schild »Betreten verboten«. Etwa zwei Meter rechts davon zwängten sie sich durch eine offene Stelle im Zaun.

Jan schaute sich um, entdeckte jedoch niemanden. Seit dem Überfall von Christian und seinen Freunden beschlich ihn oft das Gefühl, dass ihm jemand folgte wie ein Schatten, der verschwand, sobald er sich umdrehte.

Dunkelbraune, feuchte Erde breitete sich vor ihnen aus. Bretter, schwarz oder mit grünem Moos überzogen, lagen, teils zerborsten, am Boden. Es war ein trostloser Anblick von düsterem Verfall.

Das alte Ziegeleigebäude war riesig. Der Backstein hatte fast überall die rote Farbe verloren. Leere Fenster starrten wie tote Augen. Zwei Fenster und das Eingangstor waren mit dunklen Sträuchern zugewuchert, als wollte die Natur Unbefugten den Zutritt verweigern.

Eine Eule stieß einen Schrei aus und flog dann lautlos über sie hinweg.

»Sieht aus wie ein Geisterhaus«, meinte Jan. In dem Moment versank er mit einem Fuß in einer Kuhle und wäre fast gestürzt.

»Oh, sei vorsichtig«, rief Petra und reichte ihm die Hand. »Ich finde, es sieht aus wie eine Dornenhecke vor einem verzauberten Märchenschloss. Vielleicht finden wir dort einen Schatz«, sagte sie lachend.

Mit ganzer Kraft rissen Petra und Jan die Sträucher vor dem Eingangstor auseinander.

Sie betraten eine riesige Halle. Durch die Fenster fiel wenig Licht herein. Das Dach wurde von rostigen Stahlträgern gestützt, die sich wuchtig in den Boden bohrten. Steine und zerbrochene Ziegeln lagen aufgehäuft an vielen Stellen auf dem Hallenboden. Zwei auf der linken Seite der Halle festgemauerte Brennöfen hatten dem Verfall getrotzt und hielten die Stellung. Direkt daneben lagerten dunkle Fässer, umgefallene Schaufeln mit großen Schaufelblättern lagen davor. Etwas entfernt standen Maschinen, die mit einer dicken Staubschicht überzogen waren.

In der hinteren rechten Ecke entdeckten sie einen runden

Tisch mit Stühlen. Sie wischten den Staub herunter und setzten sich. Schweigend betrachteten sie ihre Umgebung.

»Es ist wie auf einem Friedhof«, sagte Petra.

»Ja. Ich glaube, an diesem Ort ist lange kein lebendiger Mensch mehr gewesen«, stimmte Jan zu.

»Man müsste hier Christian zur Strafe einsperren«, sagte Petra.

Sie lachten.

Das letzte Licht wich der Dunkelheit. Sie brachte feuchte Kälte mit, die sich in der Halle ausbreitete.

»Ich friere«, sagte Petra, nachdem sie noch einige Zeit schweigend dagesessen hatten. Sie zog den Reißverschluss ihrer Jacke hoch und schaltete ihre Taschenlampe ein.

»Gehen wir«, schlug Jan vor und schaltete ebenfalls seine Taschenlampe ein. »Beim nächsten Mal sehen wir uns alles genauer an.«

Eine fette Ratte rannte an ihnen vorbei. Petra erschrak und rückte näher an Jan heran.

»Wir müssen aufpassen, dass wir nicht stolpern. Gib mir deine Hand«, sagte Jan. Er musste nicht überlegen, als er das sagte. Und Petra reichte sie ihm ganz selbstverständlich. Hand in Hand hatten sie alles, was sie brauchten.

36   Gesetz des Schweigens

Christian weigerte sich, mit den Verletzungen im Gesicht zur Schule zu gehen. Doch sein Vater schickte ihn am Freitag wieder zum Unterricht. Die Demütigung, die Niederlage, stand ihm ins Gesicht geschrieben.

»Was hast du angestellt?«, fragte der Lehrer.

»Ich bin im Stall gestürzt.«

»Lügen ist Sünde. Also?«

Christians Blut pochte unter seinen Schläfen, er wagte es nicht, Jan anzuschauen. Lieber würde er die zu erwartenden Schläge vom Lehrer aushalten, als noch einmal von Jan aus dem Hinterhalt überfallen zu werden.

»Nach vorn«, sagte Herr Richter.

Der Schmerz durchfuhr Christians Körper nach dem ersten Schlag. Er schrie »Aufhören!«, aber schämte sich sofort. Jan zeigte nie eine Regung oder gab einen Schrei von sich.

Christian bekam von Herrn Richter mehrmals die Möglichkeit, die Wahrheit zu sagen. Doch der schwieg eisern und steckte lieber die Prügel ein.

Christian sah zu Jan und bekam Angst. Er hatte dessen Wut und Kraft gespürt, Wut und Kraft, die mit einer tiefen, gnadenlosen Bereitschaft zu Gewalt und Härte verbunden waren. Als würde Gewalt statt Blut durch Jans Adern fließen.

Der Lehrer setzte die Bestrafung fort. Aber Christian schwieg, auch gegenüber Dieter, Jürgen und seinen Eltern. Er traute es Jan zu, ihn beim nächsten Mal mit einem Messer zu überfallen.

37 *Der strafende Gott*

Mit gefalteten Händen, die Augen auf den Gekreuzigten gerichtet, saß Karl Richter an seinem Schreibtisch. Das Kreuz war in einen Stein eingelassen, der einem Hügel ähnelte. Golgatha. Der Gemarterte, an dunkle Holzbalken genagelt, die Arme weit auseinandergerissen, ein Tuch so um die Lenden gehüllt, dass es gleich abzufallen schien. Den Kopf, schwer vom Schmerz der Dornenkrone auf die Schulter gesenkt, die Lider geschlossen. War der Todeskampf bereits abgeschlossen, das Leben ausgehaucht? Der Körper leistete keinen Widerstand mehr. Hatte Jesus sich ins Unabwendbare gefügt? Wo blieb die Hilfe für den Leidenden, den Verurteilten, den Sterbenden? Warum nahm ein Unschuldiger die Schuld von anderen auf sich und damit so viel Leiden? Warum verhalf Gottvater seinem Sohn nicht zu einem schnellen, gnädigen Tod? Wo waren die Jünger? Wo war die Mutter, die heilige Mutter, die ihrem Sohn zwar nicht helfen konnte, die ihn jedoch liebte? Denn jede Mutter liebt doch ihr Kind, oder?

Karl kannte die Antworten auf diese selbst gestellten Fragen. Und je intensiver er den Gekreuzigten betrachtete, je mehr er den fremden und eigenen Schmerz zu begreifen versuchte, desto mehr rückte er innerlich von Jesus ab. Warum half der Heiland ihm nicht?

Dass das Gebet ihn nicht tröstete, verstörte Karl zutiefst. Er war in seinem Martyrium gefangen.

Gegenüber Frau Schaper hatte er die Beherrschung verloren, sie angeschrien. Doch im Grunde hatte er bloß seine

Wut herausgeschrien, über den missratenen Jan, der ihm und dem Dorf nur Ärger bereitete. Jetzt setzte sich diese Frau auch noch für ihn ein. War er der Aufgabe, die Gott ihm mit dem teuflischen Jungen stellte, nicht gewachsen?

Karl erinnerte sich an seine Kindheit. Unbändig und willensstark war er gewesen, wie Jan. Dann brachten ihm die Eltern Respekt bei, mit Schlägen. Sie kontrollierten, was er sagte, was er dachte, vielleicht noch denken könnte und was er tat. Verachtung traf ihn, wenn er bei den Gebeten ins Stottern kam, wenn er nicht schnell und überzeugend genug bereute und oft gar nicht wusste, was er bereuen sollte. Manchmal fragte er zaghaft, unschuldig, welche Sünden er begangen habe. Im Namen Gottes, des Allmächtigen, bekam er Schläge statt Antworten. So nahm er unbekannte Schuld auf sich, unterwarf sich unter die ihm zur Last gelegten unbenannten Sünden und begrub den Schmerz darüber in den Tiefen seiner Seele.

Karl war überzeugt, Gottes Strafen, ausgeführt von den Eltern, bewahrten ihn vor seiner sündigen Natur. Denn wie hätte er als solch verdorbenes Kind ohne Strafen, Gott sei Ehr und Dank, überleben können? Er ertrug die Züchtigungen in der Gewissheit, Gott würde die schwere irdische Sühne nicht übersehen, sie gleichsam von künftiger Bestrafung im Jenseits abziehen und ihn nicht zu Höllenqualen verdammen.

Die Eltern erzählten ihm nie vom liebenden, gütigen Gott. Und wenn Karl sich ängstigte und sie über seine Angst spotteten, schämte er sich, betete noch mehr, vor ihren Augen, vor Gott, und sie sagten ihm, es sei nicht genug und es würde nie genügen, denn er würde immer voller Sünde und Fehl, immer des Teufels sein. Denn wäre er tief und wahrhaftig gläubig, so hätte er keine Angst. Also war er dankbar, wenn sie ihn in Gottes Namen schlugen. Dein Wille geschehe, Gott, wie im Himmel, so auf Erden, sagte sich Karl und wehrte sich nicht.

Nach außen schien Karl fügsam, doch schmerzhaft unterdrückte Angst, Verzweiflung und Traurigkeit verwandelten sich in den Abgründen seiner Seele in Dämonen des Zorns und der Wut. Sie schliefen tief und fest, wenn er Orgel spielte. Dann erschienen die sanften Engel. Gottes Lichtboten kühlten seine Wunden, aber sie heilten sie nicht. Jan weckte in Karl die Dämonen. Sie wühlten den tief in ihm verborgenen Schmerz auf. Sie rissen an ihren Ketten und zwangen ihn, in Jan das zu bekämpfen, was die Eltern in ihm, in Gottes Namen, versucht hatten zu zerstören.

Karl Richter ahnte nichts von diesen Kämpfen, denn sie fanden in seinem Unbewussten statt. Und weil er nicht verstand, woher sein Leiden und der Zorn und die Wut kamen und warum er nicht davon erlöst wurde, betete er. So betete und betete er, sehnte sich nach Trost und Vergebung, aber seine innere Unruhe wollte nicht weichen. Gottes Liebe und Barmherzigkeit erreichten ihn nicht.

Als Frau Schaper ihn zur Rede gestellt hatte, rissen die Dämonen an ihren Ketten, und Karl schrie auf vor Schmerz. Er hatte nicht gegen Frau Schaper geschrien, sondern gegen seine inneren Dämonen. Aber das wusste er nicht.

Martha spürte die Hilflosigkeit und Verzweiflung ihres Mannes. Und als sie ihn am Schreibtisch kauern sah, die Stirn auf die gefalteten Hände gesenkt, berührte sie sanft seine Schulter. Ein Zittern durchfuhr seinen Körper. Er weinte.

38 Der Jäger

Obwohl Jan starke Kopfschmerzen hatte und vor Kälte zitterte, ging er in die Schule. Er wollte den Unterricht nicht versäumen. Doch es ging ihm von Stunde zu Stunde schlechter.

Bernd fragte: »Was ist los?«

»Halt die Schnauze, Verräter«, flüsterte Jan.

Seit dem Überfall hatte er den Kontakt mit Bernd, soweit es ging, vermieden. Am liebsten hätte er Herrn Richter gebeten, Ebi zwischen sich und Bernd zu setzen, aber das würde der Lehrer sicher ablehnen.

Abends schmerzte Jans Körper. Er war schwach auf den Beinen und legte sich ins Bett. Das Fieberthermometer zeigte 39 Grad. Seine Mutter machte ihm Wadenwickel, Tante Lilly kochte ihm Brühe und Kräutertee. Am nächsten Tag blieb er zu Hause. Er war in einem Zustand wie von Nebel umhüllt, konnte Wachsein und Schlafen kaum unterscheiden. Abwechselnd saßen seine Mutter, Lilly und auch mal Robert nachts an seinem Bett.

Die Phasen, in denen Jan klar denken konnte, waren kurz. Im Fieber murmelte er Petras Namen.

Sie besuchte ihn und erschrak über sein blasses Gesicht. Sie setzte sich auf seinen Schreibtischstuhl, zog ihn dicht ans Bett heran. Jan wollte sich aufrichten, aber ihm fehlte die Kraft.

»Soll ich dir helfen?«, fragte sie.

Er schüttelte den Kopf und ließ sich erschöpft auf das Kissen sinken.

Petra spürte seine Freude, sie zu sehen. Sie erzählte aus der

Schule, dass sie eine Klassenarbeit geschrieben hatten, die er nachholen müsste. Während sie sprach, schloss Jan die Augen und schlief ein. Leise verließ sie das Zimmer.

Die Fieberschübe kamen, blieben lange, ließen seinen Körper glühen, gingen nur für eine kurze Zeit und wechselten sich mit Schüttelfrost ab. Jeden Tag tauschte seine Mutter die durchnässte Bettwäsche gegen neue aus. »Du musst mehr trinken«, mahnte sie ihn, aber Jan mochte nicht. Es strengte ihn zu sehr an, den Kopf zu heben. Schließlich hielt seine Mutter seinen Kopf hoch und Tante Lilly flößte ihm warme Brühe mit einem Teelöffel ein.

Nachdem Jan bereits einige Tage gegen das Fieber gekämpft hatte, schreckte er eines Nachts schweißgebadet aus einem Traum hoch.

Er hatte von einem Fuchs geträumt, der einen weißen Schwan fing, ihm die Federn ausrupfte und fraß.

Er hatte von einem Wolf geträumt. Der fraß den Fuchs, der den Schwan gefressen hatte.

Er hatte geträumt, er war ein Jäger. Mit Pfeil und Bogen schlich er durch den Wald. Er spannte den Bogen und zielte auf den Wolf. Er traf und tötete ihn mit dem ersten Schuss. Aus seinem Maul spie er den Fuchs. Er zielte auf den Fuchs und traf ihn mit dem ersten Schuss. Aus seinem Maul spie er den weißen Schwan.

Der Jäger wartete mit Geduld und Schläue. Er wartete und zielte. Er wartete und tötete.

Drei Nächte hintereinander träumte er denselben Traum, der mehr als nur eine Erinnerungsspur war. Hellsichtig und klar zeigte er ihm den Ursprung der Gefühle, die ihn bewegten. Der Traum warf Licht auf einen vagen Wunsch, verlieh ihm Konturen, erweckte ihn zum Leben und trug ihn in Jans Bewusstsein. Aus Ahnungen entwickelten sich Gewissheiten.

Vermutungen erkannte er als tiefe Wahrheit und er verstand die Botschaft des Traumes.

Als er nach der dritten Nacht erwachte, war sein Fieber vorbei. Der Traum beschäftigte ihn. Er kannte den Fuchs, der den wehrlosen Schwan überfallen hatte. Er wusste, wer der Wolf war.

Er selbst war der Jäger.

39 Adventskaffee

Mit sanfter Beharrlichkeit hatte es seit ein paar Tagen geschneit. Der Schnee lag rein und in der Sonne glänzend über Hagenfelde. Das Geschäft, in dem Lilly arbeitete, war mit Tannenzweigen, bunten Kugeln und silbrigem Lametta geschmückt.

An einem der ersten Dezembertage kaufte Christa Schaper dort ein. Lilly kam mit ihr ins Gespräch und lud sie und ihre Kinder zu sich zum Kaffee am zweiten Advent ein.

Lilly hatte jede Ecke im Haus geputzt, obwohl es immer und überall blitzblank war. Jan war schon seit dem Mittag bei ihr. Hilde kam etwas später mit einem selbst gebackenen Kuchen. Auf dem Wohnzimmertisch lag ein weißes Tischtuch. Darauf stand das Geschirr, das Lilly nur zu besonderen Gelegenheiten aus dem Schrank holte. Die Mitte des Tisches krönte ein Adventskranz, in dem vier rote Kerzen steckten. Lilly trug einen frisch gebackenen Stollen mit Rosinen, Mandeln und Marzipan aus der Küche und stellte ihn zu Hildes Kuchen.

Auf der Kommode versammelte sich wie jedes Jahr in der Weihnachtszeit die Heilige Familie mit Maria und Joseph und dem Kind in der Krippe, daneben Ochs und Esel und die Hirten und Schafe vor dem Stall. Ein leuchtender Stern hing an einem dünnen Draht und schwebte gleichsam über dem Stall. Etwas abseits stand der Engel, der die Hirten auf das neugeborene, wundersame Kind aufmerksam machte.

Hanna kam gegen halb drei. Ihr Wintermantel verdeckte ein mit schwarzen und grünen Kreisen gemustertes Minikleid, die Taille umschlag ein schwarzer breiter Lackgürtel. Sie trug eine dunkelrote Strumpfhose und schwarze glänzende Lackstiefel, deren Schaft ihr bis über die Knie reichte. Robert stieß einen anerkennenden Pfiff aus, Hanna strahlte. Sie überreichte Lilly einen Teller mit selbst gebackenen Plätzchen.

»Gleich kommt die Frau eures obersten Chefs«, sagte Hanna zu Robert und Hilde. »Aufgeregt?«

Robert und Hilde schauten sich an.

»Sie ist nicht meine Chefin«, meinte Robert.

»Meine auch nicht«, ergänzte Hilde.

»Mir kommt sie vor wie aus einer anderen Welt«, sagte Lilly. »Sie ist selbstbewusst und emanzipiert und ich freue mich wirklich auf ihren Besuch.«

Punkt fünfzehn Uhr erschien Christa Schaper mit ihren Kindern. Petra überreichte Lilly einen Blumenstrauß. Holger gab ihr eine Tüte mit Weihnachtskugeln aus Schokolade.

»Nehmt doch bitte Platz. Jeder, wo er möchte«, sagte Lilly, zündete die zweite Kerze auf dem Adventskranz an und lächelte: »Ich freue mich sehr, dass wir uns heute einen schönen Adventsnachmittag machen.«

Lilly goss Kaffee für die Erwachsenen in die Tassen, Kakao für die Kinder in die Becher und verteilte den Kuchen.

»Ich weiß nicht, ob es sich herumgesprochen hat, aber ich war nach dem Angriff von Christian auf Petra und Jan bei Herrn Richter«, sagte Christa Schaper.

»Wir haben davon gehört«, sagte Lilly, »aber kennen keine Einzelheiten.«

»Ich habe ihn auf sein Verhalten und seine drastischen körperlichen Züchtigungen angesprochen und ihn unmissverständlich gebeten, das zu überdenken. Aber er beharrte auf seiner Christenpflicht, wie er es selbst nannte. Furchtbar.«

»Kinder zu schlagen, ist wirklich keine Christenpflicht«, stimmte Hilde zu.

»Oder überhaupt einen Menschen zu schlagen«, ergänzte Lilly.

Christa Schaper nickte, trank einen Schluck Kaffee und fuhr fort. »Seine Erziehungsmethoden passen nicht mehr in die Zeit. In vielen Bundesländern wird über die Abschaffung der Prügelstrafe in der Schule diskutiert, auch bei uns. Herr Richter tut so, als habe er nichts davon gehört.«

»Manchmal stelle ich mir vor, ihm jeden Schlag, den er mir jemals verpasst hat, einzeln zurückzugeben und ihn genauso wehrlos zu sehen, wie ich es war«, sagte Robert.

»Das darfst du nicht mal denken«, warnte Lilly und warf Robert einen strengen Blick zu. »Ihr Kinder, nehmt euch Kuchen mit in die Küche und spielt dort ›Mensch ärgere dich nicht‹«, schlug sie vor.

»Wollen wir?«, fragte Jan Petra.

»Au ja«, rief Holger, sprang auf und lief vor Jan und Petra in die Küche.

»Wie fühlen Sie sich eigentlich in Hagenfelde?«, fragte Hanna.

»Wie meinen Sie das?«, wollte Christa Schaper wissen. Sie sah die junge Frau an, die ihre weißblond gefärbten, wilden Haare unter einem Stirnband zu bändigen versuchte und die ihr die ganze Zeit eine skeptische Neugier entgegenbrachte.

»Ob Sie gern hier leben.«

»Das Leben in Hagenfelde ist schon sehr verschieden von dem in der Stadt«, sagte Christa Schaper. »Meine Meinung über die Erziehungsmethoden des Lehrers kennen Sie. Außerdem scheinen mir die Moralvorstellungen von einigen Leuten in diesem Dorf recht konservativ zu sein.«

»Und wie«, stimmte Robert ihr zu. »In den Städten wird demonstriert, Männer und Frauen leben in Kommunen ohne Trauschein zusammen, aber hier denken die meisten noch wie vor dem Krieg.« Robert lachte. »In Hagenfelde interessiert sich kaum jemand für das, was außerhalb des Dorfes geschieht.«

Christa Schaper gefiel Roberts offener, direkter Blick.

»Hier scheinen mir die Hierarchien starr zu sein, wenn ich das mit der Stadt vergleiche«, sagte sie. »Dort gibt es natürlich auch gesellschaftliche Unterschiede, aber in Hagenfelde kommen sie mir unveränderlich und undurchlässig vor. Großgrundbesitzer gegen Mittellose. Ränkespiele, wie sie der Pastor, die Großbauern und von Bernegold betreiben, prägen die Atmosphäre. Ich glaube nicht, dass ich es hier lange aushalten werde. Und dazu kommt die Vorstellung, Holger könnte bei diesem Lehrer eingeschult und von ihm geprügelt werden, weil die Prügelstrafe vielleicht noch nicht abgeschafft ist. Das bereitet mir schlaflose Nächte.«

»Mir geht es genau wie Ihnen, Frau Schaper«, sagte Hanna und beugte sich verschwörerisch nach vorn. »Auch ich halte es nicht mehr aus in diesem Kaff. Manchmal habe ich das Gefühl, hier zu ersticken. Keine frische Luft zum Atmen. Aber Sie sind doch auf der Sonnenseite des Lebens geboren ...«

»Hanna, was redest du!«, unterbrach sie Lilly empört.

»Lassen Sie sie reden«, sagte Christa Schaper lachend.

»Sie sehen das Dorfleben kritisch. Aber Sie und Ihr Mann verfügen doch über die finanziellen Mittel, um sich zu kaufen, was Sie wollen, und Sie haben Einfluss. Warum nutzen Sie das alles nicht?«, fragte Hanna, lehnte sich nach hinten und zog an ihrer Zigarette, während sie auf die Antwort wartete.

»Von Bernegold besitzt den größten Anteil an der Ziegelei und er ist als Großgrundbesitzer der Eigentümer der meisten Ländereien. Mein Mann ist, wenn Sie so wollen, ein Diener des Kapitals. Und ja, davon lässt es sich gut leben. Und ja, es gibt eine Klassengesellschaft. Das ist es, was Sie hören wollen, Hanna, oder?«

»Aber was tun Sie dagegen?«

»Ich habe nicht vor, etwas zu unternehmen. An der Uni beteilige ich mich an Diskussionen wie diesen, und gelegentlich gehe ich auf eine Demonstration, wenn mir das Thema wichtig ist. Ich versuche, meine Kinder zu selbstbewussten und gegenüber dumpfen Parolen kritischen Menschen zu erziehen.«

Hanna schwieg. Das war nicht nur, weil sie die klaren Worte von Christa Schaper bewunderte. Ihr war durchaus nicht entgangen, wie Robert der Frau seines Chefs eilfertig Feuer gab, als sie sich eine Zigarette aus ihrer Packung genommen hatte. War das nur Höflichkeit oder mehr? Hatte er Frau Schaper nicht einen Moment zu lange in die Augen geblickt? Hanna erschrak über ihre Gedanken. Sie zog an ihrer Zigarette und versuchte, sich zu beruhigen.

»Das war genug Politik«, entschied Lilly und legte auf jeden Teller noch ein Stück Kuchen. »Ich werde Ihnen etwas anderes über das Dorf erzählen. Sehen Sie die Krippe dort?«

Alle schauten hin.

»Die Holzfiguren habe ich im Winter 1948 einem ehemaligen Zwangsarbeiter abgekauft, der sich mit Schnitzereien etwas Geld für die Rückkehr in seine Heimat verdiente. Jedes Weihnachten stelle ich die Krippe auf. Im Mittelpunkt steht Maria mit dem Kind. War sie nicht unerwartet schwanger geworden? Und gilt sie nicht als Mutter aller Mütter?«

Lilly atmete tief durch. »Ich wollte in Hagenfelde kurz nach Roberts Geburt in der Kirche das Abendmahl empfangen. Ich ging mit den anderen zum Altar. Pastor Meyer schickte mich zurück auf meinen Platz. ›Kommen Sie wieder, wenn der Gottesdienst vorüber ist.‹ Ich hatte nicht verstanden, was er meinte. Das merkte er und sprach von ›stiller Seelsorge‹, zitierte den Psalm 25, Vers sieben: ›Gedenke nicht der Sünden meiner Jugend und meiner Übertretungen, gedenke aber meiner nach deiner Barmherzigkeit.‹ Und der HERR möge mir meine große Schuld vergeben. Als unverheiratete Mutter durfte ich nicht am öffentlichen Abendmahl teilnehmen. Seitdem gehe ich nicht mehr zum Abendmahl.«

»Warum gehst du überhaupt noch in die Kirche?«, fragte Robert.

»Der Kirchgang gehört zum Dorfleben.«

»Wenn ich so etwas höre, werde ich ungeheuer ärgerlich«, sagte Christa Schaper. »Haben Sie schon mal überlegt, dieses Dorf zu verlassen?«

Lilly und Hilde lachten.

»Seit der Flucht ist Hagenfelde meine neue Heimat. Trotz allem«, sagte Lilly.

Hilde nickte. »Ich bin wütend und traurig zugleich darüber, dass Frauen wie Lilly und ich und unsere Kinder immer noch schief angesehen werden.«

»Seit Jahren wird die Reform des Nichtehelichenrechts diskutiert. Spätestens nächstes Jahr will der Bundestag ein neues Gesetz verabschieden. Mütter werden mehr Rechte erhalten, und die Kinder werden gegenüber ihren leiblichen Vätern erbberechtigt«, erzählte Christa Schaper.

»In Hagenfelde wird sich nichts ändern«, sagte Hilde und lachte bitter. Sie hatte Christa Schaper genau zugehört. Eine schicke, moderne Frau, gebildet, ökonomisch abgesichert, die ihr Jurastudium nachholen konnte. Sie hatte leicht reden.

»Aber ich bitte Sie, Frau Bartels! Die Fernsehansagerin Petra Schürmann ist Mutter eines unehelichen Kindes. Der unehelich geborene Willy Brandt will Bundeskanzler werden. Glauben Sie mir, irgendwann kommt der Zeitgeist auch in Hagenfelde an.«

»Beim Lehrer muss er ankommen. Und zwar jetzt. Ich will nicht, dass mein Sohn wegen seiner Herkunft nach der vierten Klasse aussortiert wird, während die privilegierten Kinder, die mit ihm auf derselben Bank sitzen, mit einer ungeheuren Selbstverständlichkeit auf eine weiterführende Schule gehen können und ihnen dadurch sämtliche Möglichkeiten für gute Berufe, für ein gutes Leben offenstehen. Ich werde nicht zulassen, dass mein Sohn dieser Chancen beraubt wird«, sagte Hilde. Entschlossen entfernte sie eine Haarsträhne aus ihrem Gesicht.

Alle schauten sie überrascht an.

Am nächsten Tag ging Hilde direkt nach der Arbeit zu Herrn Richter.

40 Kämpfe

Eine Woche vor Heiligabend, kurz vor Beginn der Weihnachtsferien, musste Jan die Klassenarbeit nachschreiben, die er wegen der Grippeerkrankung versäumt hatte. Er saß in der ersten Reihe, dicht vor dem Lehrertisch, genau vor Herrn Richter. Ab und zu löste der Lehrer den Blick von seinem Buch und starrte Jan an. Noch nie war Jan mit ihm allein gewesen. Was, wenn Herr Richter jetzt zum Stock griff? Es gäbe keine Zeugen, weder für das Verhalten des Lehrers noch für seine Reaktion. Er konzentrierte sich auf die Rechenaufgaben. Sie waren schwer. Zum Glück hatte er ähnliche Aufgaben mit Petra geübt. Auch allein hatte er sich durch das Rechenbuch gekämpft.

Als die Zeit abgelaufen war, nahm Herr Richter ihm das Heft aus der Hand. »Das Ergebnis erfährst du im neuen Jahr.«

Jan schnappte seine Schultasche. Er hatte das Gefühl, die Aufgaben gut gelöst zu haben. Und er war erleichtert, dass der Lehrer keinen Gewaltausbruch gehabt hatte.

Am selben Nachmittag saß Karl Richter an seinem Schreibtisch und korrigierte unter den Augen des Gekreuzigten die Rechenarbeit von Jan. Er hatte ihn die zweite und dritte Klasse wiederholen lassen. Inzwischen hatte der Junge offenbar eingesehen, dass er lernen musste und hatte erhebliche Fortschritte gemacht. Vor einigen Wochen hätte er die Aufgaben nicht lösen können. Würde er ihn benoten, wie es der Lösung entsprach, so müsste er ihm eine Zwei geben. Aber Jan war in seiner moralischen Entwicklung nicht vorangekommen.

Vor ein paar Tagen hatte ihn überraschend Jans Mutter aufgesucht. Sie forderte von ihm eine gerechte Benotung der Leistungen ihres Sohnes. Und sie nannte es verwerflich, wenn er bei der Notenvergabe christliche Ansichten einfließen lasse. Außerdem es sei nicht erforderlich, ihren Sohn zu verprügeln. Sie kümmere sich selbst um seine Erziehung.

Der Besuch von Hilde Bartels war ihm wie ein heftiger Wolkenbruch vorgekommen. Er schüttelte sich und versuchte vergeblich, ihre Vorwürfe abzuwerfen. Grundsätzlich fand er es gut, wenn eine Mutter sich um ihren Sohn sorgte. Aber Hilde Bartels war eine alleinstehende Frau. Sie war der Erziehung des Sohnes nicht gewachsen. Das zeigte sich daran, dass der immer noch aufsässig und ohne Respekt war. Nein, er würde sich weder von ihr noch von sonst jemandem diktieren lassen, wie er die Schüler erzog. Und niemand schrieb ihm die Benotungen vor. Niemand.

Er schaute auf zum Gekreuzigten. Da fiel ihm ein Gespräch mit von Bernegold ein. Der Gutsherr hatte ihn darin bestärkt, eine harte Hand gegenüber dem rebellischen Jan zu zeigen. Der müsse lernen, sich zu fügen. Von Bernegold hatte gesagt: »Gott ist der Richter im Himmel, Sie sind der Richter in der Schule.« Ja, so war es.

41   Ernüchterung

Karl Richter war froh, als die Ferien endlich vorüber waren. Wie immer in den Weihnachtsferien, hatte er auch dieses Mal morgens lange geschlafen, sich sogar manchmal nachmittags hingelegt. Zu schnell war die Dunkelheit gekommen und hatte das Tageslicht vertrieben. Alles war grau, der Himmel, die Natur, seine Seele. Er kannte diesen Zustand, in dem sich seine Hungerattacken mit unerträglichen Kopfschmerzen abwechselten.

Nachts hatte ihn immer wieder derselbe Albtraum geplagt und ihn bis in den nächsten Tag verfolgt: Er stand vor einem gedeckten Tisch, setzte sich daran, um seinen quälenden Hunger zu stillen. Doch sobald er ein Brot, einen Apfel oder etwas anderes ergreifen wollte, fegte der Wind alle Speisen in die Luft, hinauf in den Himmel. Von dort drohte das heilige Kreuz auf ihn herabzustürzen. Schweißgebadet war er erwacht.

Da seine Gebete an seinem Zustand nichts änderten, hatte er sich noch schlechter gefühlt. Er hatte sich ans Klavier gesetzt, doch seine Finger waren wie erstarrt gewesen. Er hatte nicht spielen können.

Erleichtert über den Schulbeginn begrüßte Karl Richter gut gelaunt die Schüler und fragte, wie sie die Ferien verbracht hatten.

Petra, die braun gebrannt zwischen den winterbleichen Klassenkameraden saß, berichtete vom Skifahren in der Schweiz. Der Lehrer holte die große Weltkarte aus der Ecke und hängte sie am Kartenständer auf. Petra musste nach vorn gehen und auf der Karte zeigen, wo die Schweiz liegt. Sie wusste es nicht.

»Sie erzählt, in einem fremden Land gewesen zu sein, kann uns aber auf der Karte nicht zeigen, wo es liegt«, sagte Herr Richter. Er wandte sich zu Petra, die verlegen vor der Karte stand. »Kannst du überhaupt Ski laufen oder willst du nur angeben?«

»Ich kann Ski laufen, sehr gut sogar«, rief sie trotzig.

»Geh auf deinen Platz«, sagte der Lehrer.

Am Ende des Schultages gab Herr Richter Jan die Rechenarbeit zurück, die er hatte nachschreiben müssen. Jan war enttäuscht. Er hatte eine Vier bekommen. Immerhin keine Fünf, tröstete er sich. Er nahm sich vor, die Aufgaben genau anzuschauen, um herauszufinden, was er falsch gemacht hatte.

Wenige paar Tage später war die gute Stimmung von Herrn Richter vorbei. Zwar prügelte er nicht, doch er demütigte umso mehr mit Worten, machte die Kinder voreinander lächerlich, schrie sie an, drohte, sodass die Kleinen aus der ersten und zweiten Klasse ängstlich auf ihren Stühlen hin und her rutschten. Und wenn niemand auf eine Frage die Antwort wusste, rief er Max auf. Der kannte immer die richtige Antwort. Fürchtete Herr Richter doch einmal, was allerdings selten vorkam, Max könnte die Antwort nicht wissen, fragte er ihn nicht, sondern verkündete sie selbst. Denn er wollte Max als leuchtendes Vorbild behalten, zeigen, dass es jemanden gab, der wirklich immer richtig antwortete.

Die zwei von Herrn Richter angekündigten Klassenarbeiten rückten näher. In der ersten Arbeit fragte er das Naturkundewissen ab und ließ ein paar Tage später ein Diktat schreiben.

Jans Naturkundearbeit benotete der Lehrer mit einer Fünf, das Diktat mit einer Vier. Wie immer verglich Jan seine Ergebnisse mit Petras. Die Benotung in Naturkunde war ungerecht. Doch er wollte nicht protestieren, nicht so kurz vor den Halbjahreszeugnissen. Er fürchtete noch mehr Willkür von Herrn Richter.

In der Nacht vor der Zeugnisausgabe warf die Dunkelheit Jan auf sich selbst zurück. Böse Träume störten seinen Schlaf, verzweifelt schreckte er hoch, sank dann erschöpft in das Kissen, warf schließlich das Deckbett von sich, verließ das Bett, riss die Gardinen auf und schaute in die schwarze Nacht. Die Dunkelheit schwieg. Es war nicht so, dass Jan betete, aber er fand, Gott könnte mal für ein bisschen Gerechtigkeit in seinem Leben sorgen.

Am nächsten Morgen verließ Jan das Haus, den Schal fest um den Hals gebunden. Die Kälte schmerzte auf seiner Stirn. Er zog die Mütze tiefer. Die Luft war eisig und klar.

Bernd wartete bereits auf ihn, die Hände in den Taschen der dicken Jacke vergraben, die Schultasche unter den Arm geklemmt. Bernd hatte sich bei ihm dafür entschuldigt, dass er bei Christians Überfall auf ihn und Petra tatenlos zugesehen hatte. Jan nahm zwar die Entschuldigung an, aber ihr Verhältnis war nicht mehr wie vorher, denn bei ihm hatte sich ein tiefes Misstrauen gegenüber Bernd eingenistet.

Heute gab es nur die Zeugnisse, Unterricht fand nicht statt. Herr Richter hielt eine Standpauke. Er schimpfte über die Faulheit der Schüler, über Tintenkleckse und Eselsohren. Er begann mit der Ausgabe der schlechten Zeugnisse. Bernd war einer der ersten, der sein Zeugnis erhielt.

»Aus dir wird nie was«, kommentierte Herr Richter.

»Das sagt mein Vater auch immer«, antwortete Bernd. Alle lachten.

Jans rechtes Knie wippte auf und nieder. Er konnte es nicht kontrollieren.

Jeder Schüler, der vor ihm das Zeugnis bekam, ließ seine Hoffnung steigen.

»Hier«, sagte Herr Richter zu Jan.

Jan wischte sich verstohlen die verschwitzte Hand an seiner Hose ab und nahm das Papier. Er hatte in Naturkunde eine Fünf, sonst Vieren. Für die Realschule würden die Noten nicht reichen. Er senkte enttäuscht den Kopf.

Unmittelbar nach ihm bekam Christian sein Zeugnis. Max erhielt seines zum Schluss.

Nach Schulschluss standen die Schüler in kleinen Gruppen zusammen und verglichen ihre Zensuren. Petra hatte viele Zweien. Susanne war mit ihrem Zeugnis zufrieden und Ebi mit seinem. Von dem erfuhr Jan, dass Christians Zeugnis wie seins war, nur ohne eine Fünf.

Bei Tante Lilly holte Jan es aus der Tasche. Sie küsste ihn auf die Stirn und meinte, es sei besser als sein letztes. Ja, das war es. Aber die Fünf war zu viel. Außerdem hatte er keine Dreien, geschweige denn eine Zwei.

Seine Mutter freute sich ebenfalls, doch er müsse mehr lernen. Sie tröstete ihn damit, dass seine Versetzung nicht gefährdet sei und die Chancen, auf die Realschule zu gehen, gestiegen seien. Die Fünf würde er sicher auf eine Vier bringen, und wenn er sich wirklich anstrengte, bekäme er auch Dreien.

Ihre Zuversicht überraschte Jan.

42 Der tiefe Wald

Jan und seine Mutter räumten gerade den Abendbrottisch
ab, als es an der Haustür klingelte. Jan öffnete. Frau Schaper
stand vor der Tür. Ihre Augen waren gerötet.

»Ist Petra bei dir?«

»Nein.«

Hilde bat Frau Schaper ins Haus.

Sie lehnte ab. Ihre Augen füllten sich mit Tränen. »Petra ist
nicht nach Hause gekommen.«

»Weißt du, wo sie sein könnte?«, fragte Hilde ihren Sohn.

»Nein, wir haben uns nach der Schule nicht verabredet.«

»Sie sagt Bescheid, wenn sie geht und wann sie wieder-
kommt«, meinte Frau Schaper. »Sie ist sehr zuverlässig.«

»Haben Sie die Polizei benachrichtigt?«, fragte Hilde.

»Wir wollten erst mal selbst suchen. Mein Mann fährt bereits die Straßen ab.«

»Wir helfen mit, Frau Schaper. Gehen Sie nach Hause, falls
sie dort auftaucht«, riet Hilde.

»Robert, Tante Lilly und der Müllermeister sollen kommen
und sie mitsuchen«, rief Jan und rannte ins Nachbarhaus zu
Lilly.

»Nehmt die Taschenlampen mit«, sagte Lilly zu Jan und
Robert.

»Ich hole Otto Holzenbeck«, sagte Robert.

»Und ich frage Bernd, ob der was weiß«, rief Jan.

Er rannte zu Kramers und fragte Bernd. »Hast du Petra
gesehen?«

»Nee. Wieso?«

»Sie ist verschwunden. Wir müssen sie suchen.«

»Die ist alt genug. Die findet allein nach Haus.«

»Hilf mir«, bat Jan.

»Sie ist doch deine Freundin.«

Jan schoss blitzartig sein Misstrauen gegenüber Bernd durch den Kopf. »Du weißt was«, sagte er.

»Quatsch«, antwortete Bernd und wollte die Haustür schließen. Jan stellte sofort einen Fuß in die Tür. Er packte Bernd am Kragen, zog ihn vor die Tür und presste ihn an die Hauswand. »Was weißt du?«, fragte Jan. Er drückte mit dem rechten Unterarm auf Bernds Hals.

»Bist du bescheuert?«, röchelte Bernd. Er versuchte, Jan wegzuschieben. Vergeblich.

»Was weißt du?« Jan erhöhte den Druck seines Armes, griff mit der linken Hand Bernds rechten Arm und nahm ihn in den Schwitzkasten.

»Lass mich los!«

»Wo ist Petra?« Jan schubste Bernd auf den Boden.

»Hör auf!«, rief Bernd. Er hatte Angst. Es war das erste Mal, dass Jan ihn derart bedrohte.

»Rede, oder ich schlage dir in die Fresse«, sagte Jan. Er ballte seine Faust.

»Christian hat was von der alten Ziegelei gequatscht.«

»Weiter!«

»Ich musste Petra sagen, dass du an der Mühlbachbrücke auf sie wartest. Sonst hätte Christian mich verprügelt.«

»Wo ist sie?«

»Er wollte sie mit Dieter und Jürgen irgendwo bei der alten Ziegelei hinbringen, wo er dich mit ihr gesehen hat.«

»Und du Schwein verrätst mich und Petra?«, rief Jan. Er trat Bernd gegen den Oberschenkel. »Für deinen Verrat. Das war der Anfang.«

Jan rannte. Er rannte am Mühlbach die Straße entlang zur Ziegelei. Es war bereits dunkel. Links markierte mattes Licht den Eingang zur neuen Ziegelei. Noch ein Stückchen, dann lag rechts der Tonkuhleteich. Jan rannte. Seine Lunge schmerzte. Er rannte weiter. Er schaltete die Taschenlampe ein, verschnaufte kurz, trieb sich an. Wer weiß, was Christian und die anderen mit Petra machen würden. Wölfe, die den weißen Schwan zerreißen. Jan war auf dem schmalen Weg, an dessen Ende links die alte Ziegelei lag und rechts der dunkle tiefe Wald. Er erreichte die alte Ziegelei, leuchtete mit der Taschenlampe zum Eingang. Alles dunkel. Alles still. In einem Moment wollte er nach Petra rufen. Doch dadurch könnte er Christian und die anderen warnen. Er schaltete die Taschenlampe aus. Vorsichtig bahnte er sich den Weg in die Halle. Er umklammerte die Taschenlampe und bewaffnete sich mit einer Holzlatte.

»Petra?«, rief er. Vielleicht hatten sie Petra allein gelassen. Stille.

Er schaltete die Taschenlampe an, nahm sie in die linke und die Holzlatte in die rechte Hand.

»Petra?«

Wieder Stille.

Er erreichte den kleinen runden Tisch mit den Stühlen. Niemand war dort.

»Petra!«, schrie er verzweifelt. Wo konnte sie sein? Er weinte. Im Licht der Taschenlampe sah er etwas Buntes auf dem Boden neben einem Stuhl. Einer von Petras Handschuhen. Erleichtert hob er den Handschuh auf und steckte ihn in seine Jackentasche. Er hatte eine kleine Spur. Wo war der zweite Handschuh? Er leuchtete in die Ecken der Halle, hinter die Maschinen, die alten Fässer. Nichts. Wo war Petra? Hatte Bernd ihn angelogen? Er traute ihm nicht. Jan horchte in die Stille. Es war nichts zu hören. Er verließ die alte Ziegelei, lief den schmalen Weg entlang. Das undurchdringliche Dunkel des Waldes stand vor ihm wie eine Wand.

»Petra!«, brüllte er in die Finsternis. Wütend warf er die Holzlatte weg. Was hatte Bernd gesagt? In der alten Ziegelei? Bei der alten Ziegelei? Jan und Petra waren einige Male in den Wald zu einem Hochsitz gelaufen. Hatte Christian sie hierbei beobachtet? Dann musste er regelrecht auf der Lauer gelegen haben.

Die Bäume glichen mächtigen Schatten. Jan umklammerte die Taschenlampe. Es gab einen schmalen Pfad zum Hochsitz. Aber er wusste nicht mehr, wo er begann. Er ging weiter. Drohend und dunkel die Bäume, die Äste wie lange, steife Finger, die nach ihm zu greifen schienen. Endlich fand er den Pfad. Er stolperte über eine Wurzel. Er hörte nur seinen Atem. Er schob Zweige beiseite, die wie Peitschen zurückschnellten. Kam nicht bald die Lichtung mit dem Hochsitz? Er wagte es nicht, nach Petra zu rufen. Welche Tiere würde er aufschrecken? Und würden die ihn angreifen? Der Weg wurde breiter und er sah Petras zweiten Handschuh auf dem Boden liegen. Endlich erreichte er die Lichtung. Er rannte zum Hochsitz, stolperte erneut, stand auf, rannte weiter. Laut schrie er: »Petra!« Stille. Er stand vor dem Hochsitz, rief erneut ihren Namen. Und hörte ein Geräusch. Mit der Taschenlampe leuchtete er auf die Leiter, kletterte hoch. Dort fand er Petra.

Ihre Hände waren hinter ihrem Rücken an die Holzbank gefesselt. Um ihren Mund war ein Stück Stoff gebunden. Behutsam löste Jan die Fessel. Petra zog sich das Tuch vom Mund. Er legte seine Jacke um ihre Schultern, setzte sich neben sie auf die Bank und nahm sie in die Arme.

Weinend erzählte sie: »Bernd hat gesagt, du würdest an der Mühlbachbrücke auf mich warten. Doch da standen Christian, Dieter und Jürgen. Sie zwangen mich mitzukommen.«

Jan umarmte sie fester.

»Nachdem sie mich gefesselt hatten, sagte Christian, du würdest mich hier nie finden. Er würde dich zum Heulen bringen.«

»Ich habe deine Handschuhe gefunden«, erklärte Jan.

»Sie wollten mich erst in der alten Ziegelei festhalten. Aber Christian meinte, das sei zu einfach für dich. Als sie mich nicht beobachteten, warf ich schnell einen Handschuh auf den Boden und hoffte, dass jemand ihn findet.«

»Haben sie dir was getan?«, fragte Jan.

Petra schwieg.

»Was?« Seine Stimme war leiser geworden. Er fürchtete die Antwort.

Petra senkte den Kopf und flüsterte. »Christian hat mit einem Messer meine Hose aufgeschlitzt. Ich wollte ihn treten, aber Dieter und Jürgen hielten meine Beine fest. Meine Arme haben sie gefesselt. Ich hatte solche Angst.« Petra weinte jetzt heftig.

»Das wird er bis an sein Lebensende bereuen.«

»Dieter und Jürgen haben gesagt, er soll das lassen, ich sei noch zu jung. Da hörte Christian auf. Er will, dass ich den Kontakt zu dir abbreche, sonst passiert mir Schlimmeres.« Sie legte ihren Kopf an Jans Schulter.

»Lass uns gehen. Alle suchen nach dir«, sagte er sanft.

Petra zog das Fesselband durch die Gürtelschlaufen der Hose und band sie zusammen.

Sie kletterten vom Hochsitz herunter und gingen Hand in Hand in Richtung des Dorfes.

Auf dem schmalen Weg, der zwischen der alten Ziegelei und dem Wald lag, hörten sie Stimmen.

»Hier!«, brüllte Jan. »Hier!«, schrie er erneut und schwang die Taschenlampe.

Müllermeister Otto Holzenbeck und Robert rannten ihnen entgegen.

»Gott sei Dank!«, stieß der Müllermeister aus. Er umarmte Jan und Petra. »Nimm meine Jacke, die ist dicker und wärmer«, sagte er zu Petra.

Sie gab Jan seine Jacke zurück und zog sich die von Otto Holzenbeck über.

»Woher wusstet ihr, dass wir hier sind?«, fragte Jan.

»Kommt erst mal ins Auto«, sagte Otto Holzenbeck. »Wir haben bei Kramers nachgefragt. Bernd hat gesagt, dass Petra in der alten Ziegelei wäre. Und dass Christian der Drahtzieher war. Dann sind wir zu Kolbes. Hermann hat Christian verhört und als der alles zugegeben hat, bekam er in Anwesenheit von mir und Robert links und rechts eine schallende Ohrfeige von seinem Vater.«

Als sie bei Schapers ankamen, liefen Petras Eltern, Holger, Hilde und Lilly aus dem Haus. Ihre Mutter schloss Petra weinend in die Arme. Hilde drückte Jan fest an sich. Lilly legte Jan und Petra Decken um die Schultern.

Robert sagte zu Jan: »Das hast du gut gemacht.«

Jan flüsterte: »Ich poliere Christian und Bernd die Fressen, dass sie nicht mehr aufstehen.«

»Du schadest dir damit nur selbst«, gab Robert leise zurück.

»Ich mache sie fertig«, sagte Jan.

43 Ehrenwort

Am Abend nach der Entführung gingen Petras Eltern zu Kolbes.

Hermann Kolbe war sichtlich bestürzt, Elisabeth Kolbe wie versteinert. Einen Ortspolizisten gab es nicht in Hagenfelde. Eine Streife aus der Kreisstadt müsste angefordert werden. Das wirbele viel Staub auf, meinte Hermann Kolbe. »Eigentlich regeln wir im Dorf alles unter uns, ohne Polizei«, sagte er fast flehend.

»Ihr Sohn ist kriminell, er gehört unter staatliche Aufsicht. Ich werde die Jugendfürsorge einschalten«, sagte Christa Schaper hart.

Elisabeth Kolbe schaute verächtlich zu ihrem Mann und verließ das Zimmer.

»Sie können die Jugendfürsorge einschalten, aber Blut wäscht man nicht mit Blut«, sagte Hermann Kolbe, stand auf, holte aus dem Schrank eine Flasche Schnaps und drei kleine Gläschen. Er füllte die Schnapsgläser bis zum Rand, hob sein Glas und wartete. Christa Schaper schob ihr Glas beiseite. Georg Schaper rührte sein Glas nicht an.

»Blut kann man nicht mit Blut waschen, ich sagte es bereits. Lassen Sie uns gemeinsam eine Lösung finden«, sagte Hermann Kolbe.

Zögernd nahm Georg Schaper das Glas. Die Männer prosteten sich zu und kippten den Schnaps in einem Zug herunter.

»Wir könnten doch alles ohne die Behörden regeln«, schlug Hermann Kolbe vor.

»Sie haben schon einmal gesagt, dass Sie auf Ihren Sohn achten wollen. Es hat nicht funktioniert«, sagte Christa Schaper.

»Wir werden strenger auf Christian aufpassen, Hand aufs Herz. Sollte er Ihre Tochter wieder anrühren, werde ich ihn persönlich ins Erziehungsheim stecken. Ich gebe Ihnen mein Wort.«

»Auch das haben Sie bereits einmal gesagt«, meinte Christa Schaper.

»Das schwöre ich, so wahr ich hier sitze«, versprach Hermann Kolbe und füllte Georg Schaper und sich die Schnapsgläser wieder auf. Während Hermann Kolbe den Schnaps in einem Zug herunterkippte, schob Georg Schaper sein Glas beiseite. Er schaute Rat suchend seine Frau an.

»Wenn noch einmal so etwas passiert, werden wir die Polizei und das Jugendamt einschalten«, sagte sie.

Georg Schaper sagte: »Geben Sie mir Ihr Ehrenwort, dass so etwas nicht wieder geschieht, Herr Kolbe«, und streckte ihm die Hand hin.

»Sie haben mein Ehrenwort, Herr Schaper«, sagte Hermann Kobe und reichte ihm die Hand.

Die Männer besiegelten den Handschlag mit einem weiteren Schnaps.

44 Auge um Auge

Zwei Tage nachdem Christian und seine Freunde Petra entführt hatten, begann Jan mit seiner Rache.

Nach Schulschluss verließen Christian, Dieter, Jürgen und Bernd gemeinsam den Schulhof. Jan folgte ihnen. Bernd wandte sich um und sprach dann Christian an. Der drehte sich um und lachte. In dem Moment stürmte Jan auf ihn zu. Bernd wurde blass und schlich beiseite, Dieter und Jürgen liefen weg.

»Du kommst mit«, sagte Jan.

Christian blieb stehen. »Nee.«

Jan schubste Christian vorwärts. »Wenn du versuchst abzuhauen, wird es noch schlimmer«, warnte Jan. »Ich habe ein Messer dabei.« Er packte ihn am Kragen und führte ihn zur alten Ziegelei. Am Zaun hielten sie vor dem Loch. »Durchklettern«, befahl er, »du kennst ja den Weg.«

»Was hast du vor?«, rief Christian. Er versuchte erfolglos, sich aus Jans Griff zu befreien.

»Schnauze.«

In die riesige Halle fiel nur wenig Licht.

»Los, zum Ofen«, sagte Jan.

Christian drehte sich um, boxte Jan in den Bauch und versuchte wegzurennen. Doch Jan stellte ihm ein Bein. Christian fiel der Länge nach auf den Boden. Jan trat ihn und zückte sein Messer.

»Bist du verrückt?«, schrie Christian.

Jan hielt Christian das Messer an den Hals.

»An den Ofen«, sagte Jan. Er hatte alles vorbereitet. Seile lagen dort, ein alter Lappen und Klebeband. Er fesselte Christians Hände und Füße, band seinen Körper an eine Stange am Brennofen und stopfte ihm den Lappen in den Mund. Er holte einen der Stühle aus der hinteren Ecke der Halle, setzte sich vor Christian und zündete sich eine Zigarette an.

»Erzähl, was hast du mit Petra gemacht?« Er nahm Christian den Lappen aus dem Mund.

»Nichts, ich schwöre, ich habe sie nicht angerührt.«

Jan sprang auf, boxte Christian in den Bauch, setzte sich auf den Stuhl, zog an seiner Zigarette und wiederholte die Frage.

»Frag sie doch!«, rief Christian. Er versuchte, Jan anzuspucken, aber traf ihn nicht.

Jan sprang auf, schlug Christian mit der Faust ins Gesicht. Er setzte sich wieder und zog an seiner Zigarette. »Drei Schweine gegen ein Mädchen.«

»Es ist nichts passiert«, jammerte Christian.

»Ich warte.«

»Ich habe deinem Liebchen nichts getan. Nur geguckt, wie es bei ihr aussieht.« Christian lachte, er lachte Jan ins Gesicht, er lachte ihn aus. Er hasste Jan. »Glaubst du wirklich, die lässt sich mit einem Bastard wie dir ein?«

Jan sprang auf und boxte Christian ins Gesicht, in den Magen, in den Unterleib.

Christian schrie.

Jan stopfte ihm den Lappen in den Mund. Er nahm das Messer und näherte sich Christians Hose. »Keiner wird was sehen.«

Christian wand sich in den Seilen, ruckelte und stieß dumpfe Laute aus.

»Ich schneide dir die Hose auf, wie du das bei Petra gemacht hast. Du solltest dich nicht bewegen, sonst tut es weh.«

Christian erstarrte.

Langsam schnitt Jan die Hose auf. »Auge um Auge. Kennst doch die Bibel.« Er öffnete die Hose. Die Unterhose war zu sehen. »Du stinkst nach Angst, du feiges Schwein.« Er zog an seiner Zigarette und blies Christian Rauch ins Gesicht. »Es wird noch viele Male dauern, bis ich Petra gerächt habe. Am liebsten würde ich dich hier bei den Ratten liegen lassen. Aber so ein Schwein wie du bin ich nicht. Deine Mutter würde dich vermissen. Wir gehen ins Dorf zurück. Du wirst deine Schnauze halten. Sonst wird es beim nächsten Mal schlimmer. Das wird es sowieso. Ich meine wirklich schlimm.« Er löste die Seile von der Stange am Ofen, ließ Christians Hände und Füße gefesselt, schubste ihn auf den Bauch, schlang das Seil mehrfach um den Brustkorb unter die Achseln und schleifte ihn hinter sich her.

Bevor sie die Halle verließen, stieß Jan einen markerschütternden Schrei aus, den Schrei, weil er Petra nicht hatte helfen können. Die Halle gab sein Echo des Schmerzes unzählige Male wieder.

Jan schleifte Christian auf dem Boden bis an den Rand des alten Ziegeleigeländes hinter sich her. Dort löste er die Fesseln. »Ein Wort zu irgendjemandem und du weißt, was passiert.«

Christian lief so schnell er konnte davon.

Während der nächsten Tage schnappte Jan sich nacheinander Bernd, Dieter und Jürgen und wiederholte mit ihnen, was er mit Christian gemacht hatte.

45   Die Geburtstagsparty

Die Gitarrenklänge von Jimi Hendrix' »Voodoo Chile« drangen in Hannas Ohren und trafen auf ihr Innerstes. Sie stand auf, schloss die Augen, bewegte Hände und Füße und wirbelte ihren Körper immer schneller hin und her. Die wilde Musik umarmte und befreite sie zugleich. Als das Stück vorbei war, öffnete sie kurz die Augen und lächelte Robert an. Er kam auf sie zu, zog sie dicht an sich und gab ihr einen langen, intensiven Kuss.

»Unser Geburtstagskind sieht glücklich aus«, rief Hannes, ein Freund von Robert, der gerade Discjockey war, ins Mikrofon. »Und noch ein Geburtstagsständchen von Jimi für Hanna zur Volljährigkeit.« Hannes lachte. »Danach gibt es ›My Generation‹ von The Who. Aber jetzt, liebe Leute, muss mich jemand ablösen.«

Nach »Hey Joe« dröhnte »My Generation« durch den Saal des »Dorfkruges«, Hannas Lieblingsgaststätte in Hagenfelde. Alle tanzten. Frau Schaper bewegte sich ausgelassen und ihre drei Halsketten schwangen mit. Hannes hatte sie zum Tanzen aufgefordert. Auch Jan und Petra tanzten.

Hanna nahm Roberts Hand und zog ihn aus dem Tanzsaal. »Ich muss eine rauchen und was trinken«, sagte sie.

In den letzten Monaten hatte Hanna immer etwas Geld für die Geburtstagsfeier beiseitegelegt. Aber viel hatte sie nicht sparen können, denn sie musste zu Hause Kostgeld abgeben. So steuerte Robert einen erheblichen Betrag bei. Außerdem hatte er ihr eine Goldkette mit einem Medaillon geschenkt, darin ein Bild von ihm.

Hanna und Robert setzten sich an den langen Tisch. Lilly saß dort neben Ludwig Kraft, Hannas verwitwetem Onkel. Hanna freute sich, dass er ihrer Einladung gefolgt war. Er war Vorarbeiter in der Ziegelei und hatte sich um Robert gekümmert, als der dort seine Lehre gemacht hatte. Ludwig und Lilly kannten sich aus dieser Zeit. Jetzt steckten sie ihre Köpfe dicht zusammen und redeten intensiv. Ein Strahlen schimmerte aus ihren erhitzten Gesichtern.

Mit einer Zigarette zwischen den Lippen bewegte Hanna ihren Kopf im Rhythmus von Hendrix' »Crosstown Traffic«, das aus dem Tanzsaal schallte.

Hannes und Frau Schaper kamen lachend an den Tisch. An einem anderen langen Tisch saßen Gisela und ihr Mann, zwei weitere Kolleginnen von Hanna, außerdem Jan, Petra, Marie und Karin. Hanna wusste nicht, ob sie traurig oder erleichtert darüber war, dass ihre Eltern nicht zu ihrer Party gekommen waren. Sie wollten wegen Peter zu Hause bleiben, hatten sie gesagt. Ihr Verhältnis war in der letzten Zeit schwieriger geworden, fast jeden Abend gab es Streit. Heute wurde sie volljährig. Nun konnte sie tun und lassen, was sie wollte.

Aus dem Tanzsaal klangen deutsche Schlager. Lilly und Ludwig nickten sich zu und als vollendeter Gentleman führte er sie auf die Tanzfläche.

»Bist du erstaunt?«, flüsterte Hanna Robert zu.

»Nein, ich freue mich für die beiden.«

»Darf ich das Geburtstagskind zum Tanz entführen?«, fragte Rainer. »Das nächste Stück wird ›Foxy Lady‹ sein.«

Hanna lachte. Sie hatte ihn und einige der politischen Aktivisten aus der Kreisstadt eingeladen.

Robert nickte nur, stand auf, ging zur Theke und bestellte sich einen Whiskey.

Nach dem Tanz nahm Hanna das Mikrofon. »Ihr Lieben,

ich freue mich, dass ihr hier seid. Das Büfett ist eröffnet! Ich wünsche euch guten Appetit und weiter viel Spaß!«

Das Büfett lockte die Gäste an. Neben einer mit Kartoffelsalat gefüllten Schüssel stapelten sich pralle Bratwürstchen auf einer Servierplatte. Daneben stand ein großes Glas Senf, in dem ein Esslöffel steckte. Bockwürstchen verbargen sich, getrennt von Pommes frites, in einem Wärmebehälter und blinzelten jeden an, der den Deckel hob. Platten mit Schnitzelscheiben und knusprigen Hähnchenkeulen standen neben einem Tablett mit halbierten gekochten Eiern, die Mayonnaisehäubchen trugen. Auf anderen Servierplatten umhüllten Scheiben von saftigem gekochtem Schinken blütenweißen Spargel. Kleine bunte Spieße mit Käsewürfeln und Mandarinenstückchen erbeutete der eine oder andere bereits im Vorübergehen. An der Seite leuchtete in Gläschen ein Pfirsich-Sahne-Dessert und lud zum Naschen ein.

Jan und Petra schauten sich kurz an und liefen zum Dessert. Sie schnappten sich jeder ein Gläschen mit dem Pfirsich-Sahne-Traum.

»Bockwurst und Kartoffelsalat essen wir anschließend«, sagte Jan.

Alle anderen stellten sich in einer Schlange am Büfett an, warteten geduldig, bis sie an der Reihe waren, und setzten sich mit gefüllten Tellern und Gläsern an die Tische.

Ludwig, Rainer und Robert diskutierten hitzig über Politik und die Modernisierung der Gesellschaft.

»Euch fehlt die Erfahrung der Arbeit, also die Praxis. Ihr theoretisiert zu viel«, sagte Ludwig.

»Ohne Theorie kann es keine vernünftige Praxis geben«, entgegnete Rainer.

»Theorie hin, Theorie her«, meinte Robert. »Die Leute in Hagenfelde sind träge. Sie kuschen vor von Bernegold. Aber der hat nur so viel Macht, wie wir ihm geben.«

»Von Bernegold hat die Macht des Kapitalisten«, sagte Ludwig, »egal, ob du sie ihm geben willst oder nicht. Er hat sie.«

»Heute ist mein Geburtstag und keine Politversammlung! Musik!«, unterbrach Hanna die Diskussion. »Wir wollen tanzen!«

»Oder trinken«, rief Hannes, hielt sein leeres Bierglas hoch und zeigte es der Wirtin.

»Trink du, ich mach den DJ«, meinte Achim, ein weiterer Freund von Robert, und ging in den Tanzsaal. Kurz danach ertönten die ersten Gitarrenklänge von »Purple Haze«.

»Leg mal was anderes als Jimi Hendrix auf«, rief einer zu Achim, der das allerdings nicht hörte.

»Da tanz ich noch mal mit dem Geburtstagskind, bevor es ein anderer tut«, sagte Rainer zu Hanna und strich ihr mit der Hand sanft am Arm entlang.

Hanna schaute kurz zu Robert und nickte dann Rainer zu.

Robert widerstrebte es, dass sie schon wieder mit Rainer tanzte. Mit beiden Händen umklammerte er sein Bierglas und starrte auf den dünnen Schaumrand. Jeder Akkord, der durch den Raum hallte, schlug wie ein Hammer gegen seinen Kopf. Er hatte von der »freien Liebe« gehört. Sollte er aufstehen und nachsehen, wie Hanna und Rainer tanzten, wie sie sich anlachten, flüsterten und sich näherkamen? Ein Feuer loderte in seinem Innersten auf, Tränen sammelten sich in seinen Augen. Er stand auf, wollte in den Tanzsaal gehen. Doch schon beim ersten Schritt wankte er leicht. Er setzte sich schnell wieder. Er war eifersüchtig, stellte er beschämt fest und senkte den Kopf. Ein Leben ohne Hanna war für ihn unvorstellbar. Tiefe Verlassenheit überfiel ihn. Er löste die Hände vom Bierglas und griff nach der Zigarettenschachtel.

»Haben Sie auch eine für mich?«, fragte ihn Frau Schaper, die lächelnd an seinen Tisch kam.

Robert schrak aus seinen düsteren Gedanken auf. Frau Schaper setzte sich ihm direkt gegenüber. Er hielt ihr die Zigarettenschachtel hin. Sie nahm eine Zigarette, er gab ihr Feuer.

»Eine Party wie diese ist selten in Hagenfelde, oder?«, fragte sie.

»Stimmt, bisher gab es kaum solche Geburtstagspartys. Es ist üblich, sich bei Hochzeiten und runden Geburtstagen zu treffen und zu feiern, aber nicht, wenn man 21 und damit volljährig wird.« Robert zog den Rauch der Zigarette tief ein. »Einige Hagenfelder sind sehr konservativ, aber nicht alle.«

»Ich weiß. Zum Glück hat nicht jeder im Dorf Angst vor sozialem Ungehorsam«, sagte Frau Schaper.

»Sozialer Ungehorsam?«

»Die Hagenfelder haben verinnerlicht, dass von Bernegold das Sagen hat. Und auch der Pastor und der Lehrer. Es wird Angst vor Konsequenzen geschürt, falls sich jemand wehrt.«

»Manchmal wehren wir uns«, sagte Robert und sah Frau Schaper fest an.

»Ja, und mit Ihnen und Hanna leben kritische Geister in Hagenfelde, die sich nicht einschüchtern lassen.« Sie lächelte ihn an.

Robert nickte und drückte seine Zigarette aus. »Wollen wir tanzen?«, fragte er.

»Sehr gern«, antwortete sie.

Sie gingen in den Tanzsaal, in dem gerade ein deutscher Schlager erklang. Lilly und Ludwig, Rainer und Hanna, auch Gisela und ihr Mann bewegten sich ausgelassen, ebenso Hannas andere Kolleginnen. Robert tanzte so, dass er Hanna und Rainer beobachten konnte. Nach zwei Tänzen wollte Frau Schaper wieder an den Tisch und Robert begleitete sie.

Kurz danach füllten sich die Plätze. Lilly und Ludwig setzten sich zu ihnen. Rainer führte Hanna an den Tisch zurück.

Robert schaute sie kurz an, doch sein Herz beruhigte sich erst, als Hanna sich wieder neben ihn setzte und ihm einen Kuss auf den Mund hauchte. Er nahm ihre Hand. »Nachher, bei einem langsamen Stück, tanzen wir beide.« Sie erwiderte den sanften Druck seiner Hand und lächelte ihn an. Wie hatte er nur an ihrer Liebe zweifeln können, dachte er beschämt.

»Wir gehen draußen rauchen«, entschuldigte sich Rainer zwinkernd bei Hanna und verließ mit ein paar Leuten die Gaststube.

»Wohl eher kiffen«, flüsterte Hanna Robert zu.

»Wenn das der Pastor erfährt«, sagte er und lachte.

Hanna hatte sich gerade eine Zigarette angezündet, als Rainer zurückkam.

»Ich glaube, du solltest rausgehen. Deiner Schwester geht es schlecht«, sagte er zu ihr.

»Welcher?«

»Marie.«

Hanna ging nach draußen.

»Ich komme mit«, rief Lilly und ging ihr nach.

Im Licht der Laterne sahen sie, wie Marie sich übergab.

»Warum hast du so viel getrunken?«, schimpfte Hanna. »Und wo ist Karin?«

»Sie ist drinnen«, sagte Marie. Ihre Augen waren gerötet.

Lilly reichte Marie ein Taschentuch. »Hier, wisch dir dein Gesicht ab. Was ist los, mein Kind?«

In dem Moment, in dem Lilly ihre Hand auf Maries Rücken legte, brach das Mädchen in Tränen aus.

»Ich habe nichts getrunken«, antwortete Marie schluchzend.

»Setzt euch«, sagte Lilly und deutete auf eine niedrige Mauer. »Was ist passiert?«, fragte sie erneut, legte ihren Arm um

Maries Schultern und löste dadurch ein noch verzweifelteres Schluchzen aus.

»Du bist schwanger, stimmt's?«, fragte Lilly.

Marie nickte und ein Meer von Tränen brach aus der Unglücklichen heraus.

»Schwanger?«, rief Hanna.

»Leise, Hanna«, sagte Lilly.

»Wer war es?«, fragte Hanna.

Marie weinte.

»Wer war das Schwein?«, fragte Hanna erneut.

»Keine Angst, niemand wird dir etwas tun«, beruhigte Lilly Marie.

»Friedrich von Bernegold«, stieß Marie bebend hervor.

»Wann?«, setzte Hanna ihre Befragung fort, obwohl sie die Antwort ahnte.

»Bei der Jagdgesellschaft«, sagte Marie. Es dauerte, bis sie weitersprach. »Friedrich und Heinrich haben mich unter einem Vorwand nach draußen gelockt. Dann zerrten sie mich in den Wald. Heinrich warf mich auf den Boden und drückte mir den Mund zu. Ich hatte solche Angst. Friedrich zog seine Hose aus, riss mir den Schlüpfer herunter und stieß in mich rein. Ich konnte nicht um Hilfe schreien, Heinrich drückte mir die ganze Zeit den Mund zu. Und er lachte, während Friedrich immer weitermachte. Als Friedrich aufhörte, habe ich versucht aufzustehen. Da presste mich Friedrich auf den Boden und hat gesagt: ›Wenn du jetzt schreist oder jemandem ein Wort sagst, mache ich das noch mal und anschließend schneiden wir dir die Kehle durch.‹ Dann sind sie gegangen und haben mich liegen lassen.«

Lilly zog Marie fest in ihre Arme.

»Ich habe dich und Karin am Morgen nach der Jagdgesellschaft gefragt, ob etwas passiert ist. Warum hast du nichts gesagt?«, fragte Hanna.

Marie schwieg.

»Die ganzen Wochen tust du so, als wäre nichts gewesen! Warum hast du mir nichts gesagt?«, hakte Hanna nach.

»Ich habe mich so geschämt«, antwortete Marie und senkte weinend den Kopf.

Lilly strich ihr über den Rücken.

»Was soll ich tun? Was wird jetzt aus mir?«, rief Marie schluchzend.

»Wer weiß von deiner Schwangerschaft?«, fragte Lilly.

»Niemand.«

»Auch nicht Karin und die Eltern?«, vergewisserte sich Hanna.

Marie schüttelte den Kopf.

»Dafür werden die von Bernegolds bezahlen«, stieß Hanna hervor.

»Die Jagdgesellschaft war vor knapp über drei Monaten«, sagte Lilly leise.

»Was soll ich nur tun?«, fragte Marie und sah Lilly verzweifelt an. Tränen liefen ihr über das Gesicht.

»Du erzählst niemandem davon, hörst du, Marie, niemandem.«

Sie nickte.

»Und du, Hanna, wirst ebenfalls niemandem etwas sagen, auch Robert nicht.« Lilly schaute Hanna eindringlich an.

»Ja«, versprach Hanna.

»Ich finde eine Lösung«, versicherte Lilly. »Lasst uns reingehen. Wenn jemand fragt, sagen wir, dass Marie zu viel getrunken hat«, entschied sie.

In Hannas Augen stiegen Tränen auf, gefüllt mit Wut und Hass.

46 Feuer

Drei Tage später schreckten die Hagenfelder hoch. Die Sirene heulte. Feueralarm! Feuerwehrfahrzeuge erreichten die Brandstelle, kurz danach war auch die Freiwillige Feuerwehr aus dem Nachbardorf da. Der Pferde- und Hundestall neben von Bernegolds Jagdhaus brannte lichterloh. In der Dämmerung loderten die Flammen auf und versuchten, nach dem Jagdhaus zu greifen. Die Feuerwehrmänner pumpten eilig Wasser aus dem Waldteich, um den Brand zu löschen.

»Rettet das Jagdhaus«, brüllte von Bernegold den Feuerwehrmännern zu, darunter die Väter von Christian und Ebi. Die Knechte und Mägde des Gutsherrn bildeten eine lange Reihe und reichten die mit Wasser aus dem Teich gefüllten Eimer weiter. Doch der tosende Brand war nicht unter Kontrolle zu bringen.

»Tut was! Schneller! Schneller!«, kommandierte von Bernegold. »Beten hilft nicht!«, rief er Pastor Meyer zu, der mit anderen Hagenfeldern zum Brand gelaufen war.

Lilly starrte in die Feuerhölle. Es knackte, brodelte und zischte. Feuerzungen reckten sich und verschlangen mit ungeheurer Wut, was ihnen im Wege stand. Die Flammen schossen höher und höher. Eine Fensterscheibe im Jagdhaus zerbarst mit einem lauten Knall.

»Geht weg, geht! Es ist gefährlich«, schrie Christians Vater und drängte die Dorfbewohner energisch vom Flammenmeer weg.

Das Feuer griff nach allem, was es zu fassen bekam. »Schützt das Jagdhaus«, rief von Bernegold den Feuerwehrmännern zu. Die richteten ihre Schläuche auf das Gebäude.

»Jan, komm. Ebi und Bernd, ihr solltet auch gehen. Mit dem Feuer ist nicht zu spaßen«, sagte Lilly.

Sie lieferte Jan bei Hilde ab.

»Wie ist das passiert?«, fragte Hilde.

»Ich weiß es nicht«, antwortetet Lilly. »Der Stall am Jagdhaus brennt noch immer. Zum Glück waren keine Tiere drin. Die Feuerwehr versucht, das Jagdhaus zu retten. Aber es wird wohl vorerst nicht zu benutzen sein.«

47 Zahn um Zahn

Der Schmerz, den Christian Petra zugefügt hatte, war für Jan noch nicht gerächt. Und auch für sich selbst hatte er das Bedürfnis nach Wiedergutmachung für die erlittene Ohnmacht, weil er Petra nicht hatte helfen können. So bereitete er sich darauf vor, seinen Rachefeldzug gegen Christian fortzusetzen. Er belauerte ihn, suchte eine günstige Gelegenheit.

Am Tag nach dem Feuer beim Jagdhaus sah er Christian und Bernd in Richtung Ziegelei gehen. Er ließ sie nicht aus den Augen. Während Bernd nach links abbog, war Christian weiter auf dem Weg zur Ziegelei.

Christian zuckte zusammen, als Jan plötzlich neben ihm stand.

»Ich habe dir versprochen, dass es dauern wird, bis ich Petra gerächt habe«, sagte Jan und deutete auf den Weg vor ihm. »Du weißt, wo wir hingehen.«

In der alten Ziegelei angekommen, drehte Christian sich um und wollte Jan mit der Faust ins Gesicht boxen. Doch der bog ihm schnell den Arm auf den Rücken, drückte ihm den Kopf nach unten und schob ihn zum Ofen. Dort fesselte er ihn an die Stange. Christian konnte Arme und Beine nicht mehr bewegen.

»Wie oft willst du das noch machen?«, fragte Christian.

»Solange ich will.«

»Du bist verrückt. Ich habe Petra nichts getan!«

»Du wirst Petra nie wieder anrühren, ist das klar?«

»Ja«, antwortete Christian und wartete auf den ersten Schlag. Doch der kam nicht.

Jan zündete sich eine Zigarette an, näherte sich Christian, blies ihm den Rauch ins Gesicht, griff ihm in den Unterleib und drückte fest zu.

Christian schrie auf.

»Das war die vornehme Art, mit Hose«, sagte Jan. »Rührst du Petra noch mal an, ist es nicht mehr vornehm. Du weißt, dass ich dich immer finden werde. Wenn du es nicht erwartest, dann packe ich dich.«

Christian schwieg.

»Ich binde dich jetzt los. Du gehst nach Hause und sagst zu niemandem ein Wort.«

Christian nickte.

Auch der Wunsch, Bernd weiter zu bestrafen, ihm heimzuzahlen, dass er Christian unterstützt hatte, brannte tief in Jans Seele. Und er wollte wissen, was Bernd neuerdings mit Christian zu tun hatte.

Es war bereits dunkel, als Jan bei Bernd zu Hause klingelte. Der öffnete die Haustür. Noch bevor er sich seines Schreckens bewusst wurde, griff ihn Jan am Kragen.

»Sei leise. Zum Bolzplatz«, flüsterte Jan, zog ihn aus dem Haus und schubste ihn vor sich her.

»Was willst du?«, fragte Bernd.

»Das weißt du doch. Auge um Auge, Zahn um Zahn.«

»Wir sind doch Freunde!«

»Das war mal. Los!« Jan schob ihn weiter vorwärts.

Bernd ging mit schweren Schritten. Er wusste, er konnte Jan nicht entkommen.

Jan boxte ihm von hinten an den Kopf. »Schneller!«

»Wie lange willst du dich noch rächen?«

»Solange ich will.«

Von der weit entfernten Straßenlaterne fiel nur wenig Licht auf den Bolzplatz. Jan fesselte Bernd am Geländer und verband ihm die Augen. Er zündete sich eine Zigarette an und blies ihm den Rauch ins Gesicht. Dann boxte er ihn ohne Vorwarnung in den Bauch. Bernd stieß einen dumpfen Schrei aus.

Jan setzte sich vor ihn auf die Erde, beobachtete ihn und dachte kurz nach. Warum hatte er Petra an Christian verraten? Bernd würde ihm die Frage nicht beantworten, daher fragte er nicht. Und Prügel bekam Bernd so viel von seinem Vater, dass er sie auch jetzt ziemlich gut wegstecken konnte. Das Ende der Freundschaft war vielleicht etwas, das Bernd schmerzen könnte. Aber waren sie wirklich Freunde gewesen? Und war Christian sein neuer Freund?

»Was steckst du eigentlich dauernd mit Christian zusammen? Ist er jetzt dein Freund?«, fragte Jan.

Bernd schwieg.

»Ich habe dich etwas gefragt.«

Bernd sagte nichts.

Jan boxte ihn in den Bauch.

»Hör auf!«, rief Bernd und wollte sich losreißen.

Jan zog an seiner Zigarette und drückte sie schließlich nachdenklich aus. »Das war's für heute«, sagte er. »Du sollst nur wissen, dass dir das immer wieder passieren kann. Wenn du mal einen Moment nicht aufpasst, stehe ich hinter dir.« Er band Bernd los. »Hau ab, und wehe, du sagst zu jemandem ein Wort!«

Am nächsten Tag beobachtete Jan, wie Christian und Bernd in der großen Pause auf dem Schulhof miteinander tuschelten und verstohlen zu ihm herübersahen.

48 Abgeholt

Am Dienstagabend der folgenden Woche klingelte es bei Hilde Bartels. Sie öffnete die Tür. Zwei Polizisten und zwei weitere Männer, einer in einem weißen Kittel, der andere mit einer Schiebermütze auf dem Kopf, standen vor ihr.

Einer der Polizisten hielt Hilde einen Gerichtsbeschluss vors Gesicht. »Wir müssen Ihren Sohn mitnehmen. Ihnen ist das Sorgerecht entzogen. Gefährdung des Kindeswohls.«

»Was für ein Gerichtsbeschluss?«, rief Hilde und bekam Angst. Ihr Atem stockte.

»Ihr Sohn hat ein Moped gestohlen«, antwortete der Polizist. Er war ein Wachtmeister aus der Kreisstadt.

Neugierig war Jan die Treppe heruntergekommen und stand neben seiner Mutter. Als er die Anschuldigung hörte, rief er: »Nein, das ist gelogen!«

»Da hören Sie es, mein Sohn ist kein Dieb. Ich lasse ihn mir nicht wegnehmen!«, schrie Hilde. Ihre Stimme war schrill.

»Es tut mir leid, er muss mitkommen«, sagte der Polizist. Jan rannte die Treppe hinauf in sein Zimmer.

»Wohin wollen Sie ihn bringen?«, rief Hilde und versuchte, den Polizisten, der Jan hinterherlaufen wollte, aufzuhalten.

Doch der zweite Polizist hielt sie fest und sagte: »In ein Erziehungsheim.«

Der erste Polizist lief die Treppe hoch, schnappte sich Jan, zerrte ihn die Treppe herunter und übergab ihn dem Mann mit der Schiebermütze. Der griff blitzschnell Jans rechten

Arm und drehte ihn auf den Rücken. Jan schrie auf. Er versuchte, sich zu wehren.

»Wenn du dich wehrst, gibt dir Doktor Heckmann eine Beruhigungsspritze«, sagte er und deutete auf seinen Kollegen im weißen Kittel.

Jan war klar, dass es kein Entkommen gab. Widerstandslos setzte er sich auf den Rücksitz eines weißen Autos, das neben dem Polizeiwagen stand. Die Männer aus dem Heim setzten sich nach vorn, der Wagen fuhr los. Der Polizeiwagen machte sich in eine andere Richtung auf.

Jan wusste sofort den brutalen Ernst der Lage. Die Schläge vom Lehrer, die Prügeleien mit den Dorfjungen waren nichts gegen den Verlust des Vertrauens in die Welt, der ihn erfasste. Im Auto ergriff ihn eine nie gekannte, tiefe Furcht vor Schmerzen und Hilflosigkeit. Als die Wagentür zuschlug, wurde er erwachsen.

49 Weggesperrt

Das Auto schlich über Landstraßen. Nach einiger Zeit begegnete ihnen kein anderes Fahrzeug mehr. Jan wusste nicht, wie lange und in welche Richtung sie fuhren. Er fasste den Türgriff und versuchte, die Autotür zu öffnen und rauszuspringen. Es war ihm egal, was passieren würde, nur raus, nur weg. Doch die Tür ließ sich nicht öffnen.

Der Wagen hielt vor einem schwach beleuchteten Eisentor. Der Mann mit der Schiebermütze öffnete es mit einem Schlüssel, setzte sich zurück ans Steuer, fuhr durch das Tor und hielt sofort wieder an. Erneut stieg er aus, schloss das Tor sorgfältig hinter ihnen und nahm dann wieder im Auto Platz. Er fuhr einen Kiesweg entlang, auf den das Licht vereinzelter Laternen schien. Der Wagen stoppte auf einem Platz vor einem dreistöckigen Gebäude aus dunkelrotem Backstein. Rechts und links erstreckten sich flache graue Bauten.

»Aussteigen«, sagte Schiebermütze zu Jan.

Auch Doktor Heckmann stieg aus. »Beeil dich«, sagte er zu Schiebermütze.

Sie betraten das Backsteingebäude.

Es roch nach Putzmitteln und Medizin. Für einen Moment unterdrückte Jan das Atmen.

Während Doktor Heckmann die Treppen hinaufging, führte Schiebermütze Jan in die erste Etage, klopfte an eine Tür, betrat den Raum und nahm seine Mütze ab. »Herr Direktor Blume, ich bringe den Neuen.«

Hinter einem großen Schreibtisch aus dunklem Holz saß

der Direktor des Heims. »Was hast du ausgefressen?«, fragte er, stockte kurz, öffnete eine Akte, die vor ihm auf dem Tisch lag, und schob dann nach: »Bartels.«

»Nichts, ich weiß nicht ...«

Schiebermütze boxte gegen Jans Schulter. »Er hat ein Moped geklaut.«

»Das stimmt nicht«, schoss es aus Jan heraus.

Schiebermütze boxte ihn gegen den Kopf.

Jan schwieg. Direktor Blume schien es gleichgültig zu sein, wer vor ihm stand. Für ihn war jeder Junge, der in sein Heim kam, gefährlich, kriminell, von Grund auf böse.

»So, aufsässig sind wir also«, sagte Direktor Blume. »Bring ihn zu Doktor Heckmann und steck ihn nach der Untersuchung in eine Einzelzelle. Mal sehen, was wir danach mit dem Bürschchen machen.«

Schiebermütze brachte Jan in die zweite Etage, klopfte an die Tür und sagte zu Doktor Heckmann: »Hier, der Neue von vorhin. Wenn du mit ihm fertig bist, bringe ich ihn in den Bunker.«

Doktor Heckmann nickte und sagte dann zu Jan: »Wir kennen uns ja bereits.« Er legte ihm die rechte Hand auf die Schulter und schob ihn in die Mitte des großen, grell erleuchteten Raumes. Links stand ein riesiger Medizinschrank, daneben ein Skelett. Gegenüber der Tür lagen die Fenster. Sie waren vergittert.

»Ich werde dich jetzt untersuchen. Nicht, dass du Krankheiten oder Ungeziefer einschleppst«, erklärte der Arzt.

Er war groß und dünn, hatte schwarze Haare und trug eine Brille mit dicken Gläsern. Unter seinem Blick fühlte Jan sich wie ein Insekt, das gleich aufgespießt wird.

»Zieh dich aus«, sagte Doktor Heckmann. »Ganz«, fügte er hinzu.

Jan zögerte.

»Ganz ausziehen, habe ich gesagt. Sonst muss ich Franz holen.«

Jan zog die Unterhose aus.

Mit seinen knochigen Fingern betastete der Arzt Jans Körper. Er schaute in jede Körperöffnung, prüfte die Armmuskeln und ließ sich die Zähne und Hände zeigen.

Nach der Untersuchung hielt Jan seine Hände schützend vor seinen Unterleib.

Doktor Heckmann ging aus dem Raum und kam mit einem Stapel Anstaltskleidung zurück. »Zieh das an«, sagte er. »Beeil dich, ich will endlich in den Feierabend.«

Widerstandslos zog Jan die Anstaltskleidung an.

Doktor Heckmann brachte Jan in die erste Etage zu Schiebermütze, der im Flur auf und ab ging.

»Hier, Franz«, sagte Doktor Heckmann.

»Wird auch Zeit«, grummelte er und führte Jan in den Keller. Fahles Licht schien aus den wenigen Deckenleuchten in den engen Korridor. Als der Schlüsselbund von Franz klirrte, schlug jemand von innen gegen eine der Türen und rief: »Ich habe Hunger!«

»Ruhe!«, brüllte Franz, »sonst bleibst du noch eine Woche länger drin.«

Er blieb vor einer weiteren Metalltür stehen und schloss sie auf. »Da rein«, sagte er zu Jan. »Wenn du dich ruhig verhältst, bist du nach einer Woche wieder raus.«

Die Tür fiel hinter Jan zu.

Eine Glühbirne hing von der Decke und verbreitete kaltes Licht. An den grauen Wänden des fensterlosen Bunkers waren rotbraune Spuren und Flecken. Auf einem Bettgestell aus Metall lag eine alte Matratze, auf ihrem Fußende ein ordentlich zusammengefaltetes dünnes Deckbett. Neben der Tür stand ein Eimer.

Jan setzte sich auf das Bett. Er war müde und erschöpft,

aber seine Gedanken rasten. Wie sollte er sich aus dieser Lage befreien? Wer hatte ihn beschuldigt, ein Moped gestohlen zu haben? Wie lange müsste er hierbleiben?

»Nachtruhe!«, brüllte Franz wenig später auf dem Korridor. Dann ging das Licht aus.

In der ersten Nacht schlief Jan traumlos. Vielleicht hatte er auch kein Auge zugetan. Er wusste es nicht. Benommen wachte er auf, als ein Schlüsselbund gegen die Tür schlug. Jemand schloss sie auf, öffnete sie einen Spalt, schob, ohne dass ein Gesicht zu sehen war, ein Tablett in den Raum und schloss die Tür wieder zu.

Auf dem Tablett standen ein Teller und ein Metallbecher. Auf dem Teller lagen zwei Scheiben Brot und zwei Scheiben Wurst. Im Becher war irgendein Muckefuck. Erst als sein Hunger unerträglich war, aß Jan.

Die Tage und Nächte vergingen langsam. Einzig das Hereinstellen des Essens morgens, mittags und abends gab Jan Orientierung. Er ging den Raum auf und ab und zählte seine Schritte. Manchmal stellte er sich an die Tür oder an eine Wand und lauschte, aber er hörte nichts. Im Gefängnis wird es auch nicht anders sein, dachte er traurig.

Und wenn er an Petra dachte, beschlich ihn die Angst, er könnte sie nie mehr wiedersehen, weil er für immer im Heim bleiben musste.

Wieder und wieder fragte er sich, wer ihn in diese Lage gebracht hatte. Wer hatte ihn bei den Behörden angeschwärzt, sodass man ihn hier eingesperrt hatte? Sein erster Gedanke galt Christian, der nächste Bernd. Aber er konnte sich nicht vorstellen, dass den beiden jemand glauben würde. Oder hatte Herr Richter dafür gesorgt, dass er ins Heim gesteckt wurde? Frau Schaper hatte den Lehrer kritisiert, weil er Jan so viel schlug. Vielleicht war es die Rache vom Richter, dass er nun weggesperrt war. Jan dachte lange nach und war sich irgendwann sicher, dass Herr Richter dahintersteckte.

Schon in dem Moment, als sie ihn zu Hause abgeholt hatten, fühlte er, dass Franz und Doktor Heckmann eine andere Art von Gewalt umgab als den Lehrer und die Jungen im Dorf. Dem Lehrer, Franz und dem Direktor gemeinsam war, dass sie seine Unterordnung unter ihre Macht wollten. Die drei schlugen sofort zu, wenn sie Widerstand fühlten. Und doch spürte Jan einen Unterschied. Der Lehrer prügelte ihn auch, weil er ihn kannte und hasste. Franz und der Direktor kannten ihn nicht, es gab bis jetzt keinen Grund für Hass. Es war, als atmeten die Menschen und die Mauern des Heims Gewalt ein und aus. Und sie lauerte überall. In seinem Blut floss auch Gewalt, das räumte Jan vor sich selbst ein. Er war mit Christian und Bernd nicht zimperlich umgegangen. Doch das war aus Rache geschehen. Aber Franz hatte ihn ohne zu zögern geboxt, als sie bei Direktor Blume gewesen waren. Bei Doktor Heckmann war er sich wie ein Insekt vorgekommen, irgendein Tier, ein Wesen, das man betrachtete und prüfte, wie es reagierte, als wäre er kein Mensch. Die Sprache von Franz, Heckmann und dem Direktor war die Sprache der Gewalt. Diese Sprache war auch seine. Aber im Gegensatz zu ihm verbanden sie keinerlei Gefühle mit der Gewalt. Ihre Gewalt war nackt und kalt. Jan war klar: Hier im Heim musste er lernen, sich zu beherrschen, und vor allem musste er seine Wut kontrollieren.

Eine tiefe Angst breitete sich in ihm aus, ließ sein Herz schmerzen. Die Angst, dieser kalten Gewalt ausweglos und vollkommen ausgeliefert zu sein.

50 Am Tag und in der Nacht

Nach einer Woche schloss Franz die Bunkertür auf. »Los Bartels, ab in dein neues Zuhause. Beeil dich! Gleich gibt's Mittagessen.« Er führte ihn in einen der grauen Flachbauten in einen Schlafsaal mit Doppelstockbetten.

»Du schläfst hier unten«, ordnete Franz an.

Ein Junge, etwa zwei Jahre älter als Jan, mit honigblonden Haaren und zahllosen Sommersprossen im Gesicht stand plötzlich neben ihnen.

»Ich will keinen unter mir«, sagte er.

»Blume hat angeordnet, dass er bei euch schläft. Fertig«, sagte Franz und ging.

Der Honigblonde betrachtete Jan aufmerksam. »Wie heißt du?«, fragte er.

»Lass mich in Ruhe«, antwortete Jan und setzte sich aufs Bett.

Ein blasser Schwarzhaariger mit blauen Augen, auch er etwa vierzehn Jahre alt, legte sich auf das benachbarte untere Bett und fragte: »Wie war's im Bunker?«

Jan antwortete nicht.

»Hast du Zigaretten?«, fragte der Honigblonde.

Jan schwieg.

»Matze, er will nicht mit uns reden«, sagte er zum Schwarzhaarigen.

Der Honigblonde sprang zu Jan und versuchte, ihn zu packen. Doch Jan drehte sich schnell um und nahm ihn in den Schwitzkasten.

»Lass Peter sofort los«, rief Matze und zeigte Jan sein Messer.

»Ich stoße ihn in dein Messer«, drohte Jan.

Matze sah, dass Jan es ernst meinte, klappte das Messer zusammen und versteckte es wieder unter seiner Matratze.

Jan ließ Peter los und schubste ihn weg.

»Was wollt ihr?«, fragte Jan.

Die Jungen nickten sich zu.

»Sehen, was du für einer bist«, sagte der Honigblonde. Er stellte sich als Peter und seinen Freund als Matze vor.

Sie waren etwas größer als Jan.

»Ich heiße Jan. Die Zigaretten sind in meiner Hose, die ich abgeben musste.«

Hatte er den beiden zeigen müssen, dass mit ihm nicht zu spaßen war? Würden sie ihn in Ruhe lassen oder müsste er ständig mit ihnen seine Kräfte messen?

»Essen, los, essen!«, rief ein kleiner Junge vor der Eingangstür des Schlafsaals.

Jan ging mit Peter und Matze in den Speisesaal.

»Nimm dich vor Franz in Acht. Der sagt alles dem Direktor und der ist ein harter Hund«, meinte Matze.

»Das habe ich schon gemerkt.«

»Warum bist du hier?«, fragte Peter.

»Ich soll ein Moped geklaut haben. Aber das stimmt nicht.«

»Wenn sie dich hier reinstecken wollen, finden sie immer einen Grund«, sagte Matze.

Im Speisesaal saßen Jungen jeden Alters. Manche erst fünf oder sechs Jahre alt, andere schon fast erwachsen.

»Es ist verboten, beim Essen zu reden«, flüsterte Matze. »Du solltest dich daran halten, sonst gibt es Ärger.«

Am nächsten Morgen wurde Jan mit Matze, Peter und ein paar anderen Jungen aus dem Heim mit einem kleinen Bus von Franz in das nächstgelegene Dorf zur Schule gefahren. Im Klassenraum waren etwa dreißig Jungen. Wie in Hagenfelde saßen die Schüler der ersten Klasse vorn, die der nächsthöheren weiter hinten. Der Lehrer, Herr Engelmann, begrüßte Jan freundlich und fragte ihn das eine und andere ab. Jan wusste alle Antworten und der Lehrer war zufrieden. Auch in den nächsten Tagen beteiligte sich Jan am Unterricht und beantwortete die Fragen des Lehrers richtig.

In einer Pause fragte Herr Engelmann ihn, wer sein Lehrer gewesen sei.

»Herr Richter.«

»Etwa Karl Richter?«

»Kennen Sie ihn?«

»Ich kenne ihn und seine Familie. Extrem religiöse Leute.«

»Er prügelt die Schüler oft. Auf mich hat er es besonders abgesehen.«

»Warum?«

»Er mag mich nicht.«

»Jan, wenn du wegen Karl Richter mal Hilfe brauchst, melde dich. Und auch sonst kannst du mich jederzeit anrufen. Hier ist meine Telefonnummer.«

»Warum wollen Sie mir helfen?«

»Es ist selten, dass ich einen so guten und interessierten Schüler wie dich habe. Das gibt mir den Glauben an den Sinn meiner Arbeit zurück.«

Jan bedankte sich und steckte den Zettel mit der Telefonnummer ein.

Die Tage vergingen. Wieder und wieder fragte sich Jan, wie lange er noch im Heim bleiben musste. Warum meldete sich seine Mutter nicht? Oder Tante Lilly? Oder Müllermeister Holzenbeck? Oder Petra?

Eines Tages, nachdem der Unterricht zu Ende und Jan mit

den anderen Jungen zurück im Heim war, ging er kurz entschlossen zu Direktor Blume.

»So, du willst mit deiner Mutter telefonieren.« Direktor Blume kam langsam hinter seinem Schreibtisch hervor. »Wer hat dir erlaubt, zu mir zu kommen?«

»Ich habe niemanden gefragt«, sagte Jan. Er schwitzte plötzlich.

Direktor Blume kam näher. Er flüsterte: »In den ersten vier Wochen gibt es ein absolutes Kontaktverbot. Wenn du dich benimmst, darfst du anschließend mit deiner Mutter telefonieren. Wenn überhaupt, dann im Beisein von mir oder Franz.« Direktor Blume drückte Jans Unterkiefer zwischen Daumen und den anderen Fingern. »Aber so, wie du dich verhältst, wirst du nie mit deiner Mutter telefonieren. Nie. Und jetzt raus, Bürschchen, sonst breche ich dir die Knochen.«

Jan lief in den Speisesaal zum Mittagessen und setzte sich zu Peter und Matze. Sie sahen ihn besorgt an.

Bei der Geschirrabgabe rempelte ihn einer der älteren Jungen an. »Du bist ein Streber, habe ich gehört? Wir mögen keine Streber.«

»Was geht dich das an?«, fragte Jan.

»Wenn ich will, geht mich alles was an«, antwortete der andere und ging.

»Das ist Bertolt. Der ist gefährlich. Ganz schlimm wird es, wenn er mit seinen beiden Kumpeln unterwegs ist«, warnte Peter.

Abends setzten sich die drei auf den Boden zwischen Jans und Matzes Bett. Die Nachtruhe war bereits angeordnet, das Licht ausgeschaltet. Jan erzählte Matze und Peter leise, dass er beim Direktor gewesen war.

»Zu dem geht niemand freiwillig«, sagte Peter. »Er kann dir das Leben sehr schwer machen.«

Flüsternd vertraute Matze Jan an, dass er und Peter einmal versucht hätten, auf dem Weg zur Schule abzuhauen. Doch sie seien erwischt worden.

Matze, der eigentlich Matthias hieß, hatte seine Eltern bei einem Autounfall verloren, als er acht Jahre alt war. Sein Onkel wollte ihn nicht haben. Er landete im Heim. Er hatte mehrere Heime hinter sich. »Wenn ich zu meinem Onkel abhaue, schickt er mich wieder in ein Heim. Ich bleibe jetzt, bis ich nächstes Jahr mit der Schule fertig bin und eine Lehre anfange. Dann kann ich raus.«

Peter war unehelich geboren. Nachdem seine Mutter geheiratet hatte, schob sie ihn ins Heim ab. Er störte das neue Glück.

»Kennst du deinen Vater?«, fragte Jan.

»Nee, und es interessiert mich nicht, was das für einer ist. Warum willst du das wissen?«

Jan zögerte.

»Ach, bist du auch ein Bastard?«, fragte Peter lächelnd.

»Meine Mutter will mir nicht sagen, wer mein Vater ist. Und im Dorf werde ich beschimpft«, antwortete Jan.

Peter sagte: »Was du draußen warst, interessiert hier keinen. Hier drin musst du überleben, nur das ist wichtig. Jeden Tag.«

»Und jede Nacht«, ergänzte Matze.

»Was meint ihr damit?«, fragte Jan.

Matze und Peter sahen sich an.

»Manchmal feiern sie Partys«, flüsterte Matze.

»Wer?«, wollte Jan wissen.

»Alle, die hier arbeiten. Oft sind fremde Männer dabei«, sagte Peter.

»Franz kommt vorher in den Schlafsaal und packt sich einen oder zwei Jungen. Und sie holen sich Kinder aus anderen Heimen, Mädchen und Jungen. Wenn wir hören, dass eine Party steigt, schieben wir Wache, wehren uns gemeinsam. Aber es klappt nicht immer. Und manchmal kommen wir dafür in den Bunker«, sagte Matze bedrückt. »Manche Kinder sieht man nie wieder, vor allem die ganz kleinen.«

Peter und Matze schauten schweigend vor sich auf den Boden.

»Ich kann auch Wache schieben«, sagte Jan nach einer Weile.

Peter und Matze nickten.

Zwei Nächte danach riss Jan ein dumpfes Stöhnen aus dem Schlaf. Franz stand zwischen seinem und Matzes Bett und drückte Matze den Mund zu.

»Lassen Sie ihn los!«, rief Jan laut.

Franz wandte sich um. »Halts Maul, sonst kommst du auch mit.«

»Lass Matze in Ruhe«, rief Peter, der ebenfalls aufgewacht war.

»Misch dich nicht ein«, sagte Franz. Er stand auf und griff mit seiner riesigen Hand an Jans Hals. »Du hast noch immer nicht kapiert, wo du bist«, sagte er und ging.

»Danke«, flüsterte Matze.

»Ich habe Franz nicht gehört. Niemand hat gesagt, dass die Schweine eine Party feiern wollen«, sagte Peter.

Alle Jungen im Schlafsaal waren inzwischen wach. Einige hatten sich das Deckbett über den Kopf gezogen und nahmen es erst weg, als sie hörten, dass Franz gegangen war. Sie standen auf und flüsterten im Gang zwischen den Betten.

»Weil ich draußen niemanden habe, der mir hilft, denken sie, sie können mich immer schnappen«, sagte Matze, blass und den Tränen nahe. Er sprach von Wort zu Wort leiser.

»Du warst sehr mutig, Jan«, sagte Peter.

Am nächsten Morgen legte Franz während des Frühstücks seine schwere Hand auf Jans Schulter. »Mitkommen.«

»Mein Essen!«

»Mitkommen.«

Jan schaute zu Peter und Matze.

»Die werden dir nicht helfen«, sagte Franz. Er steckte Jan in den Bunker. »Dieses Mal kommst du nicht so einfach davon.«

Jan wusste nicht, wie viel Zeit vergangen war, als die Tür aufgeschlossen wurde.

»Besuch für dich«, sagte Franz grinsend.

Es war Bertolt mit seinen beiden Freunden.

51 Blutsbrüder

Nach drei Tagen und drei Nächten schloss Franz die Bunkertür auf. »Ich hoffe, du hast kapiert, wie es hier läuft.«

Jan hatte sich erbittert gegen Bertolt und seine Kumpanen gewehrt, versucht, ihnen seinen Körper zu entziehen, hatte sich gewunden und versucht auszuweichen. Je mehr er sich auflehnte, desto mehr spürte er seine Ohnmacht und dass ihm niemand zu Hilfe kommen würde. Wenn sie gingen, versank Jan in seinem schmerzenden Körper, hoffnungslos und einsam. Wenn sie wiederkamen und ihn demütigten, schrie er vor Schmerz und Scham. Und wenn sie wieder gingen, weinte er und fürchtete, seine Wut zu verlieren.

Jetzt schmerzte ihn jeder Schritt. Sein ganzer Körper schmerzte. Tiefer Ekel hatte sich in ihm ausgebreitet.

Als er in den Speisesaal trat, schauten ihn schlagartig alle Jungen an. Einige senkten ihre Augen auf die vor ihnen stehenden Teller. Jan ging langsam, aber aufrecht zu Matze und Peter an den Tisch.

Matze zog seine Jacke aus und legte sie auf die Bank.

Jan setzte sich darauf.

Es gab Suppe. Peter schob Jan einen Teelöffel hin. »Iss mit dem«, flüsterte er.

Bertolt grinste Jan an. Jan schaute ihm so lange in die Augen, bis Bertolt sich, ohne zu grinsen seinen beiden Kumpeln zuwandte.

Nach dem Abendessen begleiteten Peter und Matze Jan in den Schlafsaal. Alle Jungen beobachteten die drei.

»Haut ab«, rief Peter ihnen zu. Sie zogen sich zurück.

Jan legte sich auf sein Bett. Peter setzte sich auf die eine, Matze auf die andere Seite des Bettes.

»Bertolt ist ein brutales Schwein. Franz und Blume schützen ihn. Wir wissen nicht, warum«, sagte Matze.

»Wir haben Pech mit unseren Eltern, Familien, Verwandten. Sie wollen uns nicht. Aber es ist gut, wenn man sich zusammentut, wenn man hier nicht allein ist. Matze und ich erzählen uns alles wie Brüder. Keiner muss sich beim anderen für Hilfe bedanken, denn das würde bedeuten, es gäbe eine Trennung zwischen uns. Helfe ich Matze, dann ist es, als helfe ich mir und umgekehrt. Keiner von uns muss um etwas bitten, denn der eine sieht, was der andere braucht und gibt und hilft, denn wir wissen, wir tun es auch für uns selbst. Wir schenken uns nichts, denn was dem einen gehört, gehört auch dem anderen. Matze geht für mich durchs Feuer und ich für ihn. Wir können uns immer aufeinander verlassen, auf Leben und Tod. Matze und ich sind Blutsbrüder«, sagte Peter.

Jan wusste nicht, worauf dieses Gespräch abzielte. Aber so, wie die beiden neben ihm saßen und ihn anschauten, fühlte er sich beschützt, getröstet.

»Du bist wie wir, kämpfst für deine Freunde auf Leben und Tod. Wenn du willst, wirst du unser Blutsbruder«, sagte Matze.

Jan schaute die beiden an, überlegte kurz, nickte lächelnd und schloss erschöpft die Augen. Sein geschundener Körper ruhte sich aus, seine verwundete Seele schöpfte endlich Vertrauen in die Zukunft.

In der Nacht schnitt sich jeder von ihnen in den eigenen Finger und ließ einige Tropfen Blut in ein Glas mit Wasser fallen. Sie verrührten das Blut mit dem Wasser und jeder von ihnen trank einen Schluck davon. Sie legten sich die Arme um die Schultern und schworen: »Auf ewige Freundschaft, auf bedingungslose Hilfe, jederzeit und überall. Auf Leben und Tod. Wir sind Brüder.«

52 *Hilfe*

In Hagenfelde hatte Lilly noch an dem Abend, als Jan abgeholt wurde, Christa Schaper angerufen und sie um Hilfe gebeten. Die machte sich sofort auf den Weg. Petra bestand darauf mitzukommen, denn schließlich ging es um Jan.

»Danke, dass Sie gekommen sind«, sagte Lilly zu Christa Schaper, als sie die Tür öffnete.

In Lillys Wohnzimmer saßen bereits Hilde, Hanna und Robert.

Immer wieder von ihrem Schluchzen unterbrochen, erzählte Hilde, was geschehen war.

Petra dachte daran, wie ängstlich Jan immer aussah, wenn er von der drohenden Heimeinweisung des Jugendamtes gesprochen hatte.

»Zeigen Sie mir bitte den Gerichtsbeschluss«, sagte Christa Schaper.

Hilde gab ihr das Papier. »Ich wurde nicht einmal gefragt, nichts. Das kann doch nicht richtig sein!«

Christa Schaper las das Dokument durch. »Ich bin keine Expertin für Familienrecht. Aber das Vormundschaftsgericht kann Ihnen eigentlich nicht so einfach die Personensorge entziehen. Man hätte Sie vorher anhören müssen, da bin ich sicher.« Sie schlug vor, sich am nächsten Tag mit einem Fachanwalt für Familienrecht in Verbindung zu setzen. Und sie wollte wissen, was Jan tatsächlich vorgeworfen wurde.

»Er soll das Moped von Ebis älterem Bruder gestohlen haben.«

»Das glaube ich nicht!«, rief Petra.

»Er hat auch gesagt, dass das gelogen ist«, sagte Hilde.

»Hast du etwas gehört?«, fragte Lilly ihren Sohn.

Robert schüttelte den Kopf.

Bis spät in die Nacht überlegten sie, was sie unternehmen sollten. Schließlich verteilten sie die Aufgaben für den nächsten Tag. Lilly sollte zu Ebis Eltern gehen und sich erkundigen, was vorgefallen war. Hilde wollte mit Frau Schneider vom Jugendamt Kontakt aufnehmen und Frau Schaper beschloss, einen Anwalt einzuschalten.

Am nächsten Abend versammelten sie sich wieder alle in Lillys Wohnzimmer.

Lilly berichtete, dass Ebis Eltern schon bemerkt hatten, dass das Moped nicht auf seinem Platz stand. Sie waren davon ausgegangen, der älteste Sohn hätte es irgendwo abgestellt, um damit vielleicht nicht betrunken zu fahren. Nachdem Lilly ihnen von der Anschuldigung gegen Jan erzählte, wollten sie zunächst abwarten, was der Sohn sagen würde, wenn er von der Arbeit nach Hause käme. Unabhängig davon waren sie der Meinung, dass Jan ganz sicher nicht stehlen würde und sie ihn nicht anzeigen würden. Das alles sei bestimmt nur ein Missverständnis.

»Ich bin wirklich erleichtert über die Aussage von Ebis Eltern«, sagte Lilly.

Hilde erzählte von ihrem Versuch, Frau Schneider zu sprechen. »Frau Schneider ist im Urlaub. Ihr Vertreter ist meinen Fragen ausgewichen«, sagte sie und schaute zu Christa Schaper. »Ich glaube, allein komme ich dort nicht weiter.«

Christa Schaper nickte und berichtete über ihr Gespräch mit einem Fachanwalt in der Kreisstadt.

Am Tag darauf ging sie mit Hilde und dem Anwalt zum Jugendamt. In Jans Akte waren ein paar Schlägereien notiert, zuletzt die, über die sich Christians Mutter bei von Bernegold beklagt hatte. Außerdem waren mehrere Beschwerden des Dorflehrers über Jan in den Unterlagen vermerkt. Die letzte Beschwerde war eine telefonische Meldung über den Moped-Diebstahl. Aufgrund der Aktenlage von Jans kriminellem Charakter überzeugt, hatte der Vertreter von Frau Schneider daraufhin Schritte eingeleitet, um Hilde das Sorgerecht zu entziehen. Sie sei nicht in der Lage, Jan zu erziehen, und gefährde das Kindeswohl. Außerdem stelle Jan durch sein kriminelles Verhalten eine Bedrohung für die Allgemeinheit dar. Im Eilverfahren hatte der Vertreter von Frau Schneider beim Vormundschaftsgericht beantragt, dass Hilde das Sorgerecht entzogen und Jan in ein Heim eingewiesen wurde.

Nachdem sie das Jugendamt verlassen hatten, sagte der Anwalt zu Hilde: »Der Vormundschaftsrichter hätte Sie zwingend anhören müssen, Frau Bartels, und auch Jan. Behörden und Gerichte setzen ›unehelich‹ mit verwahrlost gleich. Man hält alleinerziehende Mütter von unehelichen Kindern für moralisch nicht gefestigt. Ihnen wird bedenkenlos die Gefährdung des Kindeswohls unterstellt. Und ein stehlendes Kind wiederum gefährdet die Gesellschaft und soll weggesperrt werden. Ich bin über die vielen juristischen Fehler entsetzt. Der vermeintliche Diebstahl muss jetzt schnell aufgeklärt werden. Ich werde umgehend beim Vormundschaftsgericht und den Behörden die notwendigen Anträge stellen, damit Sie die Personensorge zurückbekommen und Jan so schnell wie möglich wieder nach Hause kommen kann.«

Hilde rief mehrfach Heimleiter Blume an. Doch er war nicht bereit, seine Kontaktsperre aufzuheben. Dass ein Anwalt eingeschaltet war, interessierte ihn nicht. Gericht und Behörden hätten ihm die erzieherische Verantwortung für Jan übertragen. Die nehme er so lange wahr, bis Gericht und Behörden ihm etwas anderes sagen würden.

In der Schule verlor Herr Richter kein Wort über Jans Fehlen, obwohl sich die Geschichte im Dorf längst herumgesprochen hatte.

Christian und Bernd standen in den Pausen zusammen. Sie wichen Petras Blicken aus. Sie traute ihnen jede Bosheit zu, doch sie hatte Angst, sie nach dem verschwundenen Moped zu fragen. Schließlich redete sie mit ihrer Mutter darüber. Die riet ihr dringend davon ab, die Jungen anzusprechen. Aber sie solle für Jan alles aufschreiben, was im Unterricht durchgenommen wurde. Wenn er wieder da sei, dann könne sie ihm helfen, das Versäumte nachzuholen. Doch wann würde Jan zurückkommen?

53 Die Beichte

»Was ist in den letzten Tagen los mit dir, Robert? Du kommst betrunken nach Hause, isst nicht. Hast du Ärger bei der Arbeit oder mit Hanna?«, fragte Lilly Robert eines Abends verärgert und besorgt zugleich.

»Nein, nein«, antwortete er kurz angebunden und verschwand in seinem Zimmer.

Am nächsten Abend jedoch stand er nüchtern vor seiner Mutter im Wohnzimmer, Hanna neben ihm.

»Wir müssen mit dir reden«, sagte Robert leise zu Lilly. Es war Freitagabend und Jan war seit drei Tagen im Heim.

Lilly sah ihn schweigend an und wartete gespannt darauf, was ihr Sohn ihr zu sagen hatte.

Robert und Hanna nahmen auf dem Sofa Platz.

»Es geht um Jan. Um das Moped«, sagte Robert zögernd. »Das ... das Moped steht in unserem Garten. Im Schuppen.«

»Was?«, stieß Lilly aus. »Warum steht das bei uns?«

»Bernd hat mich erpresst.«

»Was redest du? Wieso hat Bernd dich erpresst?«

»Er hat gesehen, wie Hanna von Bernegolds Stall angezündet hat.«

»Du warst das?« Lillys Stimme war lauter geworden. Sie schaute Hanna scharf an.

Die blickte zu Boden und nickte nur.

»Bernd hat gedroht: Entweder ich helfe ihm, dass Jan richtig Ärger bekommt, oder er will von Bernegold erzählen, dass Hanna die Brandstifterin ist. Dann müsste sie ins Gefängnis.«

Robert nahm eine Zigarette aus der Schachtel. Lilly entriss ihm beides.

»Statt zu paffen, erzähl mir, was ihr angerichtet habt«, fuhr sie ihn an. Sie umklammerte das Taschentuch in ihrer Schürzentasche. Ihr war, als öffnete sich vor ihr ein namenloser Abgrund, schwarz und unendlich tief.

»Bernd und Christian waren bei Ebi. Sie fuhren mit dem Moped von Ebis Bruder herum. Nach der Rundfahrt achtete Bernd darauf, dass das Moped nicht abgeschlossen wurde. Nachts musste ich es gemeinsam mit ihm wegschieben und in unserem Schuppen abstellen.« Robert senkte den Kopf. »Es tut mir so leid.«

»Und dann hast du beim Jugendamt angerufen und die Lüge von Jans Moped-Diebstahl erzählt?«, fragte Lilly.

Robert nickte. »Bernd wollte, dass ich dort anrufe. Ich habe mich unter einem falschen Namen gemeldet. Der Mann vom Jugendamt wollte sich um die Sache kümmern.«

»Und du hast den Stall angezündet? Warum?«, fragte Lilly zu Hanna gewandt. Sie konnte nicht fassen, was sie gehört hatte.

»Ich war so wütend wegen Marie.«

»Was hat Jan damit zu tun?«, fragte Lilly.

»Er hat bei der Jagdgesellschaft nicht auf meine Schwestern aufgepasst, obwohl er es mir versprochen hat.«

»Wie sollte er in seinem Alter auf deine fast erwachsenen Schwestern aufpassen und sie vor ausgewachsenen Männern schützen? Kannst du mir das mal sagen? Du hättest selbst auf deine Schwestern aufpassen können. Oder deine Eltern hätten ihnen verbieten müssen, dort hinzugehen. Es ist doch bekannt, was auf diesen Jagdgesellschaften los ist! Und du machst Jan für deine Unfähigkeit und die deiner Eltern verantwortlich? Das kann doch wohl nicht wahr sein!« Lilly ging inzwischen auf und ab. Sie konnte ihre Wut nicht bändigen.

»Eine kriminelle Handlung soll die andere vertuschen! Ich kann es nicht glauben! Was seid ihr nur für Menschen!«

Robert und Hanna schwiegen betroffen.

»Was war mit Bernd?«, wollte Lilly wissen.

»Ich habe ihn nicht gesehen«, antwortete Hanna. Sie weinte inzwischen.

Lilly schaute die beiden lange schweigend an. Dann sagte sie: »Du und ich, Robert, wir kümmern uns darum, dass Jan rauskommt. Wir gehen sofort mit dem Moped zu Ebis Familie. Du sagst, dass es offenbar jemand bei uns abgestellt hat und dass du es erst heute entdeckt hast. Ich rufe den Anwalt an, damit er sich von ihnen bezeugen lässt, dass das Moped nicht gestohlen wurde. Außerdem sage ich Hilde Bescheid.«

»Willst du ihr alles erzählen?«, fragte Robert.

»Eine Schwester könnte mir nicht näherstehen. Natürlich werde ich ihr alles erzählen und sie nicht anlügen. Aber du und Hanna, ihr werdet kein Wort sagen. Weder gegenüber Bernd noch gegenüber Ebi und seiner Familie. Habt ihr mich verstanden?«, sagte Lilly und sah die beiden scharf an.

»Aber Bernd wird erfahren, dass das Moped wieder da ist«, rief Hanna. »Wenn er nun doch zu von Bernegold geht?«

»Dann wirst du für deine Tat bestraft.«

Hanna brach in lautes Schluchzen aus. »Bitte, Lilly, hilf mir doch!«

Lilly ging weiter im Zimmer auf und ab. »Bernd hat mit eurer Hilfe Jan geschadet. Sein Ziel hat er also erreicht. Er wird aber nicht beweisen können, dass du den Brand gelegt hast. Da steht Aussage gegen Aussage. Außerdem: Warum war er überhaupt dort? Vielleicht war er es selbst?« Lilly schaute ihren Sohn an. »Wie willst du Jan und Hilde je wieder in die Augen sehen, Robert? Du hast Jans junges Leben zerstört. Ich dachte, er wäre wie ein Bruder für dich. Wie konntest du ihm das nur antun? Er büßt für Hannas kriminelles

Verhalten. Findest du das richtig?« Lilly wartete nicht auf die Antwort, nahm ihre Schürze ab und sagte zu Hanna: »Nun zu dir. Deine Selbstjustiz hört auf. Um Marie kümmere ich mich. Sag ihr, dass sie morgen Vormittag zu mir kommen soll. Allein. Du machst nichts mehr, nichts. Du gehst nach Hause und sprichst mit niemandem ein Wort darüber. Ist das klar?« Die letzten Worte hatte sie einzeln betont.

Hanna nickte.

»Und ich möchte dich nicht mehr in meinem Haus sehen«, fügte Lilly hinzu.

Sie wandte sich an Robert. »Wir beide bringen jetzt das Moped zurück. Und danach wirst du dir eine Wohnung suchen.«

In der folgenden Nacht fuhr Lilly aus dunklen Träumen hoch: Die viel zu späte Flucht aus Pommern, so spät, dass sie, ihre Mutter und ihre Schwestern in die Hände der Roten Armee fielen. Die Familie wurde getrennt, Lilly sah sie nie wieder. Die Rotarmisten zogen in Richtung Westen und nahmen Lilly und andere Frauen als Beute mit. Im Frühjahr 1946 versuchte sie, mit ein paar jungen Frauen zu fliehen. Doch die Soldaten fassten sie. Lilly erinnerte sich an Einzelheiten meist nicht mehr genau. Sie verteilten sich wie die Stücke eines zersprungenen Spiegels. Manchmal stiegen diese Erinnerungen aus der Tiefe auf, und sie schien jedes Detail zu sehen. Die Spiegelstücke hatten scharfe Kanten, rissen die Wunden auf. Sie fühlte dann wieder die Schmerzen, als Finger brutal in ihre Brüste griffen und Angst sich in ihr ausbreitete. Zuerst hatte sie sich gesagt, sie halte alles aus, aber da wusste sie nicht, dass das nur der Anfang war. Schließlich entkam sie gemeinsam mit Ilse Müller, einer anderen jungen Frau, über die Elbe in die britische Zone. Einige Wochen später spürte Lilly, dass ein Kind in ihr heranwuchs.

Frauen, denen es wie ihr ging, flüsterten sich Namen und Adressen zu, die Abhilfe versprachen. Aber Lilly hatte kein Geld, nichts. Sie war verzweifelt. War die Gewalt, die man ihr angetan hatte, noch nicht genug gewesen? Musste sie für alle sichtbar ein Kind der Schmach austragen und gebären? Sie war kurz davor, sich etwas anzutun, doch Ilse hielt sie davon ab.

Die Briten wiesen Lilly, hochschwanger, Hagenfelde und Ilse einem Nachbardorf zu.

Als das Neugeborene in ihren Armen schrie, überlegte Lilly, es auszusetzen. Doch im Dorf wusste man von der Geburt ihres Sohnes. Es war unmöglich, ihn wegzugeben oder irgendwo zurückzulassen.

Als Robert zu laufen begann und in ihre Arme wollte, zweifelte sie an ihrer Liebe zu ihm. Sie kannte nicht die Namen der Übeltäter, aber erinnerte sich an Gesichter und Gerüche. Manchmal schien ihr, als zeige Roberts Gesicht Ähnlichkeit mit einem der Soldaten. Sie musste sich zwingen, den Hass auf den Verbrecher nicht in Abscheu für ihren Sohn zu verwandeln. Es dauerte, bis sie akzeptierte, dass das Schicksal sie und Robert zu Mutter und Sohn gemacht hatte. Und noch länger dauerte es, bis ihr Herz Frieden fand. Doch Roberts Verhalten Jan gegenüber hatte diesen Frieden gebrochen.

Am nächsten Morgen am Frühstückstisch sagte Lilly: »Robert, ich frage dich noch einmal: Wie konntest du Jan so etwas antun?«

»Bernd passte mich ab, als ich von der Arbeit auf dem Weg nach Hause war«, antwortete Robert. »Er wollte eine Zigarette und wir rauchten. Wie nebenbei erzählte er, dass Hanna den Stall beim Jagdhaus angezündet und er das beobachtet hätte. Ich konnte es nicht glauben. Bernd sagte, er würde es von Bernegold nicht erzählen, wenn ich ihm bei einem Mopedklau helfe. Den wollte er Jan in die Schuhe schieben.«

»Und da hast du so einfach mitgemacht?« Lilly war immer noch fassungslos.

»Ich habe Bernd gefragt, warum er Jan schaden will. Er meinte, das ginge mich nichts an. Ich solle mitmachen, sonst würde er dafür sorgen, dass Hanna wegen Brandstiftung ins Gefängnis kommt.«

»Warum, Robert, warum hast du Jan das angetan?«

»Ich liebe Hanna!«

»Und Jan? War er nicht wie dein Bruder?«

Robert senkte schweigend den Kopf. Er schämte sich und wagte nicht auszusprechen, dass er eifersüchtig auf die Liebe gewesen war, die seine Mutter Jan schenkte. Er hatte oft das Gefühl gehabt, sie liebe Jan mehr als ihn. Manchmal waren es nur kleine Gesten: Wie sie Jan übers Haar strich oder ihn anlächelte. Dann fühlte sich Robert unerwünscht, ungeliebt und Neid und Eifersucht auf Jan wuchsen in ihm heran.

Lilly betrachtete ihren Sohn. Er war fremdes Fleisch und Blut, schoss es ihr durch den Kopf und der Gedanke stach in ihr Herz. »Du bist genauso schlimm wie Kain, der seinen Bruder Abel tötete. Aus Neid und Eifersucht«, sagte sie.

Robert schaute sie erschrocken an. Sie sprach seine Gedanken aus.

»Du bist genauso unschuldig an deiner Geburt wie ich. Ich habe darum gekämpft, dass wir beide ein einigermaßen gutes Leben führen können. Das war oft schwer. Hilde hat mir Jan schon als Baby anvertraut. Du und Jan, ihr solltet wie Brüder aufwachsen, damit ihr beide eine Familie habt. Manchmal habe ich das Gefühl gehabt, dass du eifersüchtig auf Jan bist, aber ich habe das beiseitegeschoben. Ein Fehler, wie mir heute klar wird.«

Robert nickte kaum merklich. Lilly sah es.

»Wir hätten eine Lösung für Hanna gefunden, gemeinsam, du, Hanna, Hilde, Jan und ich«, sagte sie. »Ich denke nicht, dass man Hanna die Brandstiftung hätte beweisen können. Aber nun ist alles zu spät.«

»Es tut mir leid, Mutter.«

»Entschuldige dich bei Jan. Du warst für ihn der große Bruder, der ihn beschützt und ihm geholfen hat. Du hast ihn in großes Unglück gestürzt. Uns alle. Auch mich. Ich hatte meine Familie verloren und wollte mir mit Hilde und euch Kindern eine neue Familie aufbauen. Das hast du zerstört. Ich kann dein entsetzliches Verhalten nicht vergessen. Ich will dich hier nicht mehr sehen. Ich fürchte, du wirst nun heimatlos sein wie Kain. Und jetzt geh mir aus den Augen.«

Schweigend stand Robert auf und verließ die Küche.

54 Aus dunklem Schoß

Es klingelte an der Haustür. Lilly öffnete, es war Marie. Im Wohnzimmer setzten sich die beiden auf das Sofa.

»Schön, dass du gekommen bist, Marie. Ich habe eine Lösung für dich gefunden.«

»Ich habe meinen Eltern noch nichts erzählt«, sagte Marie.

»Die Lösung, die ich mir überlegt habe, wird nicht einfach für dich sein.«

Marie schaute sie aus großen Augen ängstlich an.

»Ich werde mich dafür einsetzen, dass ihr heiratet, du und Friedrich.«

»Was?«, rief Marie. »Niemals!«

»Ich rate dir dringend, an deine Zukunft zu denken, sonst bist du verloren. Du und Friedrich, ihr seid noch nicht volljährig. Also werden eure Eltern entscheiden, wie es weitergeht.«

»Am liebsten wäre ich zur Polizei gegangen. Aber wahrscheinlich hätte mir niemand geglaubt. Und ich habe mich so geschämt.« Marie sah Lilly verzweifelt an.

»Dein Kind wird ehelich geboren und es wird den Nachnamen des Vaters tragen. Der Vater wird für das Kind und dich sorgen müssen.«

»Mir wird schlecht, wenn ich nur an Friedrich denke. Soll ich ihm beim Frühstück gegenübersitzen? Oder sogar das Bett mit ihm teilen?«

»Wenn du ihn nicht heiratest, bist du eine ledige Mutter mit einem unehelichen Kind. Ob du regelmäßig Unterhalt bekommst, weißt du nicht. Deine Eltern werden dich raus-werfen. Sie haben selbst kein Geld und keinen Platz. Das Kind kommt dann vielleicht in ein Heim und du auch. Das Gutshaus ist groß. Du und Friedrich, ihr könnt euch aus dem Weg gehen. Und letztendlich ist es doch auch so, dass er durch eine Heirat für seine Tat zur Verantwortung ge-zogen wird.«

»Ich werde das Kind hassen.«

»Es ist unschuldig, genau wie du. Außerdem gibt es auf dem Gutshof Personal, das sich um das Kind kümmert.«

»Vielleicht will Friedrich auch nicht heiraten. Und sein Vater ist dagegen.« Marie schaute Lilly an, als hätte sie einen Ausweg gefunden.

»Friedrich wird machen müssen, was sein Vater sagt. Und der wird keinen Skandal wollen. Ich werde mit ihm reden.«

Marie blickte Lilly mit hängenden Schultern an.

»Der Gutshof ist groß, ich sagte es bereits. Und ich kann mir gut vorstellen, dass von Bernegold Friedrich in einer ent-fernten Stadt weiter auf die Schule schickt oder ihn eine Aus-bildung machen lässt. Dann hast du Ruhe vor ihm. Vielleicht könnt ihr auch nach einer gewissen Zeit offiziell getrennte Wege gehen.«

Marie weinte. »Mein ganzes Leben ist zerstört.«

Lilly nahm sie in die Arme. »Es läuft anders, als du es dir vorgestellt hast. Komm, wir gehen jetzt gemeinsam zu deinen Eltern und erzählen ihnen alles.«

Marie trocknete sich die Tränen und nickte.

Nachdem Lilly von Maries Eltern nach Hause zurückgekehrt war, rief sie von Bernegold an und bat um ein persönliches Gespräch. Es sei wichtig, sagte sie. Sie wusste, er würde nicht ablehnen.

Noch am selben Tag saß sie in seinem Arbeitszimmer. Der

kleine Besprechungstisch war für zwei Personen mit Kaffee und Keksen gedeckt.

»Was kann ich für dich tun, Lilly?«, fragte von Bernegold.

»Wir haben uns bisher nicht geduzt und ich möchte das auch jetzt nicht«, sagte Lilly freundlich.

Von Bernegold lehnte seinen Körper an die Stuhllehne und verschränkte die Arme vor der Brust.

»Erinnern Sie sich an die Jagdgesellschaft 1948?«, fragte Lilly.

»1948?«

»Ob Sie sich erinnern?«

Von Bernegold schwieg.

»Sie erinnern sich. Das weiß ich. In diesem dunklen Dorf war die Nachkriegszeit für uns alle schwer. 1948 ließen die Briten Sie und Ihre Familie wieder auf Ihren Gutshof. Im November 1948 gaben Sie die erste Jagdgesellschaft nach dem Krieg, weit und breit die erste. Ein Ereignis. Ich half, wie andere Flüchtlinge auch, ab und zu auf dem Gut. Ich half auch auf der Jagdgesellschaft. Ein paar Witwen ließen Sie als Animierdamen arbeiten, für zwei Kilo Kartoffeln und ein Dutzend Eier. Ilse Müller half ebenfalls.«

Von Bernegold rutschte auf dem Stuhl hin und her, setzte sich aufrecht hin, griff nach der Zigarettenschachtel und ließ Lilly nicht eine Sekunde aus den Augen. »Stört es Sie, wenn ich rauche?«

Lilly schüttelte den Kopf und fuhr fort. »Und Clara Czerwinski half. Sie erinnern sich an Ilse und Clara, besonders an Clara. Lange blonde Haare und unschuldige blaue Augen.«

Von Bernegold blies schweigend den Rauch seiner Zigarette aus.

»Sie erinnern sich. Das wissen wir beide. Auf der Jagdgesellschaft ging es hoch her. Für die Herren floss Alkohol im Übermaß. Und die gaben gern den jungen Frauen davon, machten sie betrunken, wenn sie nicht auf sich aufpassten.«

»Aber Sie gaben auf sich acht.«

»Ja, ich passte auf mich auf.« Lilly beugte sich nach vorn. »Auch wenn die jungen Frauen darauf achteten, nicht betrunken zu werden, nutzte es ihnen nichts. Denn welches Mädchen kann sich schon dagegen wehren, von mehreren Männern in eines der Schlafzimmer im oberen Stock gezerrt zu werden. Die Schreie der Mädchen gingen in den Rufen der grölenden Männer und in der lauten Musik unter. Ich hatte ein Taschenmesser dabei. Es half mir, mich zu schützen. Danach verließ ich für immer die sogenannte gute Gesellschaft. Ilse und Clara konnten nicht entkommen.«

»Sie sind doch nicht hier, um die alten Geschichten aufzuwärmen«, sagte von Bernegold.

»Einige Wochen später fand man Ilses Kleidung sorgfältig zusammengelegt am Ufer des fast zugefrorenen Waldteiches. Zwischen ihrer Kleidung lag ein Abschiedsbrief. Darin stand, dass sie auf der Jagdgesellschaft mehrere Männer vergewaltigt hatten und sie nun schwanger war. Sie hat ihre Schande ertränkt. Sie hat ihre Verzweiflung ertränkt. Als es taute, suchte die Polizei nach ihrer Leiche. Man fand sie in einen Mantel gehüllt, mit schweren Steinen in den Taschen.«

»Worauf wollen Sie hinaus?«, fragte von Bernegold misstrauisch. »Die Polizei stellte ein paar Fragen, aber es gab keine Untersuchung, keine Beweise«, ergänzte er. »Und in dem Brief standen keine Namen. Vielleicht hatte sie sich alles ausgedacht.«

»Sie hatten gute Kontakte zur Polizei. Deshalb wurde niemand zur Rechenschaft gezogen. Und wer interessierte sich schon für das, was eines von Tausenden Flüchtlingsmädchen erzählte, eines ohne Angehörige, ohne Familie. Nun zu Clara. Auf der Jagdgesellschaft fielen mehrere Männer auch über sie her. Sie hat sich die Namen aufgeschrieben. Ihr Name steht auch auf der Liste. Ganz oben, an erster Stelle. Ich habe eine Kopie der Liste.«

»Clara war plötzlich verschwunden.«

»Ja, sie war schwanger. In diesem elenden Dorf wollte sie nicht bleiben. Sie lebt mit ihrer Tochter in Süddeutschland.«

»Was wollen Sie?«

»Auf der letzten Jagdgesellschaft hat Ihr Sohn Friedrich Marie vergewaltigt. Ihr anderer Sohn hielt das Mädchen fest. Marie ist schwanger.«

»Dieses Flittchen ist ganz sicher nicht von meinem Sohn schwanger!«

»Die unschuldige Marie ist von Friedrich schwanger.«

Von Bernegold sprang auf. »Sie lügt! Die Tochter meines Knechts will einen reichen Mann. Das ist ein durchsichtiges Manöver!«

»Aus dem dunklen Schoß des Gutshofes sind viele schlimme Dinge hervorgekrochen. Unter dem Deckmantel der Jagdgesellschaft haben Sie Vergnügungen für die Herren organisiert und das Äußerste zugelassen, sogar unterstützt. Sie und die Männer haben viel Leid über Mädchen und junge Frauen gebracht. Aber jetzt ist Schluss! Schluss mit diesem kriminellen Gestrüpp. Eigentlich müsste Marie eine Strafanzeige stellen. Sie werden mit Ihrem Sohn reden.«

»Der wird schon nicht so dumm gewesen sein. Selbst wenn, die Vaterschaft muss bewiesen werden.« Von Bernegold setzte sich wieder und zündete sich eine neue Zigarette an.

»Sie werden dafür sorgen, dass Marie und Friedrich heiraten.«

Von Bernegold lachte auf.

»Beide sind noch nicht volljährig. Sie werden noch vor Ostern heiraten, damit Maries Bauch nicht so auffällt«, fuhr Lilly fort.

»Und wenn nicht, dann werden Sie die angebliche Liste mit den Namen der damals beteiligten Männer an die Öffentlichkeit geben.«

»Die Liste existiert.«

»Das würden Sie also tun?«

Lilly schwieg.

»Es geht das Gerücht um, dass Hanna kurz vor dem Brand beim Jagdhaus gesehen wurde. Ich frage mich, ob sie dort Feuer gelegt hat. Und ob Ihre künftige Schwiegertochter ihre Schwester rächen wollte«, sagte von Bernegold und sah Lilly forschend an.

»Das ist ein Gerücht, wie Sie selbst sagen. Wahrscheinlich hat ein Vagabund im Stall ein Feuer gemacht, das er nicht mehr unter Kontrolle gebracht hat.«

»Sie meinen also, ich soll die Sache nicht verfolgen? Sie gehen zu weit.«

»Jahrzehnte sind Sie selbst zu weit gegangen! Und Ihre Söhne setzen Ihr Verhalten jetzt fort.«

»Ich lasse mich von Ihnen nicht erpressen.«

»Ich habe Ihnen nur einen Rat gegeben.« Lilly nahm ihre Handtasche und erhob sich.

Von Bernegold stand ebenfalls auf, die Lippen aufeinandergepresst.

»Noch etwas«, sagte Lilly. »Reden Sie mit dem Lehrer über Jan. Der Junge wird auch deshalb so schlecht behandelt, weil Sie von der Mutter zurückgewiesen werden.«

»Was habe ich mit dem Lehrer zu tun? Die Mutter ist völlig überfordert. Der Bengel hat gestohlen und sitzt im Erziehungsheim. Der Vormundschaftsrichter rief mich an, bevor er seine Entscheidung traf«, sagte von Bernegold. Er ging einen Schritt auf Lilly zu, näherte sich ihrem Gesicht. »Meinen Sie, hier geschieht irgendetwas, von dem ich nichts weiß? Irgendetwas gegen meinen Willen?«, flüsterte er.

»Jan hat das Moped nicht gestohlen. Sagen Sie das Ihrem Richterfreund.«

Von Bernegold schwieg.

»Ich habe Sie auf das eine oder andere aufmerksam gemacht. Entscheiden müssen Sie selbst«, schob Lilly nach.

Von Bernegold drückte seine Zigarette im Aschenbecher aus.

Vor der Tür drehte Lilly sich noch einmal um. »Sie haben mir genau zugehört und mein Wissen mit Ihrem vergleichen. Wir wissen beide, dass ich längst nicht alles gesagt habe«, sagte sie, öffnete die Tür und ging.

55 In Freiheit

Am Tag bevor die Osterferien begannen kam Jan nach mehr als einem Monat im Heim nach Hause. Noch am selben Abend gingen Petra und ihre Mutter zu Hilde. Jan wartete bereits im Flur auf Petra. Sie umarmten sich und hielten sich ganz fest, als wollten sie sich nie mehr loslassen.

Der Tisch war für fünf Personen gedeckt.

»Es fehlen die Teller für Robert und Hanna«, sagte Jan.

»Erst einmal essen wir. Dann erzählen wir dir alles in Ruhe«, sagte Lilly.

Nach und nach erfuhr Jan, wie es zu der Heimeinweisung gekommen war. Er hörte von Erpressung und Verrat und fragte viel nach.

Jan hatte sich verändert, das spürte Petra, das spürten alle. Er war schweigsamer, nachdenklicher, weniger impulsiv, wirkte stärker als zuvor, innerlich und äußerlich. Er hörte ruhig zu. War er wütend, so ließ er es sich nicht anmerken. Er kontrollierte seine Wut.

Fragten sie ihn, wie es ihm ergangen war, wich er aus. Er sagte nur: »Es ist gut, wenn man stark ist und Freunde hat.« Er wandte sich an Petras Mutter. »Dort habe ich Peter und Matze kennengelernt. Wir sind Freunde geworden. Ich weiß, Frau Schaper, dass es Geld kostet, aber kann der Anwalt nicht auch den beiden helfen, aus dem Heim herauszukommen?«

Christa Schaper lächelte. »Ich werde mit ihm sprechen. Wir finden eine Lösung.«

Petra erzählte Jan, dass sie alles, was Herr Richter im Unter-

richt durchgenommen hatte, mit ihm in den Ferien nach-
arbeiten würde.

Jan lächelte sie an und nickte.

Gleich am nächsten Tag ging Jan zu Petra. Er schenkte ihr
eine Goldkette mit einem Schmetterling als Anhänger. Auf
jedem Flügelchen war ein kleiner tiefroter Rubin eingelassen.

»Ich war zu deinem Geburtstag nicht da«, sagte Jan. Die
Kette hatte er noch im Februar gekauft, kurz vor Petras elftem
Geburtstag. Seine Mutter war mit ihm extra in die Kreisstadt
gefahren.

Petra legte die Kette um ihren Hals. »Ich werde sie immer
tragen«, sagte sie. »Danke.« Sie umarmte ihn fest.

Wenn sie nicht lernten, saßen sie gemeinsam auf einer
Bank, die vor einem Geräteschuppen auf einer großen Wiese
stand. Die alte Ziegelei und der Hochsitz riefen in Petra düstere Erinnerungen hervor und sie wollte sie nicht mehr betreten. Die Wiese lag am Dorfrand zwischen dem Tonkuhleteich und dem Wald und war von Hecken und Büschen
umgeben. Dort erzählte Jan von Matze und Peter und dass
sie Blutsbrüder waren. »Du wirst sie kennenlernen«, sagte
er. Er sprach von Lehrer Engelmann und dass der Unterricht
bei ihm richtig Spaß gemacht hatte.

»Was tust du, wenn du Bernd und Robert siehst?«, fragte
Petra.

Jan zuckte die Schultern.

Doch Petra ahnte, dass er das längst entschieden hatte.

56 Brandmal um Brandmal

Ein paar Tage später verließ Jan nach Einbruch der Dunkelheit das Haus und ging zu Bernd. Er klingelte und Jörg öffnete die Tür.

»Toll, dass du wieder da bist«, sagte Jörg.

»Hol mal Bernd.«

Jörg lief ins Haus und kam kurz danach zurück. »Es geht ihm schlecht. Er will zu Hause bleiben.«

»Sag ihm, ich warte.« Jan stellte sich in den Hausflur.

»Was ist hier los?«, rief Bernds Vater aus dem Wohnzimmer.

Jan ging hinein, grüßte freundlich und sagte, er wolle zu Bernd.

Bernd kam langsam aus der Küche. Ihm drehte sich tatsächlich der Magen um, als er hörte, dass Jan auf ihn wartete.

»Zum Bolzplatz. Wie das letzte Mal«, sagte Jan.

»Und wenn ich mich weigere?«

»Zum Bolzplatz.«

Nachdem Bernd von Jans Rückkehr aus dem Heim gehört hatte, nistete sich bei ihm eine tiefe Angst ein. Früher oder später würde sich Jan an ihm rächen. Als er ihn nun vor sich sah, erschrak er. Jan schien gewachsen zu sein und wirkte, als bestünde er nur noch aus erbarmungsloser Härte. Bernd bekam weiche Knie. Hatte er übertrieben mit dem angeblichen Moped-Diebstahl, mit den falschen Anschuldigungen, mit der Erpressung von Robert? Aber sein Neid gegen Jan war so tief und fest in ihm verwurzelt, dass er ihm schaden, ihn aus der Schule und dem Dorf heraushaben, von Petra weghaben wollte, ja, vor allem von ihr, denn er selbst fiel gleichsam in ein quälendes Fieber, als er das erste Mal nachts von ihr träumte, und noch mehr, als sich die Träume auch in den Tag schlichen und es ihm ins Herz schnitt, wenn Jan und Petra miteinander lachten, sie vom ersten Tag an nur Augen für Jan hatte, auf dem Bolzplatz, als sie kam, aber ihn nicht beachtete, schlimmer noch, gar nicht wahrgenommen hatte. Und so hatte er gehofft, Petra würde ihn sehen, wenn Jan endlich verschwunden war, aus der Schule, aus dem Dorf, am besten für immer. Und es war ihm gelungen, dass Jan wegkam, wenigstens für kurze Zeit, aber Petra hatte ihn trotzdem nicht gesehen, nicht angesehen, seine vorsichtigen Blicke nicht beachtet, seine Zuneigung nicht wahrgenommen, und wenn sie ihn dennoch manchmal ansah, dann zutiefst misstrauisch, und er ahnte, dass sie ihn verdächtigte, er könne etwas mit Jans Heimeinweisung zu tun haben. Jetzt war Jan wieder zurück und Petra würde nur Augen für ihn haben. Bernd wusste, dass sein Versuch, Jan verschwinden zu lassen, gescheitert war. Er ließ seine Schultern hängen und ging mit Jan mit.

»Schlaf nicht ein«, flüsterte Jan. Er boxte Bernd gegen den rechten Oberarm. »Los!«

Bernd ging schneller.

Jan leuchtete mit einer Taschenlampe in die Ecke, hinten am Geländer. »Stell dich da hin.«

Bernd leistete keinen Widerstand. Jan holte unter seiner Jacke ein Seil hervor, fesselte Bernds Arme ans Geländer und band seine Beine zusammen. »Du Arsch, bist zu feige, dich zu wehren, scheißt dir schon jetzt in die Hose, obwohl ich noch nicht angefangen habe.«

»Wenn du so weitermachst, kommst du wieder ins Heim.«

Jan verpasste Bernd eine Ohrfeige und steckte ihm ein altes

Tuch in den Mund. »Das kennst du ja, ›Auge um Auge, Zahn um Zahn‹. Aber das geht noch weiter. ›Brandmal um Brandmal‹.«

Bernd schüttelte den Kopf, stieß Laute aus, keine wirklichen Worte.

Jan zündete sich eine Zigarette an. »Was ist schlimmer als ein Feind?«, fragte er. »Der Verräter. Ein Verräterschwein wie du. Meinst du, ich habe nicht gemerkt, wie du Petra angestarrt hast?« Jan zog an seiner Zigarette. »Vertraut habe ich dir schon lange nicht mehr. Zu oft hast du mit Christian zusammengestanden. Aber ich konnte mir nicht vorstellen, dass du so ein Schwein bist und mir einen Moped-Diebstahl in die Schuhe schiebst.« Er leuchtete mit der Taschenlampe in Bernds Gesicht. Der wandte den Kopf ab. »Weißt du, im Heim war es scheiße, richtig scheiße.« Jan blies Bernd Rauch ins Gesicht.

Bernd weinte.

»Du Memme, flennst, obwohl ich noch nicht angefangen habe. Hast Angst. Das ist gut. Du kannst nur aus dem Hinterhalt handeln, aber bist zu feige für den direkten Kampf.« Er boxte Bernd in den Bauch. »Du könntest natürlich sagen, dass ich dich losbinden soll und wir Mann gegen Mann kämpfen. Aber du feiges Schwein würdest wegrennen.« Er boxte Bernd erneut in den Bauch. »Brandmal um Brandmal, habe ich gesagt. Ich ziehe dir jetzt die Hose runter.«

Bernd schüttelte den Kopf.

»Wenn es hier Wölfe gäbe oder wilde Hunde, ich würde sie vor dich stellen, damit sie deine Eingeweide rausreißen und du noch Monate, Jahre an meine Rache denkst.« Jan zündete sich eine neue Zigarette an und kam mit ihr nah an Bernds Oberschenkel heran.

»Brandmal um Brandmal«, sagte Jan.

Bernds Augen weiteten sich vor Angst und Entsetzen. Er schüttelte wimmernd den Kopf.

Jan hielt die Zigarette immer noch auf Abstand und betrachtete Bernd. »Du hast Angst, richtig Angst. Das ist gut.« Er nahm seine Zigarette weg und drückte sie auf dem Boden aus. »Du hast Glück, dass mir heute deine Angst reicht. Und dass du weißt, dass ich dich immer zu fassen kriege, wenn ich will.« Er band Bernd los. Der sackte zusammen.

Jan steckte das Seil unter seine Jacke und verließ den Bolzplatz.

57 *Wunde um Wunde*

Am Ostersonntag tranken Hilde und Jan bei Lilly Kaffee. Robert, der mit Hanna und seinen Motorradfreunden auf einer Spritztour war, kam früher heim als erwartet. In Motorradkleidung und mit dem Helm in der Hand stand er im Wohnzimmer. Das Gespräch verstummte.

»Du bist schon zurück?«, fragte Lilly.

»Ja, und Hanna habe ich zu Hause abgesetzt«, antwortete Robert.

»Lass uns gehen, Jan.« Hilde stand auf.

»Geht nicht, bitte. Wir sind doch eine Familie«, bat Robert.

»Nicht mehr«, sagte Hilde.

»Ich möchte euch alles erklären.«

»Erklären? Was du getan hast, kannst du nie wiedergutmachen. Ich möchte deine Ausreden nicht hören. Wir gehen«, entschied Hilde.

»Mutter, lass mich kurz mit Robert reden«, sagte Jan.

Sie gingen in die Küche.

Nichts hatte Jan so sehr verletzt wie Roberts Verhalten. Bisher hatte er alles, was ihn bewegte, Robert erzählt, hatte sich von ihm beschützt gefühlt, war voll Vertrauen gewesen. Und dann dieser Verrat! Roberts Beteuerungen, er sei sein Bruder, waren nur leere Worte gewesen.

»Es tut mir so leid«, begann Robert. »Bernd hat mich erpresst.«

»Du hast immer gesagt, du bist mein Bruder.«

»Ich hätte mit dir reden sollen, auch mit meiner Mutter. Wir hätten eine Lösung gefunden. Es war mein Fehler.«

Jan schwieg.

»Wir sind doch eine Familie, Jan.« Roberts Stimme wurde flehender.

»Du hast mir oft geholfen, mich beschützt. Aber als du wie ein echter Bruder sein solltest, hast du mich für Hanna geopfert.«

Robert hielt Jan die Zigarettenpackung hin. Jan schüttelte den Kopf. Robert zündete sich eine Zigarette an.

»Du hast mit deinem Anruf bei der Fürsorge dafür gesorgt, dass ich ins Heim komme. Ausgerechnet du! Warum?«

Robert fragte sich, ob er Jan seine Eifersucht auf die Liebe seiner Mutter gestehen sollte. ›Meine Mutter hat dich lieber als mich‹, lag ihm auf der Zunge. Aber er konnte es nicht aussprechen.

»Ich habe dir vertraut. Nie hätte ich dich so verraten wie du mich«, sagte Jan. »Und das weißt du.«

»Von Bernegold hatte auch seine Finger im Spiel.«

»Der wollte meiner Mutter schaden.« Jan sah Robert an. »Es ist eigentlich auch egal, warum du das getan hast, denn es ist zu spät. Im Heim habe ich zwei neue Freunde gefunden. Richtige, echte Freunde. Nie würden sie mich so verraten wie du. Und ich sie nicht. Ich kann dich nicht verprügeln, wie ich es mit dem anderen Verräter getan habe. Aber du kennst den Bibelspruch: ›Auge um Auge, Zahn und Zahn.‹ Am Ende heißt es ›Wunde um Wunde‹. Im Heim war es schlimm. Aber noch schlimmer ist, wie du dich verhalten hast.«

»Es tut mir wirklich leid, Jan.«

Jan schüttelte die Hand ab, die Robert auf seine Schulter gelegt hatte, und sagte: »Wunde um Wunde. Und ich sage dir, wie ich dich verletzen werde, weil ich weiß, dass es dich treffen wird: Ich werde nie wieder mit dir reden. Wenn wir in einem Raum sind, werde ich rausgehen. Keiner wird deinen Namen in meiner Gegenwart aussprechen. Ich werde deinen

Namen nicht wieder nennen. Du bist nicht mehr mein Bruder.« Er drehte sich um und ging.

58 Frühling

Milde Frühlingsluft wehte durch Hagenfelde. Sie trug den Duft der erwachenden Natur mit sich. Der Schnee schmolz. Wasser tropfte von den Dächern, der Mühlbach brach auf und schwemmte fröhlich murmelnd das Eis fort. Die Zweige der Bäume und Sträucher reckten und streckten sich der Sonne entgegen. Die Amseln zwitscherten ihr Frühlingsglück hinaus. Natur und Menschen lösten sich nach dem langen Winter aus der Erstarrung. Sehnsüchtig öffneten sich die Herzen der Männer und Frauen, gefüllt mit alten und neuen Träumen. Die Hagenfelder verstauten ihre dicken Wintermäntel in den Schränken, holten die leichte Kleidung heraus, traten vor die Türen und ließen sich von der Sonne wärmen.

Jeden Tag in den Osterferien lernte Jan mit Petra. Unermüdlich gingen sie die Schulbücher durch und Jan holte gewissenhaft die Hausaufgaben nach. Es war nicht nur, dass die Hoffnung auf gute Noten ihn beflügelte, sondern auch, dass er Zeit mit Petra verbringen konnte. Beim Lernen berührten sich manchmal ihre Hände. Sie zogen sie sofort voneinander weg und lachten verlegen. Doch wenige Augenblicke später spielten sie wieder dasselbe Spiel. Oft übten sie bei Tante Lilly und wechselten zu Jan, sobald Robert von der Arbeit kam.

Wenn sie bei Schapers lernten, brachte Frau Schaper sie auf den neusten Stand darüber, was der Anwalt für Matze und Peter unternahm. Die Situation bei beiden sei schwierig. Peters Mutter wollte ihn nicht bei sich zu Hause haben. Und auch Matzes Onkel lehnte es ab, dass der Junge zu ihm zog.

Frau Schaper war sicher, ihr Mann würde in der Ziegelei Lehrstellen für die beiden finden. Mit einer Lehre würde sich die Lage für sie erheblich verbessern.

Nach den Ferien saß Jan in der Schule wieder neben Bernd. Sie vermieden es, miteinander zu reden. Den Lehrer zu bitten, sie auseinanderzusetzen, war unmöglich. Herr Richter ging mit keinem Wort auf Jans Fehlen ein. Er verschonte ihn zwar mit Spott und Schlägen. Doch wenn Jan seine Leistungen mit denen der anderen verglich, stellte er fest, dass der Lehrer sie nach wie vor schlechter benotete.

Jans Heimeinweisung hatte Karl Richter in seiner Meinung bestätigt, dass der Junge kriminell, wild und verwahrlost war. Doch seit dem Besuch von Frau Schaper lastete ein Druck auf ihm. Es kam ihm vor, als stünde er unter ständiger Beobachtung. Nein, er stand tatsächlich unter Beobachtung! Hatten sich die Blicke der Schüler auf ihn verändert? Lag in ihnen ein unbekanntes Hinterfragen seiner Autorität? Karl Richter versuchte, seine Gesten, seinen Gang und seine Haltung zu kontrollieren, den Kopf erhoben und den Körper aufrecht zu halten. Doch Körper und Seele empfanden dies als Gewalt und sträubten sich. Es gelang Karl Richter nicht, sein eigener Aufseher zu sein. Wenn seine innere Anspannung zu groß wurde, schleuderte er ein Schulheft beiseite, zerbrach einen Bleistift und war kurz davor, den Stock aus der Ecke zu holen. Er haderte mit sich und sah in Jan die Ursache allen Übels.

Ende April sollte das Hagenfelder Feuerwehrfest stattfinden. Am Tag zuvor würden, wie es üblich war, Jugendmannschaften der umliegenden Dörfer ein Fußballturnier austragen. Ebis Onkel Paul Tegtmeier trainierte daher die Hagenfelder Jugend zweimal in der Woche.

Jan und die anderen Jungen, zu denen auch Christian und seine Freunde gehörten, trainierten hart. Sie traten sich gegen die Schienbeine, rammten sich die Ellenbogen in die Rippen, schubsten sich zu Boden, schrien, feuerten sich an und beschimpften sich. Ebis Onkel teilte Jan und Christian derselben Übungsmannschaft zu, denn ihre gegenseitige Abneigung und ihre häufigen Prügeleien waren bekannt. Daher ließ er sie nicht in gegnerischen Aufstellungen spielen. Trotzdem traten sie sich, rempelten sich rüde an und stellten sich ein Bein.

An einem dieser Nachmittage, an dem es für die Jahreszeit zu warm war, verdunkelte sich der Himmel. Spieler und Trainer blickten besorgt nach oben. Der Trainer sagte, es werde nur einen Platzregen geben, sie sollten weiterspielen, denn sie seien nicht aus Zucker. In der dumpfen Wärme rannten die Jungen hinter dem Ball her. Die Sonne verschwand hinter den dunkelgrauen Wolken. Der Wind regte sich nicht mehr. Dann knallte es laut. Der Trainer brüllte: »Alle in Kolbes Scheune!« Als sie losrannten, fiel kalte Luft vom Himmel. Mit Blitz und Donner brachen binnen Sekunden Hagelkörner aus den Wolken. Rasend schnell bedeckten sie Häuser, Straßen, Gärten, Wiesen, Felder. Dann folgte Regen über Regen. Er drang in Keller und Ställe und verwandelte den Mühlbach innerhalb von Minuten in einen wilden Strom, der mit sich zerrte, was er zu fassen bekam.

Nach zwanzig Minuten war das Wüten der Natur vorüber.

Ebis Onkel schickte die Jungen aus der Scheune hinaus. Christian stellte Jan in einem vom Trainer unbeobachteten Moment ein Bein und schubste ihn zu Boden. Nach kurzem Kampf gewann Jan die Oberhand, riss Christians Kopf mit einem harten Griff in die Haare hoch und wollte gerade zuschlagen, als der Trainer pfiff. Die beiden ließen voneinander ab.

Nach ein paar Tagen Dauerregen öffnete sich der Himmel und herrliches Blau kam zum Vorschein. Das Hochwasser zog sich langsam zurück, der Mühlbach sang friedlich sein Lied, und der Frühling zeigte sich immer öfter von seiner schönen Seite. Die Sonne strahlte, als wollte sie die Menschen nach dem Unwetter wieder mit der Natur versöhnen.

Viele Hagenfelder brachten ihre Gärten und Höfe für das Feuerwehrfest auf Vordermann. Es war mit einem Umzug der Feuerwehrmänner durch das Dorf verbunden. Und jedes Jahr war ein Feuerwehrzug aus einem Nachbardorf eingeladen. Daher wollten die Hagenfelder, dass Häuser und Grundstücke blitzten. Sie jäteten Unkraut, beschnitten Sträucher, besserten Zäune aus und strichen sie, putzten Fenster, wuschen Gardinen und stellten mit prachtvollen Blumen gefüllte Kästen in die Fensterbänke. Die Dorfbewohner schmückten die Straßen und banden frisch sprießende Zweige an die Laternenpfähle. Bunte Girlanden, von einem Laternenpfahl zum nächsten gezogen, überwanden Zäune und Grundstücksgrenzen.

Die Frauen durchforsteten die Kleiderschränke, besserten aus, kürzten oder verlängerten Hosen, Röcke, Jacken, holten sich Hilfe von der Schneiderin oder fuhren in die Kreisstadt, wenn neue Kleidung erforderlich war.

Das Feuerwehrfest war der alljährliche Höhepunkt des gesellschaftlichen Dorflebens. Statt zu beten, schwelgten die Hagenfelder in süßen Träumen. Lustvoll überlegten die Frauen, wie tief der Ausschnitt der Bluse oder des Kleides sein durfte. Sie schmückten sich, als suchten sie neue Ehemänner. Die Männer, auf Freiersfüßen gleich, zogen die Bäuche ein und stutzten ihre Bärte. Die Menschen lauschten den Stimmen ihrer Herzen, und es schien, als knistere und flackere es in der Luft.

59 *Entfesselt*

Es war Freitag, der Tag vor dem Feuerwehrfest. Die Schüler hatten keine Lust, den Vormittag im Klassenraum zu verbringen. Sogar Max schloss sich dieser Stimmung an. Herr Richter zielte mit kleinen Kreidestückchen auf Schüler, die herumalberten. Die Kinder beruhigten sich nicht. Er schlug mit dem Stock auf den Tisch. Es half nichts.

Um etwas an die Tafel zu schreiben, kehrte er der Klasse den Rücken zu. Plötzlich traf ihn eine Stück Kreide am Kopf.

Es war sofort still.

Herr Richter strich sich mit der Hand über den Hinterkopf. Langsam wandte er sich zu den Schülern um. Er hob das Kreidestück vom Boden auf, drehte es in der Hand und besah es sich lange. Sehr lange.

»Wer war das?« Seine Augen wanderten durch den Klassenraum. Erneut betrachtete er das Kreidestück, drehte es langsam nach allen Seiten, als könnte es die Spuren des Täters verraten. Er legte es von der rechten in die linke Hand und umgekehrt.

»Ich warte«, sagte er.

Er begann ein stilles Verhör. Schweigend und mit lauerndem Blick schaute er die Schüler genau an, nacheinander, Reihe für Reihe, Schüler für Schüler, jeden einzelnen.

»Ist der Schuldige auch noch zu feige, für seine Tat einzustehen?«, fragte er laut.

Niemand meldete sich.

»Jan, komm her.«

»Ich war es nicht!« Jan rührte sich nicht.

»Sofort!«, schrie Herr Richter.

»Ich war es nicht!«

»Komm sofort hierher!«

Jan stand zögernd auf. Er versuchte, sich weder Angst noch Verzweiflung anmerken zu lassen. Herr Richter hatte ihn und andere Schüler seit einiger Zeit nicht mehr verprügelt. Nun wollte er wieder zuschlagen. Und er hatte sich erneut ihn ausgesucht. Hörte das nie auf?, fragte er sich.

Herr Richter holte selbst die Bank aus der Ecke und stellte sie vor der Klasse auf.

Jan ging langsam auf Herrn Richter zu. Er war gewachsen und jetzt ein kleines Stückchen größer als der Lehrer.

Der Lehrer griff zum Stock, fasste ihn am oberen Ende, ohne Jan aus den Augen zu lassen.

»Über die Bank. Gesicht zur Klasse.«

Jan legte sich über die Bank. Er sah seine Mitschüler nicht an.

»Das passiert, wenn ihr nicht gehorcht. Das passiert, wenn ihr ungehorsam seid. Ohne Züchtigung seid ihr Ausgestoßene. Du bist ein Ausgestoßener. Du brauchst Züchtigung.«

»Er war es nicht!«, rief Petra mit erhobener Hand.

»Wer dann?«, wollte Herr Richter wissen.

»Jan war es nicht«, wiederholte Petra.

»Entweder du sagst, wer es war, oder du hältst deinen Mund!«

»Es war Christian.«

»Die lügt!«, rief Christian.

»Das glaube ich auch«, meinte Herr Richter. »Du und Jan, ihr steckt zu oft die Köpfe zusammen«, sagte er zu Petra.

Herr Richter ließ sich Zeit. Er stellte sich seitlich zu Jan. »Vorfreude ist doch die schönste Freude.«

Die Luft war zum Zerreißen gespannt. Jeder im Raum schien den Atem anzuhalten, ihn zu verschlucken. Jan hielt die Stille kaum aus. Sie war erfüllt von schmerzhafter Ausweglosigkeit. Er legte seine Hände schützend über den Kopf, schloss die Augen, wartete regungslos. Er zweifelte an seiner Stärke.

Ein Zischen durchschnitt die Spannung. Herr Richter schwang den Stock. Er prügelte und prügelte auf Jans Hintern, den Rücken, die Schultern, die Arme, schlug auf jede Stelle, die er treffen konnte, jede Stelle, die er treffen wollte.

Jan gab keinen Laut von sich. Er biss die Zähne zusammen, wusste, dass er sein Gesicht im stummen Schrei verzerrte, aber es drang kein Ton nach außen.

Schweißperlen rannen Karl Richter von der Stirn in die Augen. Er legte eine Pause ein, nahm die Brille ab und wischte sich mit seinem Taschentuch langsam über das ganze Gesicht.

Jan wagte es nicht, sich zu bewegen.

»Du Lügner! Ich habe dich gefragt, ob du es warst, aber du hast es abgestritten. Du hast dich für die Strafe entschieden! Für den Schmerz!« In Ruhe zog der Lehrer seine Anzugjacke aus, hängte sie sorgfältig über den Stuhl und lockerte seine Krawatte. Er griff wieder zum Stock.

Eine Veränderung durchfuhr Karl Richter. Jan hörte es zuerst an dessen Atmen. Es war ein Schnaufen. Es kam jetzt aus dem Innersten, aus den tiefsten Tiefen. Es gab kein Halten mehr. Unkontrollierte Schläge. Schläge, angetrieben von Wut, Hass, Rache, Verzweiflung. Der Lehrer drosch auf Jan ein, als hinge sein eigenes Seelenheil von der Zahl und Stärke der Schläge ab, die er Jan verpasste.

Angst stieg in Jan auf. Die Angst verwandelte sich in eine ihm unbekannte Hitze. Er schwitzte. Das war nicht mehr das übliche, vertraute Bestrafungsritual, die übliche Gewalt, die er kannte, die er bisher immer gespürt und an die er sich gewöhnt hatte. In Herrn Richter war eine innere Hemmschwelle durchbrochen. Jans Angst schien den Lehrer anzufeuern. Als wollte Herr Richter ihn zerstören, auf eine andere, weitergehende Art als sonst. Als wollte er ihn vernichten.

Jan und Herr Richter spürten gegenseitig ihre Abgründe und Schlag um Schlag versanken sie tiefer darin.

»Hände runter!«

Der erste Schlag traf Jans Finger.

»Hände vom Kopf«, rief Herr Richter.

Jan reagierte nicht.

»Hände runter«, schrie der Lehrer mit rotem Gesicht und schlug wieder auf Jans Hände, die den Kopf schützten.

Da zerbrach in Jan die innere Hemmschwelle. Er sprang hoch. Ein Griff mit der rechten Hand an den Hals des Lehrers, den Daumen in die Kehle gedrückt, die linke Hand hart auf die Nase, die Brille hart auf die Augen gepresst, den Daumen immer tiefer in die Kehle drückend. Jan hörte ein leises Röcheln. Jans Ohnmacht schwand, ein Kontrollgefühl breitete sich aus, Angst wandelte sich in Kälte.

»Nicht auf den Kopf«, sagte Jan in die Stille des Klassenraums.

Der Lehrer sah Jans Bereitschaft, auf Leben und Tod zu kämpfen, und ließ den Stock fallen.

Langsam löste Jan seine Hände von ihm.

Das Gesicht von Herrn Richter war aschfahl.

Jan ging schweigend zu seinem Platz, nahm seine Schultasche und verließ den Klassenraum.

Karl Richter flüsterte: »Das wird ein Nachspiel haben.« Wie versteinert setzte er sich an seinen Tisch. Den Tränen nahe rief er: »Geht, geht!«

Stumm schlichen die Schüler aus dem Raum.

Jan lief nach Hause. Seine Mutter war noch nicht von der Arbeit zurück. Er war froh, allein zu sein. Stille umfing ihn. Sein Körper schmerzte. Am Nachmittag sollte das Fußballturnier stattfinden. Würde ihn vorher das Jugendamt abholen und wieder in ein Erziehungsheim stecken? Er zog die Vorhänge in seinem Zimmer zu, legte sich auf das Bett mit dem Gesicht zur Wand, den Kopf schützend in den Armen verborgen. Er verschloss sich und seinen Körper. Die Arme bedeckten die Ohren, damit kein Laut in sein Innerstes dringen konnte. Er schloss die Augen, Tränen brachen nicht durch. Er sank immer weiter hinab in die endlosen Tiefen von Einsamkeit, Angst und Entsetzen. Er trieb im Meer des Schmerzes.

Irgendwann klingelte es stürmisch an der Haustür. Sollte er öffnen? Musste er sich so schnell der Polizei und Franz und Dr. Heckmann stellen? Schwer stand er auf und ging zur Tür. Es war Tante Lilly. Sie sah ihn bestürzt an und kam herein. Sie setzte sich mit ihm aufs Sofa im Wohnzimmer, wiegte ihn in ihren Armen, und alle Schleusen der Verzweiflung öffneten sich, und er weinte und weinte, und er redete und redete, und Tante Lilly tröstete ihn, wie eine Mutter, so wie sie ihn schon als Baby getröstet hatte.

Als seine Tränen versiegten, sagte sie, dass sie sich ernsthaft um ihn sorge. Jan nickte nur, ging ins Bad, kühlte sein Gesicht und wusch die Tränenspuren fort.

Es klingelte wieder. Ebi fragte, wie es Jan ginge und ob er Fußball spielen könne. Tante Lilly schüttelte den Kopf.

Jan fragte: »Christian hat die Kreide geworfen, wie Petra gesagt hat, oder?«

»Ich habe gesehen, wie Christian geworfen hat. Petra konnte es von ihrem Platz besser sehen«, sagte Ebi.

»Warum hast du nicht auch gesagt, dass ich es nicht war?«, fragte Jan.

»Ich hatte Angst«, antwortete Ebi. »Der Richter ist mir unheimlich beim Schlagen. Es tut mir leid.«

»Willst du Fußball spielen? Kannst du überhaupt spielen?«, fragte Tante Lilly Jan.

Der lachte ein halbes Lachen. »Ich zieh mich um. Dann gehen wir, bevor die Fürsorge mich holt.«

Karl Richter schämte sich, dass ein Schüler jeglichen Respekt verloren und ihn in eine solche Lage versetzt hatte. Wie sollte er sich wieder vor die Klasse stellen? Wie sollte er den Dorfbewohnern selbstbewusst in die Augen schauen? Wie hatte es zu dieser Situation kommen können? Jan war rebellisch, hochfahrend und ließ sich nicht erziehen. Karl Richter beschlich ein leises Unbehagen. Er hatte sich nicht mehr im Griff gehabt, das hatte er wohl gespürt. Aber erst zu spät. Er hatte die Kontrolle verloren und instinktiv zugeschlagen. Jans Angst befeuerte ihn. Wie berauscht war er von der Wirkung, die die Schläge bei dem Jungen auslösten. Ein grenzenloses Hochgefühl hatte ihn erfasst, mächtig war er gewesen, hatte gespürt, dass er Jan endlich kontrollierte. Ja, das war es. Mitgerissen von seiner Macht hatte er zugeschlagen.

Karl Richter hatte den flüchtigen Gedanken, dass sein Zorn und seine Wut auf Jan etwas mit ihm selbst zu tun haben könnten. Aber der Gedanke verschwand so schnell, wie er gekommen war. Vielleicht verscheuchte er ihn auch, denn Jan war so hilflos, wie er selbst einst unter den Schlägen seines Vaters gewesen war. Je mehr er Jan schlug, desto mehr öffneten sich die Türen zu seinem Unbewussten, und er hörte das Echo seiner eigenen früheren Verzweiflung. Karl hatte sich nie wehren dürfen. Das war undenkbar gewesen. Dankbar musste er für die Schläge sein. Sie wären Ausdruck der Liebe des Vaters zum Sohn. Doch immer sei er undankbar. Hieß es nicht in der Heiligen Schrift, bei den Hebräern, Kapitel zwölf:

»Wo ist ein Sohn, den der Vater nicht züchtigt? Seid ihr aber ohne Züchtigung, welche sie alle erfahren haben, so seid ihr Ausgestoßene und nicht Kinder.« Hatte sein Vater ihm nicht durch Strenge gezeigt, dass er ihn liebte? Auf den Schmerz und die Hilflosigkeit reagierte Karl mit Wut, bis sein Vater auch diese niederschlug, bis er lernte, seinen Schmerz, seine Ohnmacht und seine Wut zu unterdrücken. Mit Demut. Mit Anpassung. Mit Unterwerfung. Mit immer mehr Gebeten. Doch Jan wehrte sich. Dadurch zog er Karls Wut und Hass auf sich, weil er ihm so zeigte, dass er selbst sich vielleicht auch hätte wehren können.

Als Martha Richter ihren Mann im Klassenraum vorfand, strich sie ihm über den Rücken und sagte, er möge mit in die Wohnung kommen. Das Essen sei fertig.

»Ja, Martha, ich komme. Ich habe Hunger. Großen Hunger.«

Nach dem Essen ging er zu von Bernegold.

60　Der Streit

Auf dem Bolzplatz und um ihn herum waren die Fußballer aus Hagenfelde und aus fünf Nachbardörfern versammelt, begleitet von ihren Trainern, Eltern, Geschwistern und Freunden. Lilly, Petra, Christians Eltern, Bernds Vater und Jörg, Ebis Eltern und von Bernegold waren unter den Zuschauern. Hilde war noch bei der Arbeit. Die Mannschaften spielten im K.-o.-Verfahren gegeneinander. Jedes Spiel dauerte zwanzig Minuten. Der Siegermannschaft winkten Freikarten für ein Bundesligaspiel.

Auf dem Acker neben dem Bolzplatz war bereits das große Festzelt für das Feuerwehrfest aufgebaut. Lieferwagen fuhren vor, Bierfässer wurden gerollt, Tische und Bänke ausgeladen und in das Zelt gebracht.

Petra winkte Jan zu.

Er lief zu ihr.

»Wie geht es dir?«, fragte sie.

»Ich werde spielen«, antwortete er. »Danke, dass du mir helfen wolltest.«

Petra nickte.

»Ich muss zur Mannschaft«, sagte Jan und lief zu den Spielern.

Petra schaute ihm nach. Das Grauen über den Vormittag in der Schule hatte sie noch fest im Griff. Die Schüler waren aus Angst vor Karl Richters Reaktion wie gelähmt gewesen. Selbst wenn der Lehrer Mädchen nicht schlagen durfte und es bisher nicht getan hatte, erfasste Petra am Vormittag dennoch die Angst vor einer Ohrfeige oder einer Kopfnuss.

Jan betrachtete die Spieler der Mannschaften. Manche waren jünger, manche älter als er. Er und Christian spielten in einer Mannschaft. Sie rempelten sich an, stießen gegeneinander. Einmal flüsterte Jan: »Ich kriege dich.«

»Du kannst mich mal«, gab Christian zurück.

Ebis Onkel feuerte seine Schützlinge an. Hagenfelde lag vorn. Die Jungs waren müde, aber sie kämpften. Jan ließ sich nicht anmerken, wie sehr sein Körper schmerzte.

Hagenfelde gewann das Turnier. Stolz gingen die Sieger vom Platz. Es gab Schulterklopfen, lobende Worte und strahlend hielt der Trainer den Gutschein für die Freikarten in die Höhe.

Jan ließ Christian nicht aus den Augen. Noch auf dem Platz, in dem Moment, als die Zuschauer langsam auseinandergingen und sich Christians Freunde und auch seine Eltern bereits von ihm entfernt hatten, sprang Jan an seine Seite.

»Was willst du?«, fragte Christian.

»Du sagst dem Richter, dass du die Kreide geworfen hast.«

»Bist du bescheuert?«

Ohne Vorwarnung packte Jan ihn bei den Haaren, bog seinen Arm nach hinten und nahm ihn in den Schwitzkasten. »Ich schleppe dich jetzt zum Lehrer, du feiges Schwein.«

Christian wimmerte.

Jan stieß ihn auf den Boden, trat ihm gegen die Oberschenkel und boxte ihn in die Rippen.

Christian rief um Hilfe.

Jan schlug weiter auf ihn ein.

Ein paar Neugierige umringten sie.

»Er ist dein Bruder! Willst du ihn umbringen?«, rief jemand. Es war von Bernegold. Er packte Jan und zog ihn von Christian weg.

Jan und die Zuschauer starrten den Gutsherrn an. Christian

stand auf, wischte sich Blut von der Nase und schaute von Bernegold ungläubig an.

»Was soll das heißen, ›dein Bruder‹?«, fragte Jan, nachdem er die Sprache wiedergefunden hatte.

»Ihr seid Brüder, ihr habt denselben Vater, nur verschiedene Mütter«, sagte von Bernegold leichthin.

»Sie lügen!«, rief Christian.

»Warum sollte ich? Frag deinen Vater. Und du, Jan, deine Mutter.«

61 Verwirrung

Als Jan nach Hause kam, stand seine Mutter in der Küche und bereitete das Abendessen vor.

»Schade, dass du nicht dabei warst und sehen konntest, wie wir die anderen Mannschaften besiegt haben«, sagte Jan. Er wusste noch nicht, wie er mit seiner Mutter darüber reden sollte, dass er jetzt seinen Vater kannte.

»Ich musste arbeiten, das weißt du. Aber ich habe gehört, dass du den Lehrer angegriffen hast.« Hilde schaute Jan scharf an. »Du entschuldigst dich bei Herrn Richter. Sofort!«

»Christian hat die Kreide geworfen, nicht ich. Ich habe dem Richter gesagt, dass ich es nicht war, aber er wollte mir nicht glauben.«

»Das ist mir egal!«, schrie seine Mutter. »Du hast ihn angegriffen! Du entschuldigst dich!«

»Ich habe mich gewehrt, als er mich mit dem Stock auf den Kopf geschlagen hat. Der wollte mich umbringen. Wäre dir das lieber?«

»Du entschuldigst dich! Sonst kommst du wieder ins Heim!«

»Dann gehe ich lieber ins Erziehungsheim, anstatt mich auch noch von dir ungerecht behandeln zu lassen. Was andere mit mir machen oder zu mir sagen, ist dir sowieso egal.« Jan machte eine Pause. »Oder ist dir lieber, ich gehe zu meinem Vater? Er wohnt um die Ecke. Vielleicht hilft der mir.«

Wie vom Blitz getroffen erschrak Hilde und gab ihrem Sohn eine schallende Ohrfeige. »Wovon redest du?«

Jan hielt sich die schmerzende Wange.

Eine Weile standen sich Mutter und Sohn reglos gegenüber. »Wie hast du es erfahren?«, fragte sie traurig in das Schweigen.

»Von Bernegold hat Christian und mir vorhin zugerufen, dass wir denselben Vater haben.«

Hilde bereute, dass sie Jan geschlagen hatte. Sie wollte ihn umarmen, aber fürchtete, er würde sie wegstoßen. Sie war verzweifelt, wollte ihn nicht verlieren. Doch Jans Dasein führte ihr auch tagtäglich vor Augen, dass sein Vater sie nicht geheiratet hatte. Und wie oft war sie erleichtert gewesen, dass sie Jan zu Lilly geben konnte. Und wenn sie ehrlich zu sich war, dann stellte sie fest, dass in ihrem Herzen mehr Platz für Jans Vater als für ihren Sohn war.

»Du kannst zu Hermann Kolbe gehen und ihm sagen, dass Christian sich bei dem Richter entschuldigen soll. Ich werde mich nicht entschuldigen!«, sagte Jan. »Und schlagen wirst du mich auch nicht mehr! Niemand wird mich mehr schlagen!« Er lief zur Haustür und knallte sie hinter sich zu.

Jan ging in sein Versteck bei der Mühle und zündete sich eine Zigarette an. Dass ihn seine Mutter schlug, kam sehr selten vor. Jan hatte gespürt, dass sie die Ohrfeige bereute. Aber niemand würde ihn jemals wieder schlagen, niemand! Wer ihm mit Gewalt begegnete, dem würde er mit Gewalt antworten. Die anderen würden von jetzt an leiden, nicht mehr er. Ein Vogel stieß einen Schrei aus. Dann hörte er nur noch das Plätschern des Mühlbachs und seine Gedanken schienen wie das Wasser zu fließen. Hermann Kolbe war also sein Vater. Undenkbar, ihn mit »Vater« anzureden. Und ausgerechnet Christian war sein Halbbruder. Sollte er nun ihm gegenüber sein Verhalten ändern, freundlich sein?

In die vage Zufriedenheit zu wissen, wer sein Vater war, mischten sich Zweifel und Enttäuschung. Wie hatte Hermann Kolbe damit leben können, ihn, seinen Sohn, die ganzen

Jahre wie einen Fremden zu behandeln? Und wie sollte es weitergehen? Musste er ihn jetzt treffen? Würde Kolbe ihn und seine Mutter zu Hause besuchen? Fragen über Fragen stürzten auf Jan ein. Es war im Grunde nur eine gedankliche Suche gewesen, die keine tatsächliche Verwirklichung erwartet hatte. Er hatte einen Vater nicht wirklich vermisst, nur in der Vorstellung, nur weil alle einen Vater hatten und er nicht.

Er zündete sich eine weitere Zigarette an, dachte an Herrn Richter, an den Moment, in dem er beim Lehrer Angst gespürt und sich dadurch mächtig gefühlt hatte. Das war ein kleiner Sieg nach unzähligen Demütigungen.

Er dachte an seine Blutsbrüder Peter und Matze. Sie hatten sich Hilfe geschworen. Und Lehrer Engelmann hatte gesagt, er könne sich jederzeit an ihn wenden.

Jan kletterte aus seinem Versteck, die Dämmerung war bereits angebrochen.

Er ging zur Telefonzelle und rief Herrn Engelmann an.

Danach machte er sich auf zu Holzenbecks.

Frau Holzenbeck öffnete die Tür. In der Diele stand der Müllermeister, groß und mächtig. »Junge, komm und iss mit uns.«

Das Ehepaar hatte bereits gegessen, Wurst, Käse, Brot und Butter standen noch auf dem Tisch.

»Greif zu«, sagte der Müllermeister und nahm sich selbst eine Scheibe Brot, obwohl er eigentlich satt war. Er wollte Jan zum Essen ermuntern. »Wir haben von eurem Sieg beim Fußball gehört, gratuliere«, sagte er und steckte sich ein Stück Brot mit einer Scheibe Wurst in den Mund.

Jan nickte. Er überlegte, wie er über Herrn Richter und Hermann Kolbe sprechen sollte.

Doch der Müllermeister und seine Frau waren bereits über alles informiert. Sie lenkten das Gespräch vorsichtig und mit viel liebevoller Zuneigung auf die Ereignisse, die ihren Schützling bewegten.

So öffnete Jan die Kammern seines Herzens und erzählte, was in der Schule und nach dem Fußballturnier geschehen war.

Otto und Gertrud Holzenbeck hörten Jan schweigend zu, bis er sich ausgesprochen hatte.

»Irgendwann stürzt jedes Lügengebäude ein, irgendwann kommt alles an den Tag«, meinte der Müllermeister.

»Wir finden eine Möglichkeit, dir zu helfen«, sagte Frau Holzenbeck.

»Weißt du, Frau, ich habe mit Hermann sowieso noch einiges zu besprechen. Das mache ich am besten heute. Morgen auf dem Feuerwehrfest fließt zu viel Alkohol. Aber dich, mein Junge, liefere ich vorher bei deiner Mutter ab. Damit es kein Donnerwetter gibt.«

62 *Vorbereitungen*

Hilde betrachtete sich im Spiegel. Ihre Augen und Lippen hatte sie dezent geschminkt. Sie trug ein dunkelgrünes Kleid mit tiefem Ausschnitt und eine weiße Perlenkette. Ein schwarzes Samttuch lag über ihren Schultern und bedeckte das Dekolleté. Ihre hochgesteckten weißblonden Haare lenkten den Blick nicht nur auf ihren schlanken, wohlgeformten Hals, sondern auch auf die Perlenohrringe. Die Perlen hingen an einem goldenen Ohrhänger und schwangen bei jeder Kopfbewegung leicht hin und her. Erstmals trug sie Ohrringe. Sie wollte sich nicht mehr an die Ge- und Verbote halten, die ihr Leben in Hagenfelde bestimmten.

Noch gestern Abend hatte sie sich mit Jan ausgesprochen. Sie hatte ihre Ohrfeige bedauert und in Ruhe zugehört, was er ihr über die Gewalt des Lehrers erzählte. Danach bestand sie nicht mehr darauf, dass er sich bei ihm entschuldigte. Allerdings sorgten sich beide um mögliche Folgen des Vorfalls.

»Bevor wir morgen Abend auf das Fest gehen, möchte ich dir noch etwas erzählen. Es geht um deinen Vater«, hatte sie gesagt. »Nach dem Tod meiner Mutter musste ich die Schule abbrechen und arbeiten, das weißt du. Ab und zu half ich auf dem Hof von Kolbes. Dort lernte ich Hermann kennen, auch das weißt du. Er sollte die vermögende Bauerntochter Elisabeth heiraten und nicht ein mittelloses Flüchtlingsmädchen wie mich. Wir trafen uns trotz seiner Heirat weiter und er versprach, sich nach dem Tod seiner Eltern scheiden zu lassen. Als sein Vater starb, da warst du bereits sechs Jahre alt, ließ er sich aber nicht scheiden. Auch nicht zwei Jahre später, nach dem Tod seiner Mutter. Ein Jahr danach war er noch immer nicht zur Scheidung bereit und ich beendete unsere Beziehung. Er kam wieder und wir versöhnten uns.«

»Warum bist du hiergeblieben?«, fragte Jan.

»Weil ich die ganzen Jahre an die Liebe geglaubt habe.«

»Wie soll es weitergehen?«

»Ich bin erleichtert, dass du nun weißt, wer dein Vater ist. Aber ich denke, es wird Zeit, dass wir Hagenfelde verlassen. Denn hier wird das Leben jetzt für uns noch schwieriger.«

63 Das Feuerwehrfest

Zwischen bunten Girlanden strahlte Licht aus zahllosen Lampen vom Himmel des Festzeltes.

Von Bernegold saß am langen Tisch, der am Ende des Zeltes gegenüber dem Eingang aufgebaut war. Dieser Tisch war für ihn und die anderen Honorationen des Dorfes sowie Ehrengäste aus Nachbardörfern bestimmt. Mit dem Rücken zur Zeltwand konnten sie so das gesamte Geschehen im Festzelt überblicken.

Von Bernegold nickte Pastor Meyer und seiner Frau zu, die ebenfalls an seinem Tisch saßen. Sie nahmen jedes Jahr am Feuerwehrfest teil und der Pastor trank gern das eine oder andere Bier.

Neben ihnen hatte das Ehepaar Richter Platz genommen. Von Bernegold wunderte sich, dass der streng religiöse Lehrer zu jedem Feuerwehrfest erschien. Niemals trank er einen Tropfen Alkohol. Doch das Paar tanzte jedes Mal einen oder zwei Tänze. Noch mehr erstaunte von Bernegold, dass Karl Richter trotz des gestrigen Vorfalls in der Schule hier erschien. Denn der Lehrer musste davon ausgehen, dass die Leute nicht nur über Jan, sondern auch über ihn tuschelten.

Von Bernegold betrachtete seinen Sohn Friedrich, der zusammen mit seiner frisch angetrauten Marie am Honorationentisch saß. Siegfried von Bernegold fragte sich, wie lange diese unter Zwang geschlossene Ehe halten würde. Er hatte seine Söhne verhört, bis Friedrich die Vergewaltigung und Heinrich seine Mithilfe zugegeben hatte. Nach dem Geständnis bestellte er Maries Eltern zu sich. Nie zuvor hatten die beiden sein Wohnzimmer betreten. Er vereinbarte für das junge Paar einen Ehevertrag mit Gütertrennung. Selbstverständlich sollten Marie und das Kind versorgt werden. Die Zeremonie beim Standesamt verlief kurz und knapp. Seitdem lebte Marie auf dem Gutshof. Sie hatte auf getrennten Schlafzimmern bestanden und Friedrich hielt sich daran. Die Mahlzeiten nahm Marie auf ihren Wunsch allein ein. Ihr runder Bauch ließ sich nicht mehr verbergen. Heute Abend wollte von Bernegold die kirchliche Trauung für Mai bekanntgeben, natürlich mit einem großen Fest auf dem Gut. Es musste wenigstens nach außen dem gesellschaftlichen Stand einer Gutsherrnfamilie entsprochen werden. Nach der kirchlichen Hochzeit plante er, Friedrich zurück aufs Internat zu schicken und im Laufe der Zeit eine diskrete Scheidung vorzubereiten.

An einem großen Tisch links vor ihm saßen Hanna und Robert bei den Motorradfahrern. Hanna schaute zu ihm, selbstbewusst und angriffslustig.

Von Bernegolds Augen richteten sich nach rechts auf den Tisch mit den Feuerwehrleuten und Großbauern. Er nickte Hermann und Elisabeth Kolbe zu, die gerade neben den Eheleuten Tegtmeier Platz nahmen. Elisabeths Dekolleté war mit schwerem Schmuck behangen, jedenfalls schien es, als trüge sie eine große Last. Hermann, sein größter Konkurrent um Hildes Gunst, sah in der Feuerwehruniform wie ein Gardeoffizier aus. Die Keilerei der Jungen war endlich die passende Gelegenheit gewesen, öffentlich zu machen, dass Hermann Jans Vater war. Das Geheimnis, wer Jans Vater war, hatte von Bernegold vor zwei Jahren dem früheren Leiter der Jugendfürsorge auf der Jagdgesellschaft entlockt. Lange hatte von Bernegold das Geheimnis für sich behalten. Doch die Kränkungen in der letzten Zeit hatten an ihm genagt. Dazu gehörte auch, dass Hilde sein Werben zurückwies, als sie ihn um Hilfe für Jan gebeten hatte. Das Fass zum Überlaufen gebracht hatte allerdings Lillys Erpressung wegen der alten Geschichten. Er wollte sich von den beiden Frauen nicht mehr zum Narren halten lassen. Nun war er vor allem gespannt darauf, wie sich Hermann, Elisabeth und Hilde heute Abend verhalten würden.

Von Berngolds Blick schweifte umher. Im Laufe der Jahre war er der einen oder anderen Frau nähergekommen. Unter den jüngeren Frauen stachen zwei, drei hübsche hervor. Doch es gab für ihn trotz aller Zurückweisungen nur die eine Frau, nur Hilde. Erwartungsvoll schaute er zum Eingang.

Gerade in diesem Augenblick betrat Hilde das Festzelt. Die Männer der Feuerwehrkapelle, die links neben dem Eingang ihre Instrumente und die Mikrofone aufbauten, schauten ihr nach, als sie anmutig vorbeischritt. Stolz hob sie ihren Kopf, reckte selbstbewusst den Hals, sich ihrer Wirkung bewusst. Sie ignorierte von Bernegolds Lächeln, Hermanns flehenden Blick und den Hass in den Augen von Elisabeth Kolbe.

Lilly und Ludwig folgten Hilde. Sie gingen zu dem Tisch, der parallel zu dem der Feuerwehrleute und Großbauern aufgestellt war. Dort saßen die Eheleute Holzenbeck und Adamskis, die Besitzer des Dorfgeschäftes. Hilde setzte sich so, dass sie Hermann Kolbe den Rücken zuwandte. Lilly und Ludwig nahmen neben ihr Platz, Holzenbecks und Adamskis saßen ihnen gegenüber. Jan stand bereits am Tisch für die Kinder und Jugendlichen.

Lilly nickte Maries Eltern freundlich zu, die nicht am Honorationentisch neben ihrer Tochter saßen.

Und sie grüßte Bernds Eltern. Bernds Mutter Sigrid lächelte. Ihre hochgesteckten Haare ließen ihr hübsches Gesicht voll zur Geltung kommen. Ihr Mann August saß sichtbar stolz neben ihr und nickte Lilly mit strahlenden Augen und einem leichten Lächeln auf den Lippen zu. August liebte Sigrid. Und er schämte sich, wenn er nüchtern war, dass er ihr kein schönes Leben bieten konnte und das wenige Geld häufig versoff.

An einem der vielen Samstage, an denen August sturzbetrunken nach Hause gekommen war und seine Wut auf die Welt in grenzenloser Verzweiflung an Frau und Söhnen ausgelassen hatte, war Sigrid barfuß zu Lilly geflüchtet. Über dem Rock die halb offene Bluse, die sie krampfhaft zuhielt. Sigrid wusste, dass ihr keiner im Dorf die Tür öffnen würde, außer Lilly. Alle fürchteten Augusts Rache. Aber Lilly nahm Sigrid auf. Sie behielt sie bei sich und pflegte sie. Wenn August vor der Haustür schrie, seine Frau holen wollte und drohte, die Tür einzutreten, öffnete Lilly sie und stand ruhig vor ihm.

»August, rasier dich erst mal, bevor du vor meiner Haustür stehst. Und hör auf zu trinken, dann kriegst du Sigrid wieder.«

Niemand wusste, warum August vor Lilly so großen Respekt hatte. Niemand wusste, warum sie ihn nicht fürchtete. Aber August spürte, dass an ihr kein Vorbeikommen war. Er rasierte sich, kaufte Blumen, stand Abend für Abend nüchtern vor Lillys Tür und wartete wie ein treuer Hund, wartete auf die Rückkehr seiner Frau. Schließlich hielt Sigrid es nicht mehr aus und kehrte zu ihrem Mann zurück.

Lilly betrachtete von Bernegold. Er nickte ihr kaum merklich zu. Dann richteten sich seine Augen wieder auf Hilde.

Ludwig legte seine Hand auf Lillys Arm. »Wo bist du mit deinen Gedanken, meine Liebe?«

»Oh, hier und da. Aber vor allem freue ich mich, dass du bei mir bist.« Sie lächelte ihn an.

»Wenn du willst, liebe Lilly, bleibe ich für immer bei dir«, sagte er.

»Das wäre mein größtes Glück«, sagte sie strahlend.

Und sie fühlten sich umhüllt und geborgen in ihrer Liebe.

Petra hatte Jan erzählt, dass ihre Eltern zum Feuerwehrfest kommen wollten, obwohl ihnen diese Art der Geselligkeit nicht lag. Aber ihr Vater hielt es für eine gesellschaftliche Verpflichtung, daran teilzunehmen. So wartete Jan auf Petra, aber das war nicht der einzige Grund, warum er seine Augen auf den Eingang richtete.

Die Blicke von Jan und Karl Richter kreuzten sich. Hass und Wut glommen in den Augen des Lehrers auf.

Endlich kam Familie Schaper. Frau Schaper trug eine gelbe Bluse, eine Kette mit großen Gliedern und dazu passende Ohrringe. Die Schlaghose, gemustert mit Kreisen, passte farblich perfekt. Herr Schaper trug ein Jeanshemd und eine Jeanshose. Sie setzten sich zu Lilly und Ludwig.

Petra ging sofort zu Jan. Ein goldener Schmetterling mit zwei roten Steinchen in den Flügeln glitzerte auf ihrer Bluse. Sie sah misstrauisch zu Christian und seinen Freunden, die mit am Tisch saßen, und schüttelte sich angeekelt.

Christian spürte Petras angewiderten Blick. Er schaute kurz zu seinen Eltern. Sein Vater starrte vor sich hin und seine Mutter zog ein mürrisches Gesicht.

Das Festzelt füllte sich. Die Wirtsleute vom Dorfkrug, die rechts neben dem Eingang ihre Theke aufgebaut hatten, zapften Bier für die Erwachsenen und schenkten Korn aus. Für die Kinder gab es Limonade oder Orangensaft. Drei Aushilfen verteilten die Getränke an den Tischen. Die Feuerwehrkapelle spielte sich warm.

Am Tisch der Motorradfahrer fragte Robert Hanna: »Wann kommen Rainer und die anderen?«

»Erst später.« Sie und Robert nahmen inzwischen häufiger an politischen Versammlungen in der Kreisstadt teil. Und sie hatten viel über ihr Leben in Hagenfelde nachgedacht.

Es gab hier für sie keine Zukunft. Sie suchten in der Kreisstadt bereits eine gemeinsame Wohnung. Das lag auch an dem Druck, den Lilly seit dem vorgetäuschten Moped-Diebstahl auf Robert ausübte. Hanna war erleichtert darüber, dass von Bernegold die Brandstiftung nicht weiterverfolgte. Sie forschte nicht nach den Gründen. Ihre Neugier könnte sie verdächtig machen.

Sie dachte an das Kaffeetrinken, das es nach der standesamtlichen Trauung auf dem Gutshof gegeben hatte. Es war ohne Feierlichkeit verlaufen, ohne Fröhlichkeit. Hanna hatte sich mit Siegfried von Bernegold über das Wetter unterhalten. Ihre Eltern redeten nicht, aus Angst, etwas Falsches zu sagen, denn von Bernegold war ihr gefürchteter Arbeitgeber. Auch Marie schwieg. Friedrich schaute ständig auf seine Uhr. Heinrich war nicht gekommen. Nach einer Stunde beendete der Gutsherr das Kaffeetrinken. Im Mai sollte die kirchliche Trauung mit einem anschließenden Fest auf dem Gutshof stattfinden. Der Gutsherr wollte wohl schönes grünes Gras über dieses düstere Kapitel wachsen lassen.

Karl Richter fühlte sich von Frau Schaper beobachtet. Sie hatte Unruhe und Revolte wie eine Seuche in das Dorf eingeschleppt. Er fühlte sich von Jan beobachtet. Er fühlte sich von allen beobachtet. Gestern Abend war er zu von Bernegold gegangen und hatte sich über Jan beschwert. Doch der Gutsherr zog seine Unterstützung, gegen Jan vorzugehen, zurück. Mehr noch, der Gutsherr sprach davon, er solle endlich mit der Zeit gehen und die gesellschaftlichen Veränderungen akzeptieren. Woher kam die Meinungsänderung des Gutsherrn? Wollte er sich bei Jans Mutter beliebt machen? Dass er hinter ihr herrannte, das wusste fast jeder im Dorf. Was auch immer der Grund für den Sinneswandel war, fassungslos hatte Karl Richter den Gutshof verlassen.

Als reiche dies nicht, sprach ihn der neben ihm sitzende Pastor auf den gestrigen Vorfall in der Schule an. Meyer meinte, er sei manchmal zu streng zu den Kindern, insbesondere zu Jan. Der Pastor zitierte aus dem Lukasevangelium: »Richtet nicht, so werdet ihr auch nicht gerichtet.« Als Karl Richter ihn fragend anschaute, sagte Meyer, dass Gott diejenigen verurteile, die andere in seinem Namen verurteilen. Es sei Anmaßung, unter Berufung auf Gott als Mensch über andere Menschen zu richten. »Selbstgerechtigkeit führt in den eigenen Untergang«, schob Meyer nach. Daraufhin entschied Karl Richter, mit dem Pastor den ganzen Abend kein Wort mehr zu wechseln. Er raufte sich die Haare. Hatten sich alle gegen ihn verschworen? Erfasste das moderne, antiautoritäre Denken jetzt das gesamte Dorf? Sogar den Pastor, der sonst immer auf seiner Seite gestanden hatte?

Pastor Meyer sah die griesgrämige Miene von Karl Richter. Gott schuf die Menschen verschieden. Ja, so war das. Allerdings hatte Meyer andere Sorgen. Ihm saß der Gutsherr im Nacken. Sein Sohn sollte kirchlich heiraten und Meyer sich darum kümmern. Doch das widerstrebte ihm vollkommen. Er hatte Gerüchte über die Jagdgesellschaft gehört, über die letzte und die davor. Und die davor. Ja, im Laufe der vielen Jahre hatte er einiges gehört. Unschöne Dinge. Schlimme Dinge. Der Gutsherr war kein Chorknabe, das wusste Meyer. Aber es waren viele, vielleicht zu viele unschöne Dinge gewesen. Erstaunlich fand Meyer, dass von Bernegolds Sohn tatsächlich die Marie geheiratet hatte. Bislang regelte der Gutsherr diese Probleme immer anders oder er ließ sie regeln. Soweit Meyer es wusste. Und er wusste nicht alles. Wollte auch nicht alles wissen. Meyer wollte dieser Hochzeit des Makels nicht in seiner Kirche Gottes Segen geben und hatte dies auch zu von Bernegold gesagt. Es sei nicht seine Kirche, sei sie nie gewesen, widersprach ihm der Patron unmissverständlich. Meyer war das Gespräch auf den Magen geschlagen. Und er fragte sich, was sündiger war: Einer solchen Ehe Gottes Segen zu geben oder ein Kind ohne Vater großzuziehen? Wie ein göttlicher Blitz durchschoss ihn plötzlich ein Gedanke: Er konnte versuchen, eine andere Stelle zu bekommen. Zugegeben, Gut und Böse gab es überall. Trotzdem beschloss Meyer, gleich nächste Woche zum Landeskirchenamt zu fahren. Er nahm einen kräftigen Schluck Bier und kippte das erste Glas Schnaps nach.

Inzwischen war im Festzelt jeder Platz besetzt. Flüstern, Kichern, helles Lachen, lautes Rufen. Neidische Blicke der Frauen ruhten auf Dekolletés, auf denen teure Ketten wie hingestreut lagen. Die Männer interessierten sich nicht für den Schmuck, sondern für die Haut, auf der er lag. Von Bernegolds Klopfen an sein Glas brachte Ruhe ins Zelt. Er begrüßte als Gutsherr die Gäste, wie es seit Jahrzehnten bei den Feuerwehrfesten üblich war. Er hieß vor allem die Ortsbrandmeister willkommen, den aus dem Nachbardorf und den aus Hagenfelde, und dankte den vielen Helfern, die das Fest organisiert hatten. Er setzte sich und überließ den Ortsbrandmeistern das Wort, zuerst dem Gast. Der lobte die Männer der Freiwilligen Feuerwehr für ihren Einsatz beim Löschen des Brandes beim Jagdhaus. Es gab großen Applaus. Er dankte ihnen auch für ihre Hilfe nach dem heftigen Regen. »Danke und ein Prost auf unsere Feuerwehrmänner!« Alle im Zelt erhoben ihre Gläser und prosteten dem Ortsbrandmeister zu. Er setzte sich. Der Hagenfelder Ortsbrandmeister verlor nicht mehr so viele Worte, aber bekam ebenfalls herzlichen Applaus.

Von Bernegold erhob sich erneut und dankte noch einmal den Feuerwehrleuten, auch er betonte dabei vor allem den Einsatz beim Jagdhaus. »Wir wissen leider nicht, wie das Feuer entstanden ist. Aber ich werde den zerstörten Stall wieder aufbauen und das Jagdhaus wird renoviert. Dann wird es wieder Jagdgesellschaften geben.«

Es gab Applaus.

Lilly umklammerte ihr Bierglas und schüttelte kaum wahrnehmbar den Kopf.

Pastor Meyer presste seine gefalteten Hände derart zusammen, als wollte er sie nie wieder voneinander lösen.

Hanna zündete sich mit ihrer noch glimmenden Zigarette eine neue an. Einerseits war sie erleichtert, dass von Bernegold die Brandursache auf sich beruhen ließ. Aber mit Blick auf Marie war sie entsetzt darüber, dass der Gutsherr die Jagdgesellschaften fortsetzen wollte.

»Und noch etwas möchte ich Ihnen und euch mitteilen«, ergriff von Bernegold wieder das Wort. »Einige wissen es schon: Mein Sohn Friedrich und Marie haben standesamtlich geheiratet. Ein Hoch auf das junge Glück!«, rief er, hielt sein Glas in Richtung Sohn und Schwiegertochter, dann zu den Leuten im Festsaal. Sie riefen: »Hoch, hoch, hoch!«, streckten ihre Biergläser in die Luft, führten sie dann zum Mund und tranken in großen, schnellen Zügen, genau wie von Bernegold. »Aber natürlich wollen wir Gottes Segen für diese Ehe«, setzte von Bernegold fort. »Die kirchliche Trauung findet im Mai statt. Anschließend wird es ein großes Fest auf dem Gutshof geben. Und jetzt geht die nächste Runde Bier und Korn auf mich.«

Die Gäste applaudierten.

»Lasst uns feiern, tanzen und fröhlich sein, liebe Gäste, liebe Hagenfelder! Prost!«, rief er, hob sein Bierglas, leerte es stehend in einem Zug, setzte sich und schaute zu Hilde. Sie wandte sofort ihren Kopf ab.

Die Kapelle spielte auf, die Wirtsleute und die Aushilfen servierten Brat-, Curry- oder Bockwurst mit Pommes frites oder Brot.

Jan, Petra und Holger, Ebi und Susanne ließen sich das

Essen schmecken. Christian saß mit seinen Freunden und Bernd in ihrer Nähe.

Zwischendurch blickte Jan immer wieder zum Eingang.

»Wollen wir eine rauchen gehen?«, fragte Ebi, nachdem sie gegessen hatten. Jan schaute kurz zu Petra, die sich mit Susanne unterhielt. Petra nickte und schon waren die Jungen vor dem Zelt. Sie gingen nach hinten ins Dunkel, obwohl sie sich beim Rauchen nicht zu verstecken brauchten, denn heute sahen die Erwachsenen darüber hinweg. Ebi holte Zigaretten aus der Tasche und bot Jan eine an.

»Toll, dass wir gestern gewonnen haben. Du hast klasse gespielt«, sagte Ebi.

»Danke, trotz der Schmerzen ging es ganz gut«, antwortete Jan. Er schaute sich suchend um.

»Wartest du auf Christian?«, fragte Ebi lachend.

»Nee, bestimmt nicht.«

»Was machst du jetzt mit ihm?«

»Du meinst, weil er mein Halbbruder ist?«

Ebi nickte.

»Er bleibt für mich ein Arschloch.«

»Ja, so oder so, Arschloch bleibt Arschloch«, stimmte Ebi Jan zu.

Wieder im Festzelt sah Jan seine Mutter mit Herrn Adamski tanzen. Auch Lilly und Ludwig sowie die Ehepaare Schaper und Holzenbeck schwangen das Tanzbein.

Die Kapelle machte eine Pause und die Tanzpaare gingen auf ihre Plätze zurück.

Der Müllermeister prostete den am Tisch Sitzenden zu und rief mit seiner tiefen Stimme: »Auf die Frauen!«

Alle lachten und die Männer hoben ihre Gläser.

Otto Holzenbeck winkte Jan zu sich, sagte: »Lad dein Mädchen ein, mein Junge«, und drückte ihm zwinkernd einen Geldschein in die Hand.

Und ohne lange über die Worte des Müllermeisters nachzudenken, spendierte Jan Petra eine Limonade und eine Packung Erdnüsse.

Rainer und ein paar Freunde waren inzwischen gekommen und setzten sich zu Hanna und Robert. Sie lachten, erzählten und hatten ihren lauten Spaß.

Ab und zu schaute Robert zu Jan. Sie hatten nicht wieder miteinander gesprochen. Jan ignorierte ihn. Das schmerzte Robert, aber er wusste auch, dass seine Liebe zu Hanna tiefer als alles andere war.

Die Musik spielte auf, die Tanzfläche füllte sich erneut. Die Ehepaare Holzenbeck und Richter und auch Hanna und Robert tanzten. Bei einer Drehung stießen Robert und Hanna die Eheleute Richter an. Sofort schimpfte Herr Richter: »Ungezogene Bande! Benehmt euch!« Doch Holzenbecks tanzten mit leichtem Schwung zwischen die Paare, sagten etwas und beruhigten die Gemüter.

Jan verließ das Zelt, schaute sich suchend um und kam wieder hinein. Plötzlich spürte er eine Hand auf der linken, eine andere Hand auf der rechten Schulter.

»Hier sind wir!«, rief eine Stimme über die Musik hinweg.

Jan drehte sich um und umarmte Peter und Matze. Hinter ihnen stand Lehrer Engelmann. Lächelnd gab er Jan die Hand.

»Dein Anruf hat sich so dringend angehört, dass ich gegenüber Blume meine ganze Überredungskunst aufgeboten habe. Er hat schließlich zugestimmt, dass Peter und Matze mitkommen dürfen«, sagte Herr Engelmann. »Ist Karl Richter auch hier?«, fragte er.

»Ja, er sitzt dort hinten«, antwortete Jan und zeigte in die Richtung.

»Ich gehe nachher zu ihm«, sagte Herr Engelmann.

Jan führte die drei zu dem Tisch, an dem seine Mutter, Lilly,

Ludwig und die Ehepaare Schaper und Holzenbeck saßen. Alle nahmen Jans Gäste herzlich in die Runde auf.

»Wie schön, euch persönlich kennenzulernen«, sagte Frau Schaper.

»Seit uns Ihr Anwalt hilft, ist es im Heim leichter geworden, vielen Dank«, sagte Peter.

»Bedankt euch bei Jan. Er hat sich für euch eingesetzt«, meinte sie.

Matze und Peter lächelten Jan an.

»Aber wir haben dem Anwalt gesagt, dass wir kein Geld haben, um ihn zu bezahlen«, ergänzte Matze.

»Darüber macht euch keine Gedanken«, sagte Herr Schaper. »Und wenn ihr euch in der Schule anstrengt, besorge ich jedem von euch eine Lehrstelle in der Ziegelei hier in Hagenfelde.«

»Wir strengen uns an«, sagte Peter.

»Das kann ich bestätigen. Sie sind besser geworden«, sagte Herr Engelmann.

»Kräftige Hilfen kann ich auch gut gebrauchen«, dröhnte Müllermeister Holzenbeck. »Aber amüsiert euch erst mal, Jungs.«

Jan zog Peter und Matze schnell weg und nahm sie mit zu Petra.

»Endlich lernen wir dich kennen«, sagte Peter lächelnd.

»Jan hat Glück«, ergänzte Matze.

Eine Zeit lang unterhielten sie sich. Dann fragte Jan die beiden, ob sie draußen rauchen wollten. Gemeinsam gingen sie hinaus und Jan erzählte ihnen die Einzelheiten seines Plans.

Wieder im Zelt, rief Tante Lilly Jan zu sich. Sie strahlte Jan an. »Komm her.«

Er ging zu ihr.

Sie steckte ihm einen Geldschein zu. »Damit kannst du Petra und deine Freunde einladen. Aber keine Zigaretten!«

Jan steckte lächelnd das Geld ein.

Er sprach den am Tisch sitzenden Herrn Engelmann an: »Waren Sie schon bei Herrn Richter?«

»Ja«, sagte Herr Engelmann und lachte. »Als er mich erkannte, wurde er blass. Ich habe lange eine seiner älteren Schwestern umworben. Ich war sogar ab und zu mit meinen Eltern bei seiner Familie zum Kaffeetrinken. Bei einer dieser Gelegenheiten verriet Karl, dass er beobachtet hatte, wie seine Schwester und ich Händchen hielten. So etwas vor der Ehe, das war zu viel für die streng religiösen Eltern. Ich schied als Schwiegersohn aus. Es dauerte, bis ich darüber hinwegkam. Damals habe ich das Karl sehr übel genommen. Dann lernte ich meine jetzige Frau kennen. Glücklicher könnte ich nicht sein.«

Von Bernegold näherte sich Hilde, verbeugte sich vollendet vor ihr und bat sie um den Tanz. Sie wollte gerade ablehnen, als Hermann Kolbe neben ihr auftauchte.

»Hilde gehört mir!«, rief Hermann. Er hatte den ganzen Abend keinen Tropfen Alkohol getrunken und nur überlegt, wie es mit ihm, Hilde und Jan weitergehen sollte.

»Du hast deine Chance vertan«, erwiderte von Bernegold.

Hermann Kolbe versuchte, Hilde auf die Tanzfläche zu ziehen. Da drückte Müllermeister Holzenbeck seine schwere Hand auf Kolbes Schulter und sagte mit tiefer, ruhiger Stimme: »Hilde entscheidet selbst.«

Ludwig hatte sich derweil zwischen Kolbe und von Bernegold gestellt und starrte die beiden Männer abwechselnd an.

Hermann Kolbe zog einen Stuhl heran und setzte sich zu Hilde. »Ich liebe dich, habe dich immer geliebt. Lass es uns noch mal versuchen. Ich lasse mich scheiden. Wir heiraten und werden mit Jan unser neues Glück aufbauen.«

Hilde holte tief Luft. Sie war aufgewühlt. Ihr Herz sprach. »Schau dir Jan an, unseren Sohn. So viele Jahre, wie er alt ist, warte ich auf dich. Jahr um Jahr hast du versprochen, dich von Elisabeth zu trennen. Du wirst dich nie scheiden lassen. Lange konnte oder wollte ich das nicht wahrhaben, Hermann.«

»Diesmal ist es mir wirklich ernst! Gib mir eine Chance! Hilde! Gib uns eine Chance!«, flehte Kolbe.

Doch Hilde wandte sich ab.

Kolbe senkte den Kopf. Es war nicht nur, dass Hilde ihn nicht mehr liebte. Er hatte eine tiefe Eifersucht gespürt, als von Bernegold sie zum Tanz aufforderte. Diese Eifersucht ergriff sein ganzes Selbst. Und seinen Stolz als Mann. Er hatte Hilde für immer verloren. Doch wäre er ehrlich zu sich gewesen, dann würde er zugeben, dass ihm eine Scheidung und damit der Verlust eines Teils seines Vermögens widerstrebte.

Elisabeth Kolbe stand auf und verließ mit versteinertem Gesicht das Zelt.

Still verbeugte sich von Bernegold vor Hilde und ging.

»Hermann, geh bitte«, sagte Lilly.

Kolbe nickte und ging.

Hilde saß blass auf ihrem Stuhl. Das Leben hatte so stark geleuchtet. Es dauerte, bis sie erkannte, dass es nur ein Traum vom Leuchten gewesen war. Und es hatte noch länger gedauert, bis sie bereit war, sich von diesem Traum zu verabschieden.

»Lass uns gehen«, schlug Lilly vor.

Hilde nickte. »Wo ist Jan?«

»Er ist mit seinen Freunden rausgegangen. Er kommt sicher bald nach Hause«, sagte Lilly.

64 *Abrechnung*

Nach der Begegnung mit Engelmann hätte Karl Richter am liebsten sofort das Feuerwehrfest verlassen. Engelmann war ein Teil seiner Vergangenheit, an die er nicht gern dachte. Auch Martha wollte schließlich, abgestoßen vom Spektakel um Hilde Bartels, gehen.

Kurz nach dem Ehepaar Richter verließen Jan, Peter und Matze das Festzelt. Als sie außer Sichtweite der draußen stehenden Gäste waren, zogen sie sich die von Jan organisierten Motorrad-Sturmhauben über die Köpfe und folgten im Laufschritt dem Ehepaar Richter. Die wenigen Laternen im Dorf gaben mattes Licht.

»Guten Abend, Herr Richter. Ihnen auch guten Abend, Frau Richter«, sagte Jan.

»Wer sind Sie? Was wollen Sie?«, fragte Frau Richter mit zitternder Stimme.

»Ich kenne die Stimme«, sagte Herr Richter zu seiner Frau. Er wandte sich zu Jan. »Nimm sofort das Ding vom Gesicht.«

»Gestern haben Sie jemanden fast umgebracht«, sagte Matze und stellte sich mit Peter dem Ehepaar in den Weg. Zu dritt drängten sie das Paar an die lang gezogenen Mauern der Stallungen.

»Ich rufe die Polizei!«, rief Karl Richter.

»Bis die da ist, sind Sie erledigt«, sagte Peter.

»Warum verprügeln Sie so gern Bastarde?«, fragte Matze.

»Was redest du! Mach, dass du wegkommst«, befahl Karl Richter.

»Eigentlich müssten Sie Bastarde schützen, denn Sie sind selbst einer«, sagte Matze. »Sie sind ein Findelkind.«

Jan sah erstaunt zu Matze. Das war ihm neu.

Matze beachtete Jan nicht weiter und fragte Frau Richter: »Wussten Sie, dass Ihr Mann ein Findelkind ist?«

»Unverschämtheit! Lügner!«, rief Herr Richter mit Panik in der Stimme und schubste Matze.

»Fragen Sie ihn«, forderte Matze Frau Richter auf.

Sie schaute ihren Mann an, doch der wandte seinen Kopf schweigend ab.

»Erzählen Sie Ihrer Frau die Wahrheit«, rief Peter.

Der Lehrer schwieg.

»Karl?«, fragte Frau Richter.

»Die wollen mich beleidigen!«, schrie Herr Richter.

»›Alles kommt an den Tag‹, heißt es in der Bibel. Sie sind ein Bastard, genau wie ich«, sagte Jan, nachdem sich seine Überraschung gelegt hatte, und er zog sich die Sturmhaube vom Kopf. »Sie werden mich nie wieder verprügeln. Und Sie werden mir gerechte Noten geben. Ich will auf die Realschule, und das wissen Sie.«

»Du unverschämter Bengel. Ich habe dich offenbar noch nicht genug gezüchtigt, dass du dir so etwas rausnimmst!«, rief Herr Richter. Er versuchte, Jan zu schlagen, doch Matze und Peter hielten seinen Arm fest.

Peter boxte den Lehrer hart gegen den Kopf. »Sie tun Jan nichts mehr, nie wieder. Ist das klar?«, sagte er und stieß den Lehrer zu Boden.

»Lasst meinen Mann in Ruhe!«, flehte Frau Richter und wollte sich zu ihm beugen. Matze hielt sie zurück.

Jan trat Herrn Richter in die Rippen.

»Du hast die Schläge verdient, du Nichtsnutz«, stöhnte der Lehrer.

Peter zog Karl Richters rechten Arm lang und breitete die

Hand flach aus. »Du hast offenbar noch nichts kapiert, Lehrer«, sagte er und trat auf die Hand.

Karl Richter schrie auf.

»Mein Freund kann Ihnen richtig die Hand zertreten. Das knackt. Dann können Sie keinen Stock mehr in der Hand halten. Und es ist aus mit Ihrer scheinheiligen Orgelei in der Kirche«, sagte Jan. »Sonntags in der Kirche orgeln und montags den Kindern Angst einjagen und sie verprügeln. Aber nicht mehr mit mir. Jetzt werden Sie vor mir Angst haben.« Jan trat den Lehrer erneut in die Rippen.

»Hör auf, Jan. So wird es doch nicht besser!«, rief Frau Richter.

»Ihr Mann wollte mich gestern umbringen!«

»Was willst du?«, wimmerte der Lehrer.

»Das hat er schon gesagt. Hast du nicht aufgepasst?«, sagte Peter.

»Du lässt ihn in Ruhe. Du prügelst ihn nicht mehr und du wirst ihm gerechte Noten geben«, wiederholte Matze. »Kapiert?«

Karl Richter wollte aufstehen.

Peter schubste ihn zurück auf den Boden und fragte noch einmal: »Hast du das kapiert?«

»Ja«, sagte Karl Richter und stand langsam auf.

»Wenn Sie ihn noch mal schlagen, dann ist es aus mit der Hand«, ergänzte Peter.

»Und ich erzähle dann im ganzen Dorf, dass Sie ein Findelkind sind«, fügte Jan hinzu.

Herr Richter nickte, nahm seine Brille ab und wischte Tränen fort.

»Sollten Sie unsere Vereinbarung vergessen, sind wir auf der Stelle wieder hier. ›Was der Mensch sät, das wird er ernten‹, das kennen Sie doch gut aus der Bibel. Sie haben Gewalt gesät und ernten Gewalt«, sagte Matze.

Karl Richter stützte sich auf seine Frau. Sie gingen langsam nach Hause.

»Übrigens: Die Kreide hat Christian geworfen. Fragen Sie ihn«, rief Jan dem Lehrer hinterher.

Im Festzelt erkundigte sich Jan bei Matze, woher er wusste, dass Karl Richter ein Findelkind ist.

»Das hat uns Herr Engelmann auf der Fahrt nach Hagenfelde erzählt.«

65 Der Schwur

Es war still im Haus von Karl und Martha Richter. Es war still in ihrem Schlafzimmer. Sie lagen im Bett.

Karl lauschte, wollte hören, ob Martha schon schlief. Er vermied die kleinste Bewegung seiner Bettdecke. Ein Rascheln könnte Marthas Atem übertönen. Sein unwillkürliches unkontrolliertes Seufzen erschreckte ihn. Erneut lauschte er. Er hörte es an Marthas Atem: Sie war ebenfalls noch wach.

Karl sprach in die Dunkelheit: »Ich konnte dir nicht erzählen, dass ich ein Findelkind bin. Ich habe mich geschämt, dass meine Herkunft unklar ist, ich nicht weiß, wer mein Vater und wer meine Mutter ist. Eine so unchristliche Abstammung.«

Martha schwieg.

»Ich habe mich minderwertig gefühlt, weil du doch aus einer so ordentlichen, christlichen Familie kommst. Vielleicht hätte dein Vater unserer Ehe nicht zugestimmt.«

Martha schwieg.

»Meine Seele ist bereit zur Buße, Martha! Ich musste denen, die ich Eltern nannte, auf die Bibel schwören, niemandem zu erzählen, dass ich ein Findelkind bin. Denn der Pastor hat mich im Kirchenbuch als deren Sohn ausgegeben. Er drohte meinen Pflegeeltern, sie hinauszuwerfen, wenn sie das Geheimnis ausplaudern würden. Und so hielten wir uns alle daran, denn außer dem Einkommen als Küster hatten sie nichts.«

»Warum tat er das?«, fragte Martha mit stockender Stimme.

Langsam drehte Karl seinen Kopf zu ihr. »Meine Stiefschwester deutete einmal an, der Pastor könnte selbst mein leiblicher Vater sein und daher ein Interesse an der Vertuschung gehabt haben.«

»Der Pastor?«

»Ja. Vielleicht.«

»Du hättest dein Geheimnis mit ins Grab genommen.«

»Martha, ich musste auf die Bibel schwören, es nie jemandem zu erzählen. Auf Gottes Wort!«

»Ich bin deine Frau.«

»Martha!« Seine Stimme wurde weinerlich.

»Gott hat uns zusammengebracht. Dass du so wenig Vertrauen in ihn und in mich hattest. Was verschweigst du mir noch?«

»Nichts, Martha! Nichts! Verzeih mir.«

Martha schwieg.

Bis zum Morgengrauen lag Karl Richter wach. Er grübelte mit offenen Augen. Am nächsten Morgen stand er wie benommen auf. Sein Körper schmerzte von den gestrigen Schlägen und Tritten. Seine rechte Hand zitterte. Beim Rasieren schnitt er sich. Blutstropfen fielen ins Waschbecken. Es war, als blutete sein Herz. Fehlte ihm wirklich das Vertrauen zu Martha, wie sie es ihm vorwarf? Ging es um Vertrauen? Ging es nicht vielmehr um den Schwur, den er nicht hatte brechen dürfen? Den Schwur auf die Bibel! Jetzt war die Wahrheit ans Licht gekommen und er konnte mit Martha darüber reden. Das erleichterte ihn.

Er betrachtete sich im Spiegel. Wer war er? Woher kam er? Welche Eigenschaften hatte er von seinen leiblichen Eltern geerbt? Wer waren sie?

Am Neujahrstag 1918 hatte jemand ein Neugeborenes,

eingewickelt in eine dünne Decke, vor der Haustür des Pastors abgelegt. Der brachte es zum Küsterehepaar und wies es unmissverständlich an: »Gott hat euch mit fünf Kindern gesegnet, da wird auch noch ein sechstes satt. Kümmert euch, das ist eure Christenpflicht. Denkt an die Worte Jesu aus dem Lukasevangelium: ›Wer dies Kind aufnimmt in meinem Namen, der nimmt mich auf; und wer mich aufnimmt, der nimmt den auf, der mich gesandt hat.‹«

Die Worte des Pastors kamen dem Ehepaar einem Gottesbefehl gleich. Sie antworteten auf Fragen, dass die Schwangerschaft unter dem fülligen Körper und der weiten Kleidung der Küsterfrau den Augen anderer verborgen geblieben war. Am dritten Januar 1918 registrierte der Pastor das Kind unter dem Namen Karl Richter im Kirchenbuch. Karl nannte das Küsterehepaar »Vater und Mutter«.

Mit neun Jahren erfuhr Karl von seiner ältesten »Schwester«, dass er ein Findelkind war, wohl das uneheliche Kind eines Dienstmädchens. Er stellte denen, die er Eltern nannte, Fragen, doch sie wichen aus. Sie wollten nicht lügen. Aber sie zwangen ihn, er solle bei Gott im Himmel schwören, bei seinem Leben, bei der Gefahr, dass seine Seele in der Hölle zugrunde ginge, nie jemandem etwas von dem zu erzählen, was die Schwester ihm zugeflüstert hatte. Denn das Küsterehepaar gab Karl als leiblichen Sohn aus und log damit vor Gott und der Welt. Der Pastor versicherte damals, es sei eine vertretbare Notlüge. Doch sie lastete schwer auf ihren Seelen.

Karl schwor auf die Bibel und der Schwur verschloss ihm den Mund und versperrte wie ein dicker Felsen den Eingang zu seinem Herzen. Der Schwur bildete eine undurchdringliche Festung um sein Innenleben, um die tief verborgene Scham, um den noch tiefer liegenden Schmerz. Der gestrige Überfall von Jan und seinen Freunden ließ die Festung einstürzen. Das erschütterte ihn heftiger, als er sich hatte vorstellen können.

Der Überfall war Körperverletzung. Sollte er zur Polizei gehen? Es würde nichts ändern. Außerdem regelte man in Hagenfelde alles unter sich, bei großen Problemen wurde von Bernegold eingeschaltet. Seine geheim gehaltene Herkunft kannten nun Martha sowie Jan und dessen Freunde. Eine Anzeige würde den Vorfall in die Öffentlichkeit zerren und die Schande verschlimmern. Wie stünde er in Hagenfelde da? Immer hatte er gegen Unzucht und Verdorbenheit gewettert. Keiner würde mehr seinen Worten glauben. Die Leute würden sagen, dass er kein Recht habe, über andere zu richten.

Und Jan? Ihn verachtete er wegen dessen Herkunft. Tatsächlich lag seine noch mehr im Dunkel als die des Schülers. Und er verprügelte Jan, weil er sich verhielt, als habe er trotz seiner Abstammung ein Recht darauf, von der Gemeinschaft akzeptiert zu werden, gar in der Gesellschaft aufzusteigen. Ein Junge wie Jan brauchte eine harte Hand, oder? Hatten nicht seine Zieheltern eine harte Hand gehabt? Stand es nicht so in der Bibel? War das nicht Gottes Wort? Gottes Befehl? Karl Richter beschlich eine tiefe Unruhe. Sein Leben baute auf einer Lüge auf, deren Verschweigen er auf die heilige Bibel hatte schwören müssen, auf Gottes Wort. Die Unruhe verwandelte sich in namenlose Furcht.

Mit dunklen Ringen unter den Augen schlang er das Frühstück hinunter. Martha begleitete ihn zum Sonntagsgottesdienst. Mehrfach verspielte er sich an der Orgel. Pastor Meyer schaute ihn überrascht an.

66 »Wer seinen Bruder liebt«

Am Montag, dem ersten Schultag nach dem Feuerwehrfest, stand Religion auf dem Stundenplan. Jan ging mit gemischten Gefühlen in die Schule. Einerseits war er entspannt, denn er ging davon aus, dass Herr Richter ihn nach dem Überfall nicht mehr schlagen würde. Andererseits war der Lehrer unberechenbar. Er könnte wieder zuschlagen, ihn demütigen, wie er wollte. Es könnte auch sein, dass er sich zurückhielt, damit seine Herkunft nicht öffentlich würde.

Jan holte die Bibel aus der Schultasche. Der Lehrer wich seinem Blick aus, aber Jan spürte, gleichwohl unter dessen scharfer Beobachtung zu stehen.

»Schlagt den ersten Brief des Johannes, zweites Kapitel, Verse zehn bis elf auf«, sagte der Lehrer.

Einige Schüler schauten ihn erstaunt an, denn er hatte in der letzten Religionsstunde gesagt, sie würden sich weiter mit der Bergpredigt befassen.

»Christian, lies vor«, wies Herr Richter ihn an.

»Wer seinen Bruder liebt, der bleibt im Licht, und ist kein Ärgernis in ihm. Wer aber seinen Bruder hasset, der ist in der Finsternis und wandelt in der Finsternis und weiß nicht, wo er hingeht; denn die Finsternis hat seine Augen verblendet«, leierte Christian den Text herunter.

»Was fällt dir zu der Textstelle ein, Jan?«, fragte Herr Richter.

»Äh«, stammelte Jan.

Herr Richter lächelte ihn tückisch an. »»Äh‹ ist weder ein Satz noch eine Antwort.«

Die Schüler lachten auf, verstummten aber sofort, als sie die harte Miene des Lehrers sahen.

Jan setzte sich aufrecht hin. »In der Bergpredigt, die wir letztes Mal durchgenommen haben, steht, dass man seine Feinde lieben soll.« Er blätterte hektisch in der Bibel. »Matthäus fünf, Vers 44. Du sollst deinen Feind lieben. Also, es kann vorkommen, dass der Bruder einem zum Feind wird. Aber eigentlich soll der kein Feind sein. Johannes sagt, es bekommt einem nicht gut, wenn der eigene Bruder ein Feind ist.«

»Max?«, fragte Herr Richter.

»Das stimmt. Ein Bruder soll kein Feind sein, sonst landet man in der Hölle«, antwortete Max.

»Glück gehabt«, sagte Herr Richter zu Jan.

Jan atmete auf.

»Was meinst du, Christian?«, fragte der Lehrer.

»Ich habe keinen Bruder«, platzte es aus Christian heraus wie eine Lawine voller Hass.

»Nach vorn«, befahl Herr Richter.

Mit jedem Schritt zur Tafel ließ Christian seine Schultern mehr und mehr hängen. Mit bleichem Gesicht wollte er die Bank holen.

Doch der Lehrer ordnete an: »Bleib vor der Klasse stehen. Hast du uns etwas zu sagen?«

Christian blieb stumm.

»Ich dachte, du wolltest dich entschuldigen?« Nachdem Karl Richter bei Jans Überfall erfahren hatte, dass Christian der Kreidewerfer war, hatte er noch Sonntagabend Hermann Kolbe angerufen und eine öffentliche Entschuldigung von dessen Sohn gefordert. Kolbe sicherte ihm diese zu.

Doch Christian schwieg.

»Feige bist du auch noch. So ein verdorbener Charakter! Steh zu deiner Tat!«, rief Herr Richter.

Christian presste die feuchten Hände an seine Oberschenkel, schaute den Lehrer an und sagte mit belegter Stimme: »Ich entschuldige mich, Herr Richter, dass ich Sie mit Kreide beworfen habe.«

»Geht doch. Ich nehme deine Entschuldigung an. Und was ist mit Jan?«, sagte Herr Richter.

»Ich entschuldige mich bei Jan. Er wurde unschuldig bestraft«, stammelte er, weiter strammstehend, geradeaus ins Nichts schauend.

»Sieh ihn an, wenn du dich entschuldigst!« Die Stimme des Lehrers schwoll gefährlich an.

»Jan, ich entschuldige mich bei dir«, sagte Christian stockend und leise und blickte Jan kurz an. Diese unglaubliche Erniedrigung vor der gesamten Klasse war zu viel. Schläge wären ihm lieber gewesen.

»Das war zu leise, das hat keiner gehört«, rief Herr Richter.

»Jan, ich entschuldige mich«, wiederholte Christian laut und deutlich.

»Nimmst du Christians Entschuldigung an, Jan?«, fragte der Lehrer.

Jan stockte der Atem. Unwillkürlich stand er auf: »Ich nehme deine Entschuldigung an.« Was blieb ihm anderes übrig? Dass die Prügeleien zwischen Christian und ihm weitergehen würden, war ihm klar.

»Setz dich, Jan«, sagte Herr Richter. »Und du, Christian, wirst heute nachsitzen. Du wirst vor meinen Augen zwanzigmal die Bergpredigt abschreiben und zwanzigmal ›Wer seinen Bruder liebt‹. Wenn ich einen Schreibfehler oder Tintenklecks finde, wirst du alles wiederholen, von Anfang an. So wirst du dir vielleicht Gedanken über dein Verhalten machen. Jetzt setz dich«, sagte Herr Richter.

Während Christian auf seinen Platz ging, warf er Jan einen hasserfüllten Blick zu.

67 Die Überprüfung

Am späten Dienstagnachmittag klingelte es bei Hilde. Vor der Tür stand Frau Schneider. Hilde erbleichte und ihr Herz begann zu rasen. Jan, der zur Haustür geeilt war, gefror das Blut in den Adern. Hilde bat Frau Schneider herein. Die kam sofort zur Sache. Herr Richter habe Jan verprügelt und dieser den Lehrer daraufhin gewürgt. Sie schob die Brille auf der Nase hoch, schaute Hilde und Jan abwechselnd an. »Herr von Bernegold hat meinen neuen Chef am Freitag über den Vorfall informiert und dringendes Einschreiten des Jugendamtes verlangt. Er meinte, Sie seien mit der Erziehung von Jan offenbar überfordert, Frau Bartels. Mein Chef überlegte, die Angelegenheit zu untersuchen. Gestern rief der Gutsherr erneut an und nahm seine Anschuldigungen zurück.«

»Warum?«, fragte Hilde.

»Wir wissen es nicht. Mein Chef und ich wurden misstrauisch. Er schickte mich heute hierher.« Frau Schneider wandte sich an Jan: »Dein Heimaufenthalt liegt noch nicht lange zurück. Du bist gewissermaßen auf ›Bewährung‹.«

»Mein Sohn ist aufgrund von Lügen ins Heim gekommen, das ist geklärt. Da können Sie nicht von ›Bewährung‹ reden«, widersprach Hilde.

»Die Heimunterbringung lässt sich nicht einfach beiseiteschieben.«

»Der Lehrer hätte mich fast umgebracht. Ich habe mich gewehrt. Fragen Sie die anderen Schüler«, verteidigte sich Jan.

Frau Schneiders Blick drang wie beim letzten Besuch bis auf den Grund seiner Seele.

»Ich glaube dir«, sagte sie nach einer Weile. »Herr Richter ist für seine strengen Erziehungsmethoden bekannt. Die Schulbehörde weiß, dass er manchmal übertreibt.« Frau Schneider sagte zu Hilde: »Sie hatten viele Fürsprecher, Frau Bartels, daher konnte Jan so schnell aus dem Heim herauskommen.« Sie richtete sich wieder an Jan. »Aber du wirst dich ab sofort ruhig und unauffällig verhalten, hast du verstanden?«

Jan nickte. »Bernd hat mich durch Lügen ins Heim gebracht. Was passiert mit dem?«, fragte er.

»Bernd steht mit dem Einverständnis seiner Eltern unter unserer Beobachtung.« Frau Schneider holte ihren Notizblock aus der Tasche. »Wie sind deine Leistungen in der Schule?«

»Ich bin besser geworden, aber Herr Richter benotet mich noch immer ungerecht«, sagte Jan.

»Es ist gut, Jan, dass du deine Zensuren gesteigert hast. Das werde ich positiv in meinem Bericht hervorheben.«

Frau Schneider trank von dem Sprudel und aß von den Keksen, die Hilde auf den Tisch gestellt hatte.

»Übrigens, ab Januar nächsten Jahres tritt ein neues Gesetz in Kraft«, sagte Frau Schneider. »Dann können Sie Ihren Sohn allein erziehen, ohne die Jugendfürsorge.«

»Ich habe davon gehört. Unabhängig davon werden wir aus Hagenfelde weg in die Kreisstadt ziehen«, sagte Hilde. »Was wir hier in den letzten Tagen erlebt haben, war zu viel.«

68 Fremde

»Hermann wartet in der guten Stube auf dich«, sagte Müllermeister Holzenbeck zu Jan.

Jan war flau im Magen. Hermann Kolbe hatte über den Müllermeister ein Treffen organisiert. Er war damit einverstanden, jedoch verheimlichte er es vor seiner Mutter und Tante Lilly. Wie sollte er Kolbe jetzt anreden? Sollte er ihn duzen? »Vater« oder »Papa« zu ihm sagen?

Sein Vater saß am Tisch, der mit Kaffee, Kakao und Kuchen gedeckt war. Er stand auf, als Jan das Zimmer betrat, und streckte seine Arme aus, um ihn zu umarmen. Jan wich einen Schritt zurück. Kolbe blieb abrupt stehen und setzte sich wieder.

»Schön, dass du gekommen bist«, sagte er.

Jan nahm ihm gegenüber Platz.

»Soll ich dir Kakao eingießen?«, fragte Kolbe.

»Mache ich selbst.«

»Es tut mir leid, dass du es auf diese Weise erfahren hast«, entschuldigte sich der Vater.

Jan verschränkte die Arme vor der Brust. »Du hättest etwas sagen können.« Das ›Du‹ war ihm herausgerutscht.

»Deine Mutter meinte, das Leben wäre einfacher für sie und dich, wenn du davon nichts weißt. Sie drohte, aus Hagenfelde wegzugehen, wenn ich mich nicht daran halte.«

Jan betrachtete Kolbes Gesicht. Er suchte nach Ähnlichkeiten. Die Nase vielleicht? Die breiten Augenbrauen? Im Grunde war er ihm fremd.

»Mutter hat gesagt, du hast sie nicht geheiratet, weil sie kein Geld hatte.«

»Die Dinge sind oft nicht so einfach, wie sie scheinen.«

»Meine Mutter lügt also?«

Kolbe beugte sich vor und legte seine Hand auf Jans Unterarm. Jan zog ihn fort.

Seufzend lehnte Kolbe sich zurück. »Ich war zu schwach. Aber ich habe deine Entwicklung genau beobachtet.«

»Hast du auch beobachtet, wie der Richter mich verprügelt und wie Christian mich als Bastard beschimpft hat? Das hat dich nicht interessiert! Gib es zu!«

»Manche Situationen im Leben sind schwierig. Das wirst du verstehen, wenn du erwachsen bist.«

»Ich verstehe es jetzt schon.«

»Das Schweigen belastet oft mehr als das Aussprechen der Wahrheit«, sagte Kolbe.

»Du hast nur feige Ausreden«, entgegnete Jan.

Kolbe zuckte zusammen.

Jan trank einen Schluck Kakao. Kolbe beobachtete jede seiner Bewegungen, als hätte er ihn noch nie gesehen. Suchte auch er nach Ähnlichkeiten?

»Und jetzt? Wie geht es weiter?«, fragte Jan. »Ist Christian dein echter Sohn? Bin ich der unechte? Dein Leben hat sich nur um deine Frau und Christian gedreht. Mutter und ich waren dir egal. Sonst hättest du sie geheiratet. Wo gehöre ich jetzt hin?«

Kolbe holte tief Luft.

»Christian ist ein Arschloch«, sagte Jan. »Ausgerechnet der ist mein Halbbruder.« Er sah Kolbe wütend an. »Also, wo gehöre ich jetzt hin?«

Kolbe senkte schweigend den Kopf.

»Du weißt es nicht!«, rief Jan. »Dein anderer Sohn hat in der Schule bessere Noten bekommen, weil er dein echter Sohn ist. Der Richter gibt mir schlechte Noten und schlägt mich halb tot, weil ich ohne Vater aufwachse! Du wusstest alles. Alles! Du hast mir nicht geholfen! Und Mutter hast du auch nicht geholfen.«

»Jan!« Kolbe rang nach Worten.

Jan stand auf. »Deinen feigen Lügenscheiß will ich nicht hören.« Er drehte sich um und verließ das Wohnzimmer.

Gertrud und Otto Holzenbeck waren die ganze Zeit im Flur unruhig auf und ab geschritten. Sie sahen Jan besorgt an, als er aus dem Zimmer zur Haustür stürmte. Frau Holzenbeck wollte zu ihm. Jan schüttelte nur den Kopf.

»Komm bald wieder«, rief der Müllermeister ihm nach.

69 Zeugnisse

Am letzten Schultag vor den Sommerferien gab es Zeugnisse. Die schlechtesten Zeugnisse verteilte Herr Richter wie immer zuerst. Die bekamen Jürgen, Dieter und Susanne.

»Bernd?«, fragte der Lehrer. Doch der Platz neben Jan war leer. Bernd war mit dem Einverständnis seiner Eltern in einem Heim. »Nimm das für deinen Bruder mit«, sagte Herr Richter zu Jörg.

Christian erhielt sein Zeugnis. Er war für die Realschule vorgesehen.

Karl Richter stellte sich vor Jans Tisch. Wortlos gab er ihm das Zeugnis.

»Der Schüler Jan Bartels wird versetzt nach Klasse Fünf. Übergang zur Realschule.« Den Rest las Jan nicht mehr, die einzelnen Noten interessierten ihn auch nicht. Das Zeugnis in der Hand haltend riss er den Arm hoch und rief: »Jaa!«

Der Lehrer schaute missbilligend zu ihm.

Petra lachte Jan an.

Ebi erhielt als Nächster das Zeugnis. Er müsse den Weg über die Realschule aufs Gymnasium gehen, wenn er weiter Tierarzt werden wolle, sagte Herr Richter zu ihm.

Dann bekam Petra ihr Zeugnis, mit Realschulempfehlung. Mit dem letzten Zeugnis ging Herr Richter zu Max. Er empfahl ihn für das Gymnasium.

»Ruhe!«, rief der Lehrer, als die Schüler sich über ihre Zeugnisse austauschten. Er schlug mit dem Lineal auf den Tisch. »Ruhe, habe ich gesagt!« Endlich verstummten die aufgeregten Gespräche. »Wie immer vor den großen Ferien könnt ihr jetzt nach Hause gehen. Aber gesittet!«, sagte er. Doch die Schüler stürmten aus dem Klassenraum und freuten sich auf die Ferien.

Jan rannte nach Hause. Besorgt warteten seine Mutter und Tante Lilly auf ihn.

»Hier!«, rief er. »Geschafft!«

Seine Mutter sprang zu ihm und nahm ihn in die Arme. »Ich bin sehr stolz auf dich«, sagte sie.

»Und ich erst!«, rief Tante Lilly fröhlich.

»Ich muss jetzt zum Müllermeister und ihm Bescheid sagen. Danach bin ich verabredet«, sagte Jan.

»Mit wem?«, fragte Hilde.

»Mit Petra«, rief er und war weg.

70 Stille

Im leeren Klassenraum setzte sich Karl Richter an den Lehrertisch. Er musste die Schule und Hagenfelde verlassen. Auf dem kleinen Regal neben der Tafel standen ein Atlas und ein Lexikon. Beide Bücher gehörten ihm. Er wollte sie nicht zurücklassen. Die Blumen in den Fensterbänken hatte Martha gepflegt. Sie wollte sie mitnehmen.

Frau Schaper hatte sich über seine Notenvergabe und Erziehungsmethoden bei der Schulaufsicht beschwert. Daraufhin hatte die Behörde ein Disziplinarverfahren gegen ihn eingeleitet. Er musste ins Schulaufsichtsamt. Ein Beamter hatte ihn regelrecht verhört. Karl hatte sich gefühlt, als stünde er nackt im kalten Regen. Seine Unterrichtsmethoden seien unangemessen, pädagogisch fragwürdig und übertrieben, ja, sie tendierten zu Körperverletzung, warf der Beamte ihm vor.

Die Behörde versetzte ihn ab Beginn des neuen Schuljahres an eine große Schule in einer Stadt weit weg von Hagenfelde. Falls er im Unterricht zu harte Maßnahmen ergriff, würde ein ihm vorgesetzter Direktor schnell einschreiten. Als Karl Richter mit der Nachricht zu von Bernegold ging, zuckte der die Schultern und sagte, er könne nichts für ihn tun.

Karl und Martha hatten sich bereits in der neuen Stadt eine Wohnung gesucht. Martha nahm die erzwungenen Veränderungen scheinbar gelassen hin. Aber Karl spürte, dass sie sich innerlich mehr und mehr von ihm entfernte, seit er ihr seine wahre Herkunft und den Eid gebeichtet hatte.

Die Stille im Klassenraum wurde ihm unerträglich. Er

stützte die Ellenbogen auf den Tisch und verbarg das Gesicht in den Händen. Er versuchte zu beten, doch es gelang ihm nicht. Er wartete, dass Martha ihn wie immer zum Essen holen würde. Doch sie kam nicht.

71 Der Himmel so blau

Jan holte Petra von zu Hause ab. Sie gingen zur Wiese am Dorfrand. Die Sonne warf warmes Licht auf beide, als sie sich auf die Bank setzten. Bienen durchsummten die Luft, Zitronenfalter schwebten zwischen den Wiesenblumen umher, die Buchfinken sangen und der Himmel atmete in unendlichem Blau.

Jan zündete sich eine Zigarette an. »Willst du ziehen?«, fragte er.

Petra schüttelte den Kopf. Das Goldkettchen, das Jan ihr geschenkt hatte, glitzerte in der Sonne.

»Mein Vater hat sich darum gekümmert, dass Matze und Peter in der Ziegelei eine Lehrstelle bekommen. Sie können nach dem Ende der Schule anfangen", sagte sie.

»Wenn sie hier sind, kann Matze bei Müllermeister Holzenbeck und Peter bei Tante Lilly in Roberts Zimmer wohnen«, ergänzte Jan.

Er rückte dichter an Petra heran und legte seinen Arm um ihre Schultern. Eine Weile saßen sie innig schweigend beieinander und schauten verträumt in die schimmernde Luft.

»Wann zieht ihr in die Kreisstadt?«, fragte Petra.

»Ende der Ferien. Und ihr?«, wollte er wissen.

»Im Herbst. Meine Mutter will zu Beginn des Wintersemesters dort sein. Sie hat es nicht mehr so weit zur Uni. Nur mein Vater hat eine längere Strecke zur Ziegelei.«

»Dann sehen wir uns weiter in der Kreisstadt«, sagte Jan.

»Aber erst mal sind wir beide noch hier«, flüsterte Petra.

Sie lächelten sich an und legten ihre Köpfe aneinander.